Knaur

W0415947

Von der Autorin bereits erschienen:

Noras großer Traum

Über die Autorin:

Christin Busch wurde 1965 in Hannover geboren. Sie lebt mit ihrem Mann und ihren beiden Kindern in der Nähe von Hannover.

Christin Busch

Das Band der Sehnsucht

Roman

Knaur

Bitte besuchen Sie uns im Internet:
www.droemer-knaur.de

Originalausgabe 2004
Copyright © 2004 Knaur Taschenbuch.
Ein Unternehmen der Droemerschen Verlagsanstalt
Th. Knaur Nachf. GmbH & Co. KG, München
Alle Rechte vorbehalten. Das Werk darf – auch teilweise – nur mit Genehmigung des Verlags wiedergegeben werden.
Redaktion: Dr. Gisela Menza
Umschlaggestaltung: ZERO Werbeagentur, München
Umschlagabbildung: Zefa
Satz: Ventura Publisher im Verlag
Druck und Bindung: Nørhaven Paperback A/S
Printed in Denmark
ISBN 3-426-62532-6

2 4 5 3 1

»Es gibt Menschen, die sind wie das Meer.
Ihre Freundschaft ist wie ein schöner Platz am Strand.«

Verfasser unbekannt

Für Bettina und Martina

1

Das erste Morgenlicht fiel auf die bizarren Felsblöcke, die wie verloren gegangene Schachfiguren eines Riesen aus dem Meer aufragten. Die Dämmerung schien sie aus einem hellen Dunstschleier förmlich auferstehen zu lassen und enthüllte ihre seltsam-majestätische Gleichgültigkeit gegenüber Sturm und Wetter. Die Brandung tobte und brauste mit Urgewalt heran und umspülte die einzelnen Felsen mit hohen weißen Schaumkronen. Wellen kamen und gingen und folgten mit ihrem Rhythmus einem urzeitlichen Befehl. Einige Möwen hatten sich bereits in die Luft erhoben und kreisten in hungriger Erwartung über dem grauen Meer.

Sarah stand ganz allein und wie versteinert auf der hölzernen Aussichtsplattform und sah auf den von der Natur so dramatisch geformten Küstenabschnitt hinab.

Sie spürte nicht, wie der stürmische Wind sie umtoste und mit scharfer Kälte durchdrang. Enttäuschung und tiefe Traurigkeit lagen in ihren großen graublauen Augen, die nun ziellos die Steilküste entlangwanderten. Jetzt, in diesem Moment, sollte er bei ihr sein und dieses Wunder der Natur mit ihr gemeinsam bestaunen. Sie biss sich auf die Unterlippe. Nein, sie war allein hier, und sie meinte diese grenzenlose Einsamkeit, die sie gefangen nahm, beinahe körperlich fühlen zu können.

Der schneidende Wind ließ ihren Atem stocken, und gerade als der Wunsch, endlich alles zu vergessen und nur noch mit den tosenden Wassermassen zu verschmelzen, übermächtig zu werden drohte, fielen die ersten Sonnenstrahlen des neuen Tages auf die hoch aufragenden Wände der Steilküste und tauchten sie in ein so unwirkliches Gold, dass es sie in ihrer Verzweiflung fasziniert innehalten ließ. Der leuchtende goldgelbe Farbton schien nicht nur die Natur, sondern auch ihre Seele zu wärmen, denn ein staunender Ausdruck legte sich auf ihr Gesicht und vertrieb sekundenlang die Traurigkeit, die sich seit Tagen darauf niedergelassen hatte. Ihre Augen glitten jetzt von den Sandsteinklippen über die ungezähmten gischtgekrönten Wellen bis zum Blau des endlos weiten Himmels, der sich unbeeindruckt darüber spannte. Atemlos nahm sie dieses Bild in sich auf und seufzte unbewusst, bis sie plötzlich die Stimmen anderer Menschen in die Wirklichkeit zurückkehren ließen. Offenbar eröffnete der gerade erwachende Tag den stetigen Strom von Urlaubern und Touristen, die von diesem Holzpodest aus ebenfalls einen Blick auf eine der schönsten Küsten Australiens werfen wollten. Fröstelnd steckte Sarah die Hände in ihre Jackentaschen und ging zurück zu ihrem Wagen, den sie gleich nachdem sie in Melbourne gelandet war gemietet hatte. Sie war die ganze Nacht durchgefahren – auf der Flucht vor sich selbst und vor ihren Gedanken, die seit mehr als dreißig Stunden nur um Wolf kreisten.

Mechanisch brachte sie den Weg in den nächsten Ort hinter sich, wo sie ein Zimmer nahm und sich in den Schlaf weinte. Blass, mit geröteten Augen und kaum erholt setzte sie Stunden später ihre Reise fort, eine Reise, von der sie nicht recht wusste, wohin sie führen sollte. Es hatte sie zwar wie selbstverständlich zu ihren Großeltern gezogen, und sie wollte sie auch gerne wiedersehen, aber in ihrer augenblicklichen Verfassung überwog der Wunsch nach Abgeschiedenheit ohne Fragen, obwohl diese selbst gesuchte Einsamkeit sie mittlerweile immer häufiger zu verschlingen drohte. Kilometer um Kilometer brachte der Wagen hinter sich, und Sarah spürte weder Hunger noch Durst, nur eine grenzenlose Leere in sich, deren Endgültigkeit sich immer weiter ausbreitete. Als die Landschaft vor ihren Augen zu flimmern begann und sie Mühe hatte, den Wagen in der Spur zu halten, kehrte sie in die Wirklichkeit zurück und hielt ein wenig abseits der Straße an, um eine Pause zu machen. Sie stieg aus und sah sich um. Die Great Ocean Road war mittlerweile in den Princess Highway übergegangen. Warrnambool, der frühere Walfängerstützpunkt, lag hinter ihr, der nächste größere Ort, Mount Gambier, vor ihr. Sie öffnete eine Flasche Wasser und zwang sich, sie bis zur Hälfte auszutrinken. Während sie in einen Schokoladenriegel biss, studierte sie die Karte. Enttäuscht stellte sie fest, dass sie noch knapp einhundertfünfzig Kilometer von Mount Gambier trennten. Sie hatte etwa mit der Hälfte gerechnet. Seufzend faltete sie die Karte zusammen und griff wieder nach dem Wasser. Sicherlich war sie nicht die Erste, die die Entfernungen hier unterschätzte. Als sie wenig später den Verschluss auf die leere Flasche schraubte, fühlte sie sich etwas besser. Sie sah auf ihre Armbanduhr. Ein Geschenk von Wolf zum bestandenen Staatsexamen. Sie schluckte und war froh, dass sie die Gravur auf der Rückseite nicht sehen konnte. Entschlossen lenkte sie den Wagen wieder auf den Highway. Etwa dreihundert Kilometer wollte sie heute noch schaffen. Es war wie ein Zwang, der sie vorwärts trieb. Eine Flucht aus der Gegenwart in eine ungewisse Zukunft.

Einige Stunden später betrat Sarah aufatmend die angenehm klimatisierte Hotelhalle und ging auf die Rezeption zu. Sie stellte ihre Reisetasche und den Rucksack neben sich ab und richtete sich mit ihrer Brieftasche in der Hand wieder auf. Der junge Mann hinter dem Empfangstresen sprach gerade mit einem älteren Ehepaar. Sarah ließ ihren Blick in der Halle umherschweifen, und das, was sie sah, gefiel ihr. Es handelte sich um ein kleineres Haus mit geschmackvoller Einrichtung und anziehender Atmosphäre. Sarah fuhr zusammen, als der Mann am Empfang sie ansprach.
»Guten Tag, was kann ich für Sie tun?«
Sie erwiderte sein Lächeln. »Mir hat dieser Ort auf der Durchreise so gut gefallen, dass ich gerne ein wenig bleiben würde. Haben Sie noch ein Zimmer frei?« Fragend sah sie ihn an.
Sein Lächeln vertiefte sich, und auf seinen Wangen waren Grübchen zu sehen, die ihm einen jungenhaften Ausdruck verliehen. »Aber ja. Es handelt sich allerdings um ein Doppelzimmer.« Er musterte sie kurz. »Sie reisen allein?«
Sarah schluckte, fing sich aber rasch. »Ja, ich bin auf der Fahrt zu meinen Großeltern. Sie haben eine Farm bei Mildura.«
Er sah sie nachdenklich an. »Da hätten Sie aber schon bei Ballarat den Highway wechseln müssen, wissen Sie das?«

»Ja«, antwortete Sarah. »Ich wollte den Umweg, um mich vorher ein bisschen umzusehen.«
Er nickte verstehend und schaute dann in seine Unterlagen. »Ich lasse Ihnen das Doppelzimmer zu einem Sonderpreis.« Er zwinkerte ihr zu. »Wenn es Ihnen hier schon so gut gefällt, sollten Sie auch die Möglichkeit bekommen, sich die Gegend anzusehen.«
Sie reichte ihm ihren Pass für die Formalitäten und blickte auf sein Namensschild. »Danke … Mr. Johnson.«
Er lachte. »Nennen Sie mich Oliver. Das tun alle. Wir sind hier nicht so förmlich.«
»Okay, Oliver. Ich bin Sarah.«

Als sie wenig später auf den Lift zuging, sah er ihr nach. Sie gefiel ihm, denn sie strahlte nicht die Art von Oberflächlichkeit aus, die er sonst bei vielen Touristen bemerkte. Sie hatte trotz ihres freundlichen Auftretens auch einen gewissen Ernst an sich, der darauf schließen ließ, dass sie sich wirklich für sein Land interessierte. Nachdem sie den Lift betreten hatte und sich umdrehte, trafen sich ihre Blicke, und Oliver lächelte ihr noch einmal zu. Sie zwang sich dazu, auch dieses Lächeln zu erwidern, und fuhr sich dann ein wenig verlegen mit der Hand über die Schläfe. Die Kinder einer jungen Familie, die mit ihr eingestiegen waren, stritten darum, wer den Fahrstuhlknopf drücken durfte. Sie atmete auf, als sich die Türen endlich schlossen, denn es ging ihr längst nicht so gut, wie sie vorgetäuscht hatte. Es war anstrengend, sich munter zu geben, obwohl ihr in Wirklichkeit ganz anders zumute war. Sie war völlig erledigt, fühlte sich erschöpft – und grenzenlos einsam. Als sie merkte, wie ihr Tränen in die Augen stiegen, wandte sie sich rasch ihrem Gepäck zu und tat so, als würde sie etwas suchen.

Ihr ganzes Leben war in den vergangenen Stunden der stillen Autofahrt an ihr vorbeigezogen, und besonders intensiv die letzten beiden Jahre mit Wolf. Ihr Herz wurde schwer. Wolfgang Born – die große Liebe ihres Lebens. Es erschien ihr unvorstellbar, dass ihr kleines glückliches Leben noch vor einer Woche so heil gewesen war, dass sie nicht im Traum daran gedacht hätte, was dann tatsächlich geschehen war. Bitterkeit stieg in ihr auf, als sie sich wohl zum hundertsten Mal in den letzten Tagen vor Augen führte, wie sie ihn mit der anderen Frau gesehen hatte. Wenn es nicht alles so klischeehaft abgeschmackt gewesen wäre, hätte man vielleicht sogar darüber lachen müssen.

Sarahs Blick war starr auf die Reisetasche gerichtet. Von einem Lachen war sie weit entfernt. Die Kühle und das Vibrieren des haltenden Fahrstuhls holten sie in die Wirklichkeit zurück. Sie riss sich zusammen und fuhr sich verstohlen über die Augen. Schließlich war ihr nur das passiert, was Millionen von Menschen vor ihr auch schon passiert war. Sie reckte das Kinn ein wenig vor, wie um sich selbst zu ermutigen. Ihr überstürzter Abflug nach Australien war zwar eine Flucht gewesen, hatte ihr aber dabei helfen sollen, Abstand zu gewinnen, um in Ruhe über alles nachdenken zu können. Niemand daheim wusste, wo genau sie war. Nicht einmal ihre Großeltern ahnten, dass sie hier war. Sie schloss kurz die Augen. Es tat so verdammt weh. Als sie bemerkte, dass der Lift auf ihrer Etage gehalten hatte, bückte sie sich und griff nach ihrer Tasche.

Eigenartig berührt hatte Oliver festgestellt, dass Sarahs Blick auf ihn irgendwie verstört gewirkt hatte. Dann hatte er sich wieder seinen Abrechnungen zugewandt. Das Hotel befand sich im Besitz seiner Familie, und sein Vater legte größten Wert auf Korrektheit. Normalerweise fiel es Oliver nicht schwer, sich auf seine Arbeit zu konzentrieren, doch jetzt fuhr er kopfschüttelnd bei dem Gedanken an sie den Computer hoch. Eine ganze Weile später sah er auf, als die Türen der Empfangshalle auseinander glitten und sein Freund Timothy Wheeler, der sich vor kurzem mit einem eigenen Reisebüro selbstständig gemacht hatte, auf ihn zukam. Die Zusammenarbeit zwischen dem Hotelbetrieb und diesem neuen Reisebüro entwickelte sich vielversprechend, denn nicht wenige der Hotelgäste nahmen gerne an den von Timothy organisierten Ausflügen teil. Er hatte sich darauf spezialisiert, den Leuten abseits der üblichen Touristenpfade stets das Besondere der Ausflugsziele nahe zu bringen. Oliver mochte ihn sehr, und darüber hinaus verband sie immer noch ihre gemeinsam verbrachte Studienzeit.
»Hi, Tim. Was gibt's?«
»Hi, Oliver.« Er wedelte mit einem Stapel Papier. »Ich bringe dir die Gutscheine und Buchungsunterlagen für unsere neue Tour.«
Oliver nahm den Stapel entgegen. »Schön. Was planst du dieses Mal?«
»Es geht von Victor Harbor rüber nach Kangaroo Island.«

»Hört sich gut an. Ich mache gleich einen Aushang.« Timothy stützte sich mit den Unterarmen auf den Empfangstresen.
»Danke, Oliver. Wie steht's heute mit deinem Feierabend? Kommst du auf ein Bier in den Pub?«
Oliver zuckte mit den Schultern. »Mal sehen, Tim. Ich weiß noch nicht, ob ich es schaffe. Aber ich versuch's.«
Tim hob zum Abschied die Hand. »Okay, wir sehen uns. Bis dann.«

Nachdenklich blickte Oliver auf die Unterlagen. Das wäre doch etwas für den neuen Gast. Sarah hatte schließlich gesagt, dass sie die Gegend kennen lernen wolle. Er zögerte einen Moment, bevor er sich entschloss, sie zu informieren. Sie schien etwas Aufmunterung gebrauchen zu können. Er winkte eine junge Angestellte heran und bat sie, ihn zu vertreten. Er wusste selbst nicht, warum er nicht einfach bei ihr angerufen hatte. Als er aus dem Lift trat und den Gang entlangging, fragte er sich, wie sie wohl reagieren würde.

Sarah hatte geduscht und sich umgezogen. Eine Weile war sie unruhig im Zimmer umhergewandert, hatte sich aber dann auf das Bett geworfen. Sie war unglücklich, denn es gelang ihr nicht, sich von den Gedanken an Wolf zu befreien. Sie kämpfte gegen das Gefühl an, darüber langsam den Verstand zu verlieren. Schon auf der Fahrt über die wunderschöne Great Ocean Road hatte sie sich buchstäblich zwingen müssen, einen Blick auf die herrliche Küste zu werfen. Die von der Brandung umtosten Felsformationen der Twelve Apostels hatten

sie gleichermaßen beeindruckt und traurig gestimmt. Ohne Wolf erschien ihr alles sinnlos. Sie hatte so gehofft, durch diese Reise Abstand zu gewinnen, doch jetzt musste sie sich eingestehen, dass ihr nur klar geworden war, wie groß der Raum war, den dieser Mann in ihrem Leben eingenommen hatte – und wie leer es auf einmal ohne ihn geworden war. Sie hatte keine Ahnung, wie sie ohne ihn weiterleben sollte. Leise weinend drückte sie ihr Gesicht in die Kissen. Als es an der Zimmertür klopfte, fuhr sie zusammen. Erschrocken sah sie zur Tür. Es klopfte erneut, und sie sprang auf. Mit dem Ärmel ihres Sweatshirts wischte sie sich über die Augen und Wangen. Zögernd öffnete sie die Tür einen Spalt.
Oliver entschuldigte sich für die Störung und erzählte ihr von dem geplanten Tagesausflug. Sarah hatte Mühe, sich auf das, was er sagte, zu konzentrieren. Am liebsten hätte sie die Tür einfach wieder geschlossen und sich im Zimmer vergraben. Verdammt, warum ließ man sie nicht in Ruhe? Mit aller Kraft riss sie sich zusammen. Es gelang ihr sogar, ihm ein kurzes Lächeln zu schenken.
»Das hört sich gut an.«
Sie zögerte einen Moment, bevor sie hinzufügte: »Ich glaube, ich bin jetzt einfach zu müde, um mich zu entscheiden. Ich sage Ihnen morgen Bescheid, Oliver, ja?«
Forschend sah er ihr ins Gesicht. »Alles in Ordnung? Sie schauen erschöpft aus, Sarah.«
Sie bemühte sich, rasch den Kopf zu schütteln. Es fiel ihr schwer, sich noch länger zusammenzunehmen. Warum ging er denn nicht endlich?
»Nein, nein! Es ist alles okay. Ich bin nur müde, Oliver.«
Als er einen weiteren Moment wartete, fügte sie schon

ein bisschen ungeduldiger hinzu: »Wirklich, es geht mir gut.«
Er nickte ihr zu und wandte sich um. Langsam ging er den Gang zurück zum Aufzug und drückte den Knopf. Sie wollte offensichtlich allein sein. Doch er war betroffen. Einen winzigen Moment lang hatte er einen solchen Schmerz in ihren Augen wahrgenommen, dass er innerlich zusammengezuckt war. Er kannte diesen Ausdruck. Die Lifttüren öffneten sich, Oliver stieg ein und seufzte. In der Hotelhalle empfing ihn jedoch ein solcher Trubel, dass er keine Zeit mehr hatte, weiter seinen Gedanken nachzuhängen. Eine Seniorengruppe war angekommen. Lachend und schwatzend standen die älteren Leute an der Rezeption. Mit einem freundlichen Lächeln übernahm er wieder seine Aufgaben im Hotel.

2

Oliver genoss den leichten Windzug auf der offenen Veranda, die sein kleines Haus umgab. Dichte Büsche und Bäume spendeten tagsüber Schatten und verbreiteten jetzt am Abend den Eindruck schattiger Kühle. Er hatte geduscht und sich umgezogen. Nun saß er mit einem kalten Bier und einem Sandwich an dem kleinen runden Tisch und war froh, endlich außer Dienst zu sein. Ein Buch lag neben ihm, und die Aussicht, nach dem Essen in Ruhe etwas lesen zu können, ließ ihn zufrieden kauend dem abendlichen Gesang der Vögel lauschen. Er atmete tief durch. Dann schmunzelte er unwillkürlich, als er sich klar machte, dass er das eigentlich jeden Abend tat, wenn es ihm endlich gelungen war, seine Tochter davon zu überzeugen, dass sie ihren Schlaf brauchte. Wie lange waren sie jetzt schon alleine? Drei Jahre. Immer noch dachte er voll Trauer an Kellys Tod. Und immer noch rief er sich ihr Gesicht ins Gedächtnis. Jeden Entwicklungsschritt seiner Tochter teilte er in Gedanken mit seiner verstorbenen Frau. Er rieb sich die Stirn. Sie hätte noch so viel Freude an Samantha gehabt. Er biss die Zähne zusammen, als er an Kellys Abschied von Sammy dachte. Die Kleine war damals vier Jahre alt gewesen. Nie würde er den Ausdruck vergessen, der auf dem Gesicht ihrer Mutter gelegen hatte. Obwohl sie mit aller Kraft darum gekämpft hatte, es sich nicht anmerken zu lassen, hatte er wahrgenommen, dass ihr dieser Abschied schwerer als alles andere in ihrem Leben gefallen war, ja, dass

ihr dieser Abschied vielleicht mehr ausmachte als der Tod selbst.
»Daddy?«
Er fuhr herum. In der Tür, die auf die Veranda hinausging, stand Samantha und sah ihn bittend an. »Bitte meckere nicht gleich wieder los, weil ich noch mal rausgekommen bin.«
Sie versuchte einen Blick auf sein Gesicht zu erhaschen und sah in ihrem Schlafanzug einfach unwiderstehlich aus. Die dunklen Locken fielen ihr offen auf die Schultern. Als sie erkannte, dass er sich wieder einmal geschlagen geben musste, blitzten ihre braunen Augen übermütig auf, und sie lief rasch auf ihn zu, um auf seinen Schoß zu klettern. Er legte beide Arme um sie, bevor er ihr das Haar aus dem Gesicht strich.
»Na, du Nervensäge? Was hat dich denn jetzt wieder vom Einschlafen abgehalten ?«
Zufrieden kuschelte sie sich an ihn. »Ach, weißt du, Dad, wenn ich abends im Bett liege, fallen mir immer hunderttausend Dinge ein, die ich eigentlich mit dir besprechen wollte …«
Er hob in gespieltem Entsetzen die Hände hoch. »Um Himmels willen! Du wirst doch jetzt nicht alle hunderttausend Dinge mit mir besprechen wollen?« Ein breites Grinsen lag auf seinem Gesicht, als sie ihn leicht in die Seite boxte.
»Dad, du machst dich lustig.« Sie schob leicht die Unterlippe vor und schien nicht zu wissen, wie sie weitermachen sollte.
Oliver beugte sich vor und sah sie an. »Na los, Sammy. Entweder du sagst jetzt, was dich vom Schlafen abhält,

oder du gehst gleich wieder ins Bett.« Er warf einen Blick auf seine Armbanduhr. »Es ist wirklich Zeit für dich. Und wenn ich mich recht erinnere, schreibt ihr doch morgen den Test in Mathematik, oder?«
Sie nickte kurz. »Ja, aber der wird kein Problem.«
Oliver lachte. »Falls du dabei nicht einschläfst.«
»Daddy?«
Er sah sie amüsiert an. »Hm?«
Sie wand sich. »Weißt du, ich war doch heute nach der Schule nicht bei Grandma und Grandpa, sondern bei Janet …«
»Ja, und?«
»Ach Daddy, Janets Hund hat Welpen. Wenn du wüsstest, wie hübsch die sind. Janet hat gesagt, in vier Wochen könnten sie abgegeben werden. Daddy, bitte, bitte! Darf ich einen haben? Ich weiß schon genau, welcher zu uns passen würde …«
Oliver stöhnte. »Sammy, muss diese Diskussion wirklich jetzt sein? Ich kann gar nicht mehr aufzählen, wie oft wir diese Frage schon besprochen haben. Ich muss jeden Tag ins Hotel, und du bist in der Schule. Der Hund würde sich schrecklich einsam fühlen, da wir doch den ganzen Tag nicht zu Hause sind.« Er strich ihr über den Kopf. »Süße, das musst du doch einsehen. Es wäre egoistisch, sich ein Tier anzuschaffen und es dann jeden Tag viele Stunden allein zu lassen.«
Sie unterbrach ihn lebhaft. »Daddy, wir *müssen* ihn ja nicht alleine lassen! Grandma und Grandpa nehmen ihn solange. Und abends kommt er mit zu uns nach Hause.« Begeisterung lag auf ihrem Gesicht, und Oliver schwieg sprachlos. Er ärgerte sich ein wenig über seine Eltern,

die – ohne mit ihm darüber zu reden – nun sein Hauptargument gegen einen Hund vollkommen entkräftet hatten. Er seufzte erneut. Andererseits hätten er und Samantha es nach Kellys Tod sehr viel schwerer ohne die Unterstützung seiner Eltern gehabt. Voller Zuneigung und Liebe hatten sie alles getan, um ihrem Sohn und ihrer Enkelin beizustehen. Ohne das geringste Zaudern war Sammy täglich bei ihnen willkommen, wenn er noch arbeiten musste. Er fuhr sich über die Stirn und lächelte, als er den prüfenden Blick seiner Tochter bemerkte. Ihre dunklen Augen hingen gespannt an seinen Lippen.

»Versprichst du mir dann, abends nur noch dreimal aus dem Bett zu kommen anstatt der üblichen fünfzehnmal?«

Sie kicherte glücklich. »Dann komme ich nie wieder raus, höchstens, wenn ich krank bin.« Sie schlang beide Arme um seinen Hals und drückte ihn heftig. »Danke, Daddy. Du bist der beste Vater auf der ganzen Welt.«

Oliver lachte trocken. »Ich wage mir nicht vorzustellen, welchen Platz ich bekommen würde, wenn ich dir den Hund verboten hätte.«

»Das müssen wir jetzt ja nicht mehr ausrechnen, oder, Daddy?« Sie sah auf seine Armbanduhr. »Oh, ich würde zu gerne noch Janet anrufen, um ihr zu sagen, dass ich Nelson haben darf.«

Oliver setzte sie ab und stand auf. »Jetzt geht es endgültig ins Bett, Sammy, sonst überlege ich mir das Ganze womöglich doch noch einmal. Und Janet schläft bestimmt schon seit einer Stunde. Los, los, Abmarsch!«

Sie legte den Kopf schräg und sah ihn wieder bittend an. »Bringst du mich noch mal ins Bett und deckst mich zu? Ich schlafe dann einfach besser.«

Er lachte laut auf. »Das wüsste ich aber. Du bist bestimmt das einzige Kind auf dem australischen Kontinent, das jeden Abend mindestens fünfmal zu Bett gebracht wird und das trotzdem nicht einschläft.«

Als er Minuten später wieder auf der Veranda Platz nahm, wurde es bereits dunkel, und die ersten Falter stürzten sich in das Licht der Wandbeleuchtung. Olivers Blick wanderte in die Ferne, wo sich dunkle Wolken zur Nacht auftürmten. Während er nach seinem Glas griff, kam ihm plötzlich die junge Deutsche wieder in den Sinn. Sie hatte so verzweifelt ausgesehen, als er sie vor ihrem Zimmer angesprochen hatte. Er schob den Gedanken beiseite. Es widerstrebte ihm, sich in irgendeiner Weise aufzudrängen. Sie hatte schließlich keinerlei Ansprache gewollt und ziemlich deutlich den Eindruck vermittelt, er möge sie in Ruhe lassen. Schade eigentlich. Ein Hauch Unzufriedenheit ließ ihn einen Moment nachdenklich die Stirn runzeln. Kurz darauf jedoch kippte er die Lehne seines Stuhls gegen die Hauswand zurück, legte die Füße auf die Verandabrüstung und schlug sein Buch auf.

Er hatte erst ein paar Seiten gelesen, als ein Wagen in die Einfahrt fuhr und vor dem Carport stehen blieb. Timothy stieg aus und kam in Jeans und T-Shirt auf die Veranda.
»Ich wusste doch, dass du dich hier zum Wochenende einigelst.«
Olivers Lächeln wirkte ein wenig trotzig. »Ich genieße meinen wohlverdienten Feierabend. Tut mir Leid, aber

ich hatte heute einfach keine Lust mehr auf das Gedränge.«
Tim zog eine Grimasse. »Ach komm schon, Oliver, fahr mit mir in den Pub auf ein Bier. Du solltest öfter unter Leute gehen.« Er zögerte. »Seit Kelly gestorben ist, bist du viel zu viel allein. Sie würde das bestimmt nicht wollen.« Bittend sah er ihn an.
Oliver hatte schon eine patzige Erwiderung auf der Zunge, als ihm die ernsthafte Sorge seines Freundes bewusst wurde. Aber immer noch tat ihm die Erinnerung an Kelly weh. Es war ihm unsagbar schwer gefallen, akzeptieren zu müssen, dass ihr niemand mehr hatte helfen können. Alles war damals so unglaublich schnell gegangen. Verzweifelt hatte er sie durch ihre Leukämie-Erkrankung begleitet und auf dem Weg da hindurch zusehen müssen, wie der Blutkrebs sie langsam auffraß. Sie hatte einmal das blühende Leben verkörpert. Als sie ihm zum ersten Mal in der Vorlesung aufgefallen war, hatte er sich sofort in sie verliebt. Nach den ersten Verabredungen war er überglücklich gewesen, als feststand, dass sie seine Gefühle erwiderte. Die schönste Zeit seines Lebens hatte vor ihm gelegen, und nun?
Oliver rieb sich die Stirn, sah zu Tim und riss sich zusammen. Ein Lächeln brachte nun wieder die Grübchen auf seine Wangen. Seufzend schwang er die langen Beine von der Verandabrüstung und stand auf.
»Okay, Tim, aber nur auf ein Bier. Ich hatte mich nämlich auf einen richtig ruhigen Abend gefreut. Warte kurz. Ich gehe nach nebenan und sage meinen Eltern Bescheid, damit jemand bei Sammy ist, wenn ich weg bin.«

3

Unglücklich starrte Sarah vor sich hin. Das also war das Ende ihres Lebens. Langsam rollten zwei Tränen ihre Wangen hinunter. Entschlossen nahm sie den Löffel aus dem Glas und betrachtete das Wasser, das durch das Auflösen der Tabletten ganz trüb geworden war. Sie musste sich überwinden, das bitter schmeckende Getränk nicht wieder abzusetzen, und leerte das Glas in einem Zug. Sie wollte nicht mehr klar denken können, wenn sie sich die Pulsadern öffnen würde, denn davor fürchtete sie sich. Noch mehr fürchtete sie jedoch, rechtzeitig gefunden zu werden, und deshalb wollte sie sichergehen. Obwohl sie sich bereits entschieden hatte, betrachtete sie nun doch erschrocken die Rasierklinge in ihrer Hand. Matt und kühl glänzte der Edelstahl in der Abendsonne. Früher hätte sie jeden, der sein Leben aufgrund einer Krise einfach wegwarf, verachtet. Zu sicher war sie sich ihres eigenen Glücks gewesen, als dass sie sich hätte vorstellen können, einmal selbst an diesen Punkt zu gelangen. Wolf – die Liebe, die sie für ihn empfand, und der Schmerz über die Enttäuschung dieser Liebe schien sie zu überrollen. Noch nie zuvor war sie so verzweifelt gewesen. Nirgendwo, selbst hier nicht, am anderen Ende der Welt, war es ihr gelungen, sich ein Leben ohne ihn vorzustellen. Sie liebte ihn mit jeder Faser ihres Herzens. Er war der Mann, von dem sie sich ein Baby gewünscht hatte, mit dem sie leben, reisen und alt werden wollte. Leise weinend saß sie auf der Bettkante und bemühte sich, ihn zu verstehen, doch ergaben ihre

Überlegungen stets dasselbe Resultat – er konnte sie nicht mit der gleichen tiefen Zuneigung geliebt haben wie sie ihn, sonst wäre sie für ihn nicht einfach so austauschbar gewesen.
Sarah stand auf und ging mit unsicheren Schritten in das kleine Bad, das sich direkt neben der Eingangstür befand. Sie stützte sich leicht auf das Waschbecken und sah in den Spiegel. Ihr dunkles frisch gewaschenes Haar kringelte sich in noch feuchten Locken um das Gesicht. Ihre großen, sonst so ausdrucksvollen Augen waren gerötet und verquollen. An den langen dunklen Wimpern glänzten Tränen. Sie senkte den Blick. Sie war müde, so grenzenlos müde. Sie wollte sich nicht mehr zusammenreißen, nicht mehr kämpfen, nicht mehr weiterkommen. Sie wollte auch nicht mehr lieben, wenn es bedeutete, sich derart wehrlos auszuliefern, und wenn daraus eine solche Qual entstehen konnte. Ihre Hand zitterte, als sie erneut nach der Rasierklinge griff. Sowohl ihre körperliche und seelische Erschöpfung als auch der dumpfe Tablettennebel verhinderten, dass sie noch einen Gedanken an ihre Eltern, ihre Brüder, ihre Großeltern oder sonst jemanden verschenkte. Nur *ein* Name füllte ihre Seele, ihr Herz und ihren Kopf aus, als sie die Klinge am Handgelenk tief in ihren Arm drückte und mit einer verzweifelten Aufwärtsbewegung nach oben zog. Den Schmerz nahm sie kaum noch wahr, den gleichmäßig pulsierenden Blutstrom jedoch beobachtete sie sekundenlang mit einer seltsam distanzierten Mischung aus Entsetzen und Faszination. Wie in Trance sah sie den roten Bahnen nach, die im weißen Waschbecken verschwanden. Sie war mit den Fingern der anderen Hand

abgerutscht und in die Klinge geraten. Sie blutete auch hier stark und erkannte zitternd, dass sie nicht mehr die Kraft hatte, sich auch noch den anderen Arm aufzuschneiden. Kurze Zeit später spürte sie eine kühle Gleichgültigkeit in sich aufsteigen und wandte sich unsicher um. Ihr war schwindlig, und sie hatte nur noch den Wunsch, einzuschlafen. Benommen sackte sie nach zwei Schritten vor ihrer Zimmertür zusammen und blieb liegen. Sie konnte sich nicht mehr bewegen. Mit jedem Herzschlag entfernte sie sich weiter aus dem Leben. Bereitwillig ließ sie ihren Verstand davontreiben und schloss die Augen. Dann wurde es dunkel um sie.

Im Pub ging es jetzt am Wochenende sehr lebhaft zu. Gelächter, Stimmengewirr und lautes Rufen und Erzählen erfüllte den großen Raum. Bläuliche Rauchfahnen stiegen auf und kräuselten sich im Licht der Lampen. Dr. Laura Jarvis und Dr. John Miles mit seiner Frau Beth saßen etwas abseits und winkten ihnen zu. Timothy steuerte auf ihren Tisch zu, und Oliver folgte ihm ergeben. Er war nicht gerne das fünfte Rad am Wagen, und das hier entsprach nicht unbedingt seiner Vorstellung von einem ruhigen Abend. Tiefgehende Gespräche waren in diesem Durcheinander kaum möglich. Doch er war ein Teil dieser Gesellschaft und wollte sich nicht ausschließen. Und wenn er ehrlich war, musste er sich eingestehen, dass Tim Recht hatte. Seit Kellys Tod ging er dem Leben zu sehr aus dem Weg.
Die beiden jungen Männer wurden fröhlich am Tisch begrüßt. Oliver sah, wie Timothy sich zu Laura setzte und sie küsste. Mit ihr war Oliver schon zur Schule ge-

gangen. Sie war mittlerweile eine der beliebtesten Ärztinnen an der hiesigen Klinik. Auch ihr Kollege John war hier angestellt. Oliver hatte ihn ebenfalls näher kennen gelernt, als Kelly bei ihm in Behandlung war. Im Verlauf der eineinhalb Jahre, die sie dort mit einigen Unterbrechungen hatte zubringen müssen, hatte sich eine lockere Freundschaft entwickelt. Die Ärzte waren mehr als bemüht gewesen, alles Erdenkliche für Kelly zu tun. Besonders John, der damals gerade seinen Dienst hier aufgenommen hatte, war sehr betroffen gewesen, als ihr Tod sich nicht mehr hatte aufhalten lassen. Vielleicht war er gerade deshalb ein guter Freund für Oliver geworden. Nach Kellys Tod hatte Oliver sich zurückgezogen. Unbewusst wollte er durch das Krankenhausumfeld und den Klinikalltag seiner Freunde nicht mehr an das Leiden seiner Frau erinnert werden. Wie selbstverständlich vermieden John und Laura es nun auch, von ihrer Arbeit zu berichten, und stellten Oliver stattdessen Fragen zum Hotelbetrieb. Ebenso schilderte Timothy seine neuesten Pläne und Ausflugsziele und landete wieder bei seinem Lieblingsthema, dem sanften Tourismus.
Als Oliver sich einige Zeit später verabschiedete und in die milde Abendluft hinaustrat, stellte er für sich fest, dass ihm das ungezwungene Zusammensein mit seinen Freunden doch gut getan hatte. Er blieb einen Moment vor der Tür stehen und sah zum Himmel. Ein noch nicht ganz voller Mond schien auf die stille kleine Stadt hinab. Die Palmwedel auf der gegenüberliegenden Straßenseite bewegten sich leicht im Wind und warfen gefächerte Schattenbilder auf den Bürgersteig. Der Heim-

weg führte ihn am Hotel vorbei. Unschlüssig betrachtete er den gepflegten Eingang, dessen gewölbtes Vordach inzwischen von hunderten winziger Halogenbirnen erleuchtet wurde, die die seitlich neben ihm liegenden Blumenbeete mit ihren Farnen, Blühpflanzen und Palmen auch jetzt in der Dunkelheit sichtbar werden ließen. Oliver wusste selbst nicht, was ihn um diese Zeit noch ins Hotel zog, aber seit er Kelly verloren hatte, war er nicht nur ernster geworden, auch seine Instinkte hatten sich geschärft. Eine unerklärliche Unruhe hatte ihn jetzt erfasst. Er nickte dem alten Nachtportier an der Rezeption zu und ging rasch zum Lift. Während der Aufzug nach oben schwebte, überkam ihn das Gefühl, sich lächerlich zu machen. Als die Lifttüren fast lautlos auseinander glitten, betrat er den Gang. Der dicke Teppichboden verschluckte jedes Geräusch, das seine Schritte normalerweise verursacht hätten, und eine fast unwirkliche Stille lag über dem Hotelflur. Zögernd verlangsamte sich Olivers Schritt, als er sich Sarahs Tür näherte. Er sah auf die Uhr. Es war absurd. Um diese Zeit konnte er nicht einfach an die Zimmertür klopfen und fragen, ob alles in Ordnung sei. Sie würde ihn nicht nur für aufdringlich, sondern auch für verrückt halten. Gerade als er sich wieder umdrehen wollte, fiel sein Blick auf einen dunklen Fleck, der sich auf dem hellen Teppichboden unter ihrer Tür auszubreiten schien. Alarmiert schaltete er die zusätzliche Deckenbeleuchtung ein und bückte sich. Erschrocken registrierte er, dass es sich um Blut handelte. Er richtete sich auf und versuchte die Tür zu öffnen, aber sie war, wie er es befürchtet hatte, verschlossen. Schneller als der Aufzug hätte unten sein können, war er über die Treppe hinuntergelaufen und durchquerte die Hotelhalle.

Während er hinter der Rezeption nach dem Generalschlüssel griff, sagte er zu dem Portier: »Schnell Bill, ruf sofort in der Klinik an! Sie sollen einen Krankenwagen schicken und drüben im Pub anrufen. Dort sind John und Laura, die sollen auch herüberkommen und ihre Arzttaschen mitbringen. Ich bin auf Zimmer 25.«

Der alte Nachtportier hatte aufgeschreckt zugehört und sich dann sofort dem Telefon zugewandt. Oliver war schon wieder auf dem Weg nach oben und hetzte den Gang entlang. Die Tür ließ sich nur langsam öffnen, denn Sarah lag genau dahinter. Oliver sog scharf die Luft ein, als er sie in einer großen Blutlache vorfand.

»O nein!«

Er kniete neben ihr und drückte instinktiv sofort ihren Oberarm ab, um den Blutstrom aus dem Unterarm zu unterbrechen. Mit der zweiten Hand versuchte er ihren Puls zu finden. Ängstlich ruhten seine Augen auf ihrem blassen Gesicht. »Sarah? Sagen Sie doch etwas! Bitte!«

Der Portier war ihm gefolgt und beobachtete entsetzt die Szene. Oliver sah auf und deutete mit dem Kopf auf die Vorhänge.

»Bill, gib mir die Vorhangkordel dort. Schnell!« Als er den Gesichtsausdruck des alten Mannes wahrnahm, fügte er hinzu: »Sie lebt, aber ihr Puls ist kaum noch zu spüren.«

Der Portier war rasch bei den Gardinen und löste energisch ein Band, das die hell gemusterten Vorhänge in einem sanften Schwung seitlich neben dem Fenster gehalten hatte. Schnell kniete er neben Oliver, zog die Kordel unter Sarahs Arm durch und band ihn ab. Hilflos hob Oliver seine blutverschmierten Hände hoch und schüttelte verzweifelt den Kopf.

»Verdammt, jetzt können wir nichts mehr tun. Hast du in der Klinik Bescheid gegeben, dass die anderen Ärzte im Pub sind?«

Der alte Mann nickte. »Natürlich. Sie sind sofort los und müssen gleich hier sein.«

Nachdem Oliver sich die Hände abgespült hatte, wandte er sich um. Sein Blick blieb auf der leeren Packung Schlaftabletten hängen, die auf dem Nachttisch lag. Mit schnellen Schritten war er am Bett und hielt sie in der Hand. »O nein! Verflucht! Sieh doch nur, Bill. Sie hat es absolut ernst gemeint.«

Der Portier hatte kurz aufgeschaut und beobachtete jetzt wieder Sarahs Gesicht. »Dass es ihr ernst war, erkennt man doch schon an ihrem Arm. So etwas habe ich noch nie gesehen. Und ich habe wahrhaftig schon einiges erlebt.«

Erleichtert seufzte er auf, als er Stimmen auf dem Flur vernahm. Laura, John und die Rettungsmannschaft waren beinahe gleichzeitig eingetroffen. Sanitäter schoben die klappbare Trage herein, Koffer und medizinisches Zubehör wurden blitzschnell geöffnet und bereitgestellt. Die Ärzte hatten kurz die Stirn gerunzelt, bevor sie sich konzentriert und routiniert an die Arbeit machten. Wie selbstverständlich arbeiteten sie Hand in Hand. Oliver hatte sich in den Hintergrund verzogen. Unablässig beschäftigte ihn das Warum. Sie war jung, hübsch und hatte einen ruhigen, intelligenten Eindruck auf ihn gemacht. Warum wollte sie nicht mehr leben? Er hatte heute als Erster mit ihr gesprochen. Hätte ihm nicht spätestens am Nachmittag auffallen müssen, wie verzweifelt sie gewesen war? Hätte er dann diesen Schritt vielleicht noch verhindern können? Inzwischen war ein Infusionszugang am gesunden Handgelenk gelegt worden, und die erste Infusion lief bereits. John war einer der besten Chirurgen, die je hier in Warren Creek gearbeitet hatten. Dennoch richtete er sich ernst auf, nachdem er den Arm untersucht hatte.

»O Mann, das wird Millimeterarbeit. Ob der wieder so funktionieren wird wie zuvor, bleibt fraglich. Wenn sie ihn nicht verlieren soll, müssen wir sofort los. Laura, ruf in der Klinik an, der OP soll vorbereitet werden.«

Während das Rettungsteam den Abtransport in die Wege leitete, wandte sich Oliver an den Freund. »John, kann ich mitkommen? Ich fühle mich irgendwie schuldig. Sie war heute Nachmittag schon so merkwürdig.«

»Nein, Oliver. Mach dir erst mal keine Gedanken. Richard hat noch Dienst in der Klinik. Sie muss sofort operiert werden.« Er zögerte und schaute auf Sarah hinunter. »Auch wenn sie es schafft, wird sie frühestens morgen zu sich kommen. Ich sage dir Bescheid, okay?«

Wie betäubt sah Oliver ihnen nach, bevor er sich langsam umdrehte und ins Zimmer zurückging. Er wusste selbst nicht, was er dort wollte. Trotzdem hatte er das eigenartige Gefühl, dass in diesem Raum eine Antwort auf ihn wartete. Erschüttert ließ er sich auf das Bett sinken und rieb sich die Schläfen. Stille umgab ihn. Den toten Möbeln war alles egal gewesen. Stumm hatten sie zugesehen, wie Sarah versucht hatte, ihrem Leben ein Ende zu setzen. Wie verzweifelt musste sie gewesen sein? Oliver saß vornübergebeugt, den Kopf auf die Hände gestützt, und hing seinen Gedanken nach. Die junge Frau in diesem Zustand vorzufinden hatte ihn mitgenommen. Insgeheim machte er sich große Vorwürfe, hatte er doch am Nachmittag schon instinktiv gespürt, dass sie etwas quälte. Er schrak zusammen, als Bill mit Eimer, Putzmitteln und Bürste die Tür aufstieß. Bedauernd sah er ihn an. »Kann ich dir dabei helfen, Bill? Komm schon, gib mir den Eimer.«

Er griff danach und stellte ihn im Zimmer neben dem großen Blutfleck ab.

Der alte Mann hatte ihm offenbar gar nicht zugehört.

»Mein Gott, das arme Mädchen. Wird sie durchkommen, Oliver?«

Dieser drehte gedankenverloren eine Dose Teppichschaum in den Händen. Die gleiche Frage hatte er sich selbst schon einige Male gestellt. Es sah sehr ernst aus. Sie hatte eine große Menge Blut verloren. Das allein brachte sie schon in einen äußerst kritischen Zustand. Dazu noch die vielen Tabletten, die sie geschluckt hatte, und obendrein der offensichtlich nicht mehr vorhandene Lebenswille, der es durchaus verhindern konnte, sie ins Leben zurückzuholen. Oliver riss sich zusammen, als er Bills besorgten Blick bemerkte.

»Ehrlich gesagt, ich weiß es nicht. Es sieht nicht besonders rosig aus, aber bei Laura, John und Richard ist sie in sehr guten Händen. Wir müssen es abwarten.«

Der alte Mann blickte ihm nun forschend in die Augen. Er kannte Oliver schon, seit er laufen gelernt hatte, und liebte ihn wie einen eigenen Enkel. »Woher wusstest du, dass etwas nicht in Ordnung war?«

Oliver wich seinem aufmerksamen Blick aus. Es war ihm einfach peinlich, über Ahnungen oder Instinkte zu sprechen; auch hatte ihn die Dramatik der Rettungsaktion aufgewühlt und zu sehr an Kelly erinnert. Er schob jetzt die Unterlippe vor und zuckte ratlos mit den Schultern. »Ach, ich weiß auch nicht, Bill.« Er war in die Hocke gegangen und betrachtete ein wenig resigniert den Fleck. »O Gott, wie willst du den bloß wegkriegen? Kann ich dir dabei irgendwie helfen?«
Energisch schüttelte Bill nun den Kopf.
»So weit kommt es noch. Du kehrst jetzt zu deinem wohlverdienten Feierabend zurück, und ich weiß schon, was ich hier zu tun habe. Den Rest können morgen die Zimmermädchen erledigen. Los, Oliver!«
Langsam ging Oliver die Treppe hinunter und betrat die ruhige Straße, die ihn nach Hause führen würde.

4

Dr. John Miles stieß mit der Schulter die Tür auf und verließ den OP. Noch im Gehen zog er die Handschuhe aus, warf sie in einen Abfallbehälter und befreite sich vom Mundschutz. Während er sich des OP-Kittels entledigte, betrat auch sein Kollege Dr. Richard McGregor den Raum. John hob den Kopf.

»Na, was meinst du?«

Richard ließ sich auf einer Bank nieder und seufzte.

»Abwarten, würde ich sagen. Wir haben jedenfalls unser Möglichstes getan.« Nachdenklich betrachtete er einen Moment den Knauf an seiner Schranktür.

»Warum hat sie das bloß gemacht?«

John hatte sich ein frisches T-Shirt angezogen und stopfte es in den Hosenbund seiner weißen Arzthose. Er wandte sich zu seinem Kollegen um.

»Keine Ahnung. Meine Erfahrung sagt mir, dass es Liebeskummer war. Das ist der häufigste Grund für Selbstmordversuche bei Frauen ihres Alters.«

Richard schaute ihn vorwurfsvoll an.

»Du sagst das, als müsstest du dich für irgendeine statistische Erhebung äußern.«

John unterdrückte ein Schmunzeln und ließ sich neben seinem Kollegen auf die Bank fallen.

»Natürlich lässt mich das nicht kalt, Richard. Aber wir müssen versuchen normal damit umzugehen. Die Probleme unserer Patienten dürfen nicht zu unseren eigenen werden, sonst sind wir ihnen keine Hilfe mehr. Das solltest du eigentlich wissen, oder?« Er klopfte ihm kame-

radschaftlich auf die Schulter. »Na komm, trinken wir einen Kaffee. Den haben wir uns jetzt verdient.«
Richard fuhr sich durch das dunkle Haar und seufzte noch einmal. »Ich ziehe mich nur um, dann komme ich.« Einen Augenblick blieb er noch in Gedanken versunken auf der Bank sitzen. Auch er verfügte über eine mehrjährige Erfahrung. Dennoch war es ihm nicht immer gelungen, die notwendige Distanz zu seinen Patienten aufrechtzuerhalten. Wenn er den Kampf um ein Menschenleben verlor, geriet er oft ins Grübeln. Er hatte sich nie daran zu gewöhnen vermocht, nichts mehr tun zu können. Richard rieb sich die müden Augen. Es machte ihn nachdenklich, dass diese junge Frau ihr Leben einfach hatte wegwerfen wollen.

Sarah kämpfte sich durch einen dumpfen Nebel. Immer wieder fielen ihr die Augen zu. Sie war so müde. Doch irgendjemand hinderte sie daran, weiterzuschlafen. Ihr Kopf dröhnte. Jetzt spürte sie es deutlich, jemand berührte ihre Wange.
»Sarah! Sarah, kommen Sie, wachen Sie auf! Sagen Sie etwas!«
Mühsam versuchte sie, die Augen zu öffnen. Ihre Lider waren so unglaublich schwer, und ihre Zunge fühlte sich seltsam taub an. Einige Sekunden später kehrte ihr Bewusstsein zurück. Alles war schief gegangen. Sie war nicht tot. Verzweifelte Gedanken durchdrangen den Schleier, der ihr Gehirn sanft umgeben hatte – Scham darüber, sich im Krankenhaus wiederzufinden, Angst vor der Erwartung der Menschen hier, die sicher eine Erklärung wollten, Trotz, niemandem Rechenschaft ab-

legen zu wollen. Langsam öffneten sich ihre Augen. Sie fuhr zusammen, als sich zwei weiß gekleidete Männer über sie beugten und sie musterten. Sie wollte sich bewegen, doch es ging nicht, denn ihre Arme waren mit weichen Bandagen am Bett befestigt. Panik stieg in ihr auf. Was war das? Sie war gefesselt!
Der ältere Arzt berührte ihre Schulter. »Wir mussten Ihren linken Arm operieren und ruhig stellen. Es ist uns gerade noch so eben gelungen, Sie zurückzuholen. Die Bandagen sind also zu Ihrer eigenen Sicherheit.« Er schlug einen betont munteren Ton an. »Wir wollen Sie doch nicht verlieren, nachdem wir uns so viel Mühe mit Ihnen gegeben haben.«
Sarah fühlte sich beschämt. Sie hatte niemanden um diese Hilfe gebeten. Warum ließ man sie nicht in Ruhe? Angst stieg in ihr auf. Sie war wehrlos, zu keiner Reaktion fähig an dieses Bett gefesselt. Würde man sie jetzt in die Psychiatrie einweisen? War sie am Ende gar schon dort und wusste es nur noch nicht? Sie drehte demonstrativ den Kopf zur Seite. Erleichtert registrierte sie, dass die Männer sich zurückzogen und sie allein ließen. Ihre Augen folgten einem etwas unregelmäßigen Piepton und sie erkannte einen Herzton-Monitor, der neben ihrem Bett stand. Auf der anderen Seite blieb ihr Blick auf einem Beutel hängen, der über einen Schlauch mit dem Infusionszugang an ihrem Handgelenk verbunden war. Als sie erneut versuchte sich zu bewegen, durchfuhr sie ein stechender Schmerz, der sie sofort wieder still liegen ließ. Der linke Arm pochte und pulsierte stark. In ihrer Nase kribbelte der Sauerstoffschlauch, und sie konnte nichts dagegen tun. Verzweif-

lung überkam sie, während langsam Tränen über ihre Wangen rollten, das Kinn entlang den Hals hinunterliefen und irgendwo im Kragen dieses lächerlichen OP-Hemdes verschwanden, ohne dass sie sie daran hätte hindern können. Noch nie in ihrem Leben hatte sie sich einsamer und hilfloser gefühlt.

5

Oliver goss sich Kaffee ein und umfing die Tasse mit beiden Händen. Unter seinen Augen lagen dunkle Schatten, als er jetzt in den gerade erwachenden Morgen hinaussah. Er hatte kaum geschlafen und war noch müde. Trotzdem war es ihm nicht mehr möglich gewesen, noch einmal einzuschlafen. Also hatte er beschlossen, auf einen Sprung in der Klinik vorbeizuschauen. Irgendwie ärgerte er sich darüber, dass ihn der Gedanke an Sarah nicht losließ. Er wollte nicht die Verantwortung für ihre Tat übernehmen und spürte doch längst, dass er bereits dabei war, sich für sie verantwortlich zu fühlen. Diese Gefühle hatten etwas Unprofessionelles an sich, was befremdlich war, denn in beruflichen Dingen strebte er stets nach Perfektion. Nachdem er Samantha einen Zettel auf dem Küchentisch hinterlegt hatte, machte er sich auf den Weg.

Die Schwester am Empfang sah überrascht auf, als die Türen auseinander glitten und Oliver hereinkam. Bis zur Besuchszeit war noch beinahe eine Stunde. Er nickte ihr grüßend zu und blieb ein wenig unsicher stehen. »Guten Morgen. Ich würde gerne Sarah Berndes besuchen. Sie ist gestern Abend eingeliefert worden.« Er zögerte. »Ich weiß, ich bin zu früh dran, aber ich habe sie gestern gefunden und mache mir ziemliche Sorgen.«

Die Schwester ging suchend die Unterlagen der Nachtschicht durch und sah dann auf.

»Sie ist operiert worden und liegt jetzt auf der Intensiv-

station. Ich weiß allerdings nicht, ob sie schon Besuch haben darf.«
Oliver bedankte sich und ging zum Aufzug.
Die Schwester rief ihm nach: »Sie müssen sich auf der Station melden! Dort wird man Ihnen einen Kittel ...«
Er unterbrach sie freundlich lächelnd. »Ich kenne mich aus. Danke.«
Trotz der frühen Stunde hielt ihn niemand auf. Alle, die ihm begegneten, kannten ihn noch gut. Die Umgebung war ihm durch Kellys Erkrankung bestens vertraut. Er schob die schrecklichen Erinnerungen, die ihn heimsuchten, so gut wie möglich beiseite und zog mechanisch den sterilen Kittel über, den er beim Betreten der Station bekommen hatte. In ihrem Zimmer blieb er zunächst wie angewurzelt stehen, als er bemerkte, dass man ihre Arme am Bett fixiert hatte. Er brauchte einige Sekunden, um sich darüber klar zu werden, dass es sich hierbei wohl um eine Sicherheitsmaßnahme handelte. Betroffen trat er näher und löste die Verschlüsse der Bandagen. Zumindest solange er als Besucher hier war, sollte sie nicht wie eine Gefangene dort liegen. Leise nahm er auf dem Stuhl neben ihrem Bett Platz und musterte ihr Gesicht. Sie schlief etwas unruhig, und auf den Wangen konnte er noch Spuren von Tränen erkennen. Tief in seinem Inneren fühlte er einen unerklärlichen Schmerz. Oliver betrachtete die leise piepsenden Geräte und schluckte. Er hasste diesen Ort dafür, dass er Erinnerungen in ihm wachrief, die er so weit wie möglich verdrängt hatte. Sarah träumte offenbar unruhig, denn plötzlich schrak sie zusammen und fuhr mit beiden Händen durch die Luft. Die Bewegung mit dem frisch ope-

rierten Arm musste ihr wehgetan haben, denn sie wimmerte erst leise und schlug dann die Augen auf. Sie schien einige Sekunden zu benötigen, bis sie wusste, wo sie war. Wie um sich zu vergewissern, dass sie nicht mehr angebunden war, hob sie die Hand mit dem Infusionszugang und betrachtete sie kurz. Mit zusammengebissenen Zähnen versuchte sie anschließend den anderen Arm ebenfalls anzuheben und erstarrte, als sie Olivers leise Stimme vernahm.

»Den verbundenen Arm sollten Sie so wenig wie möglich bewegen, Sarah.«

Sie drehte den Kopf in seine Richtung und sah ihn an. Einen Moment lang wurde er sich der Merkwürdigkeit seiner Situation bewusst, dann überwand er sich. Verdammt, was sollte diese Zauderei? Er wollte schließlich helfen. Er lächelte vorsichtig. »Ich frage lieber nicht, wie Sie sich fühlen.« Er machte eine kleine Pause, in der sie den Blick abgewandt hatte. »Sarah, ich möchte Ihnen helfen. Es ... es tut mir so Leid, was passiert ist. Kann ich jemanden für Sie benachrichtigen?«

Zunächst hatte er den Eindruck, es käme keine Reaktion von ihr, doch schließlich bemerkte er, wie sie kurz den Kopf schüttelte und sich dann wegdrehte. Aber Oliver wollte noch nicht gehen. Gestern schon hatte er den Fehler begangen, zu früh aufzugeben. »Ich weiß, was Sie durchmachen.« Er beugte sich zögernd vor und konnte erkennen, dass sie auf das Nachtschränkchen starrte. Langsam ging er mit seinem Stuhl um das Bett herum, setzte sich wieder und sah sie offen an. Er sprach sehr leise. »Ich war selbst einmal ganz kurz davor ... Mein Leben hatte keinen Sinn mehr, als die Frau, die mir so viel bedeutet hat wie keine andere, daraus verschwand.« Oliver musterte ihr blasses Gesicht. Sie sah aus, als wäre sie aus Porzellan. Unwillkürlich schlug er einen vertrauteren Ton an. »Ist dir etwas Ähnliches passiert?«

Sie biss sich auf die Unterlippe, wich seinem Blick aus und nickte leicht. Sie konnte sich nicht überwinden zu sprechen, schien aber ein wenig Vertrauen zu fassen. Irgendwie hatte sie nichts mehr zu verlieren.

Oliver wartete einen Moment, dann beugte er sich auf seinem Stuhl etwas vor.

»Auch wenn du es jetzt nicht glauben kannst, aber das Leben geht weiter. Und es ist viel zu kurz, als dass wir es einfach wegwerfen sollten.« Als er ihren verächtlichen Gesichtsausdruck bemerkte, lehnte er sich wieder zurück. »Was hast du von diesem Kontinent zum Beispiel schon gesehen?« Sie sagte nichts, und so fuhr er fort: »Du bist also nur hierher gereist, um deinem Leben ein Ende zu setzen? Wen willst du damit bestrafen? Deine Eltern? Deine Familie? Dich selbst? Oder denjenigen, der deine Liebe offensichtlich nicht verdient?«

Sie sah ihn unsicher an und betrachtete dann angestrengt die Schublade ihres Schränkchens, als müsste sie sich jede einzelne Schramme daran einprägen.

Seine Stimme klang wieder weicher. »Weißt du was? Es ist mir nicht egal, ob du lebendig oder tot bist. Und ich mache jede Wette, dass ich nicht der Einzige auf der Welt bin, dem es so geht, hm?« Er lächelte. »In den meisten negativen Dingen, die uns widerfahren, liegt ein tieferer Sinn. Den erkennen wir aber in der Regel erst viel später.« Oliver sah auf die Uhr. Das sollte für heute reichen, er wollte sie nicht überfordern oder riskieren, dass diese erste Stufe des Vertrauens umkippte. Er stand auf und blieb an ihrem Bett stehen.

»Versprichst du mir etwas?«

Sie sah ihn abwartend an.

»Ich möchte, dass du mir versprichst, hier erst einmal ruhig liegen zu bleiben und keinen Blödsinn mehr zu machen. Wenn du mir das zusagst, werde ich mit den Ärzten sprechen, ob sie darauf« – er deutete auf die Bandagen – »nicht vielleicht verzichten können.«

Ihre Augen waren seinem Hinweis gefolgt, und ihm war ihr erschrockener Ausdruck nicht entgangen.

»Keine Angst, wir sind hier nicht im Gruselkabinett. Aber dies ist kein Klinikgroßbetrieb, hier gibt es keine eigene psychiatrische Abteilung und auch nicht genügend Personal, um ständig jemanden an deinem Bett sitzen zu lassen. Deshalb, nehme ich an, hat man auf die Bandagen zurückgegriffen.« Er berührte kurz ihre Hand. »Also, gibst du mir dein Wort darauf, hier nicht noch einen Versuch zu starten, den Ärzten neue Arbeit zu verschaffen?«

Sie nickte ernst, während sie ihm nachsah, als er zur Tür ging. Er blickte sich noch einmal um.

»Ich komme morgen wieder.«

Sarah betrachtete die Tür, die sich leise schloss. Sie war müde geworden, und in ihrem operierten Arm pulsierte ein reißender Schmerz. Dennoch fühlte sie sich ein wenig besser. Nachdenklich lauschte sie dem Piepsen der Geräte und dachte an Wolf. Merkwürdigerweise konnte sie das in diesem Moment ohne die todbringende Verzweiflung, die sie gestern noch vollkommen ausgefüllt

hatte. Es kam ihr vor, als wäre ihr Selbstmordversuch eine Art Ventil gewesen, durch das ihre übermächtigen Gefühle hatten entweichen können. Zurückgeblieben waren ein bitterer Geschmack und eine seltsame Leere, die aber nichts mehr von dieser eigenartig dumpfen Bedrohlichkeit an sich hatte, die sie gestern noch verspürte. Ihr Kopf dröhnte. Sarah sah auf, als sich die Tür öffnete und eine Krankenschwester das Zimmer betrat. Sie lächelte ihr zu und blieb vor dem Infusionsständer stehen, wo sie den Infusionsbeutel kontrollierte und anschließend eine große Spritze in einen rechteckigen computergesteuerten Kasten klemmte, der offensichtlich dafür sorgen sollte, dass das in der Spritze enthaltene Medikament in einem bestimmten Zeitraum über den Schlauch in den Zugang an ihrem Handgelenk gelangen würde. Die Schwester sah sie prüfend an.
»Haben Sie starke Schmerzen, Sarah?« Sarah schloss kurz die Augen, und die Schwester nickte. »Sie werden sehen, gleich wird es besser. Schlafen Sie jetzt ein wenig, okay?«
Obwohl in Sarahs Kopf noch viele Gedanken durcheinander wirbelten, siegte die Erschöpfung, und nach einer Weile fielen ihr die Augen zu, und sie schlief ein.

Auch in den darauf folgenden Tagen blieb Sarah stumm. Nach und nach wurde ihr die ganze Tragweite ihrer Handlung bewusst. Sie war froh darüber, dass man sie weitgehend in Ruhe ließ und zu akzeptieren schien, dass sie noch etwas Zeit brauchte. Olivers Bemerkung über ihre Familie hatte sie erschrocken erkennen lassen, dass ihre Eltern und ihre Brüder sicherlich

schon in rasender Sorge um sie waren. Sie alle wussten, wie viel ihr Wolf bedeutete und wie wichtig er für sie war. Niemand hatte eine Ahnung, wohin genau sie verschwunden war. Sie hatte nur einen Zettel hinterlassen, dass sie in Ordnung sei, Abstand von Wolf brauche und sich bald melde. Sarah zögerte innerlich. Es war alles so kompliziert. Einerseits wollte sie nur in Ruhe gelassen werden, »um ihre Wunden zu lecken«, wie sie für sich selbst spöttisch feststellte, andererseits konnte sie den Gedanken, dass sich ihre Familie um sie sorgte, kaum ertragen. Doch was hätte sie ihnen sagen sollen? Hallo, ich bin es. Ich befinde mich zwar in Australien, aber sagt Großvater und Großmutter nichts davon, denn ich habe gerade versucht mich umzubringen. Und wir wollen sie doch nicht beunruhigen. Ansonsten geht es mir aber prima.
Sarah seufzte leise, setzte sich auf die Bettkante und sah zum Fenster. Wie um Himmels willen sollte sie nur wieder aus dieser verfahrenen Situation herauskommen? Ihre Gedanken wanderten Hilfe suchend zu Oliver. Jeden Tag kam er und versuchte sie aufzuheitern, ohne dabei jemals aufdringliche Fragen zu stellen. Sie hörte ihm gern zu, wenn er von seinem Alltag im Hotel erzählte, und ab und zu war es ihm sogar schon gelungen, ein Lächeln auf ihr Gesicht zu locken. Dennoch hatte sie auch ihm gegenüber noch nicht begonnen zu sprechen. Sie befürchtete, mit Fragen bombardiert zu werden, sobald sie den Mund aufmachte. Sie hatte Angst davor, den Ärzten und Schwestern Rechenschaft ablegen zu müssen. Sarah richtete sich auf und unterdrückte einen Schmerzenslaut, als sie versehentlich mit dem

bandagierten Arm gegen die Kante ihres Nachtschränkchens stieß. Vorsichtig zog sie mit der gesunden Hand die Schublade auf, griff nach ihrem Taschenkalender und schlug mühsam umblätternd die richtige Seite auf. Es waren noch über vier Wochen Zeit, bis sie ihre neue Stelle als Lehrerin an einer Grundschule antreten musste. Nachdenklich starrte sie auf den Verband. Sie hatte erste Zweifel, dass ihr Arm bis dahin wieder vollständig funktionieren würde. Tränen stiegen ihr in die Augen, als ihr die amtsärztliche Untersuchung einfiel, die noch ausstand. Womöglich würde man ihr die psychische Eignung absprechen, Kinder zu unterrichten, wenn man alles erfuhr. Sie betrachtete erneut ihren ruhig gestellten Arm. Es würde sich wohl kaum vermeiden lassen, darauf angesprochen zu werden. Als es kurz an der Tür klopfte, fuhr sie sich hektisch über die Augen. Oliver hatte fröhlich lächelnd ein kleines Buch geschwenkt, dann aber sofort registriert, dass sie niedergeschlagen war. Er setzte sich zu ihr und griff nach ihrer Hand, die sie ihm nicht entzog. Im Grunde war er der Einzige hier, dem sie vertraute.

»Sarah, willst du mir nicht sagen, was dich quält?« Er unterbrach sich und fuhr sich durchs Haar. »Ich meine, ich will dich nicht ausfragen, aber vielleicht kann ich dir ja irgendwie ein kleines bisschen helfen?« Abwartend huschten seine Augen über ihr Gesicht.

Sie zögerte, bevor sie sich räusperte und aufsah. Ihre Stimme kam ihr nach dem tagelangen Schweigen merkwürdig fremd vor, und wahrscheinlich sprach sie deshalb sehr leise. »Ich … ich weiß es nicht.«

Oliver ließ sich seine Erleichterung darüber, dass sie tat-

sächlich mit ihm gesprochen hatte, nicht anmerken. Er schien zu ahnen, was sie beschäftigte.
»Soll ich vielleicht doch jemanden für dich anrufen?«
Sie hatte aus dem Fenster gesehen und die Blätter an einem Baum betrachtet, dessen Zweige sich leicht im Wind bewegten. Hinter dem Grün des Klinikgartens ragten die übrigen Gebäude des Krankenhauses in den Himmel und schienen auf sie herabzusehen. Langsam wandte sie sich um und schaute nun auf den Drainageschlauch, der aus ihrem Armverband hervorkam und zu einem Beutel führte, der seitlich unten an ihrem Bett hing. Einige Tropfen Wundflüssigkeit ließen sich auf ihrem Weg durch den durchsichtigen Schlauch beobachten.
»Ich bin mir nicht sicher, weißt du?« Sie hob den Blick und sah ihm ins Gesicht. »Es ist gar nicht so einfach für mich.« Oliver wartete ruhig ab, und sie seufzte leise. »Meine Eltern. Ich möchte nicht, dass sie sich sorgen, aber was soll ich ihnen denn sagen? Dass ich im Krankenhaus bin und versucht habe mir das Leben zu nehmen? Dass ich es ohne Wolf nicht ausgehalten habe?«
Oliver drückte leicht ihre gesunde Hand.
»Und wenn ich für dich anrufe? Ihnen sage, dass ich ein Freund bin, dass du hier in Australien noch ein wenig Zeit brauchst, alles zu verdauen, und deshalb mich gebeten hast, für dich anzurufen, weil du im Moment keine Fragen beantworten willst?«
»Würdest du das tun?«
Er nickte und fügte augenzwinkernd hinzu: »Na klar! Und ich bin ausgesprochen überzeugend.«
Er beugte sich vor. »Dann müssen sie sich wenigstens

keine Sorgen mehr machen, und ich sage ihnen auch, dass du dich bald selbst meldest, hm?«
Gespannt beobachtete er ihr Gesicht, auf das sich jetzt ein leises Lächeln stahl.
»Das überzeugt sogar mich. Also, dann schreib auf.«
Nachdem sie ihm die Nummer diktiert hatte, zögerte sie erneut kurz, während sie wieder auf den Drainageschlauch starrte. »Bitte sag ihnen, dass ich sie liebe und dass sie sich keine Sorgen machen sollen, okay?«
Er nickte wieder und steckte Zettel und Stift in die Brusttasche seines Jeanshemdes. »Ja, klar. Mach ich.« Er grinste sie aufmunternd an. »Ich warte aber bis morgen früh. Wenn ich jetzt anrufe, werfe ich sie aus dem Bett, und dann glauben sie mir nie, dass es dir gut geht.«
Er sah zur Seite, und sein Blick fiel auf das Buch. Nichts wollte er lieber, als sie von ihrem Kummer abzulenken. »Hier. Sieh mal, was ich dir mitgebracht habe. Einen Reiseführer über den australischen Süden. Ich dachte, du hättest es ernst gemeint, als du mir an deinem ersten Tag im Hotel sagtest, es gefalle dir hier. Vielleicht magst du ja mal reinschauen und entdeckst etwas, das dich interessiert?« Er machte eine Pause und beobachtete ihre Reaktion.
Sie war verlegen, schien sich aber darüber zu freuen.
Oliver sah sie offen an. »Es wäre schön, wenn ich dir hier die Gegend zeigen dürfte. Natürlich erst, wenn es dir besser geht.«
Sarah griff nach dem Buch und betrachtete den Einband. Sie mochte Oliver. Dennoch nagte ihre psychische Niederlage in den vielen stillen Stunden noch sehr an ihr. Auch der Gedanke an Wolf und ihr Zuhause brachte sie

häufig aus dem Gleichgewicht. Aber Oliver verdiente es nicht, dass sie ihn vor den Kopf stieß. Außerdem half ihr die Vorstellung, nicht gleich wieder ganz allein in diesem großen Land unterwegs zu sein. Sie fürchtete sich vor der bodenlosen Einsamkeit, die sie zum ersten Mal in ihrem Leben auf der langen Fahrt verspürt und die in gewisser Weise einen Sieg davongetragen hatte. In der nächsten Zeit wollte sie ihren Gedanken nicht mehr so hilflos ausgeliefert sein. Vorsichtig lächelnd sah sie auf. »Danke. Ich glaube, das ist eine wirklich gute Idee. Ein wenig Zeit werde ich aber wohl noch brauchen.«

6

Das Telefon klingelte schon zum vierten Mal, als sich Julia Berndes endlich meldete. Atemlos lauschte sie den Erklärungen eines ihr fremden Australiers, der aus einem ihr unbekannten Ort namens Warren Creek anrief und ihr versicherte, es gehe ihrer Tochter Sarah gut. Verwirrt und besorgt zugleich wartete sie eine Pause ab.

»Mr. Johnson? Ich danke Ihnen, dass sie sich bei uns melden, aber warum ruft Sarah uns nicht selber an? Ist sie gesund? Geht es ihr wirklich gut?«

Oliver wurde es plötzlich warm. Ihre offensichtliche Sorge belastete ihn mehr, als er sich vorgestellt hatte.

»Mrs. Berndes, ich versichere Ihnen, dass sie sich bald persönlich bei Ihnen melden wird. Die Sache mit ihrem Lebensgefährten hat sie sehr mitgenommen, und sie möchte im Moment nicht darüber sprechen. Sie erholt sich gerade ein wenig, wobei wir uns übrigens kennen gelernt haben, und will dann zu ihren Großeltern weiterreisen, die sie momentan einfach nicht beunruhigen möchte, so durcheinander, wie sie ist.«

Er zögerte, als keine Entgegnung kam, und fühlte sich unwohl. Sarahs Mutter schien genau zu spüren, dass er sie beschwichtigen wollte, stellte jedoch keine weiteren Fragen.

»Nochmals vielen Dank für Ihre Mühe, Mr. Johnson. Sagen Sie Sarah, dass sie uns sehr fehlt und dass sie sich bitte bei uns melden soll.«

»Das mache ich, Mrs. Berndes. Sie lässt Ihnen auch aus-

richten, dass sie Sie liebt und dass Sie sich keine Sorgen machen sollen.«
Julia musste schlucken, ihre Kehle wurde plötzlich eng.
»Danke. Das würde ich natürlich gern von ihr selber hören.«
»Das verstehe ich. Haben Sie nur noch ein wenig Geduld mit ihr. Sie wird es Ihnen bald selber sagen. Alles Gute für Sie und Ihre Familie.«
»Danke, für Sie auch.«
Langsam ließ Julia den Hörer sinken und starrte aus dem Fenster. Im Garten wirbelte der Wind buntes Laub durch die Beete. Julias Herz hämmerte. Zornig legte sie den Hörer auf die Ladestation zurück. Was dachte sich Sarah bloß? Sie musste doch wissen, wie sehr sich ihr Vater und sie um sie sorgten. Julias blaugraue Augen wanderten zu einem bunten Windspiel, das von einem Apfelbaum herabhing und sich munter um die eigene Achse drehte. Nie hatte es ernsthafte Schwierigkeiten mit Sarah gegeben. Und jetzt? Mit vierundzwanzig Jahren packte sie ein paar Sachen zusammen und verschwand nach Australien! Julia strich sich eine Haarsträhne zurück und seufzte. Ihre rechte Hand glitt in die Tasche der flauschigen grauen Weste, die sie so gern zur Gartenarbeit trug, und zog ein Stück Papier hervor. Etwas verknittert hielt sie das letzte Lebenszeichen ihrer Tochter in den Händen. Einen karierten Notizzettel, auf dem sich ihre schwungvolle Handschrift abzeichnete. Sicher schon zum hundertsten Mal las sie die Zeilen.

»Liebe Mama, lieber Papa,
ich habe leider gerade feststellen müssen, dass

Wolf eine andere Frau hat. Mich trifft das sehr. Ich kann jetzt nicht mit ihm reden und möchte ihm in der nächsten Zeit auch nicht begegnen, also sagt ihm nicht, wo ich bin. Ich brauche Abstand, deshalb fliege ich nach Australien.
Schon immer wollte ich mir deine Heimat in Ruhe ansehen, Mama.
Macht euch bitte keine Sorgen, auch nicht, wenn es ein wenig dauern wird, bis ich mich bei euch melde.
Meine neue Stelle trete ich erst in sechs Wochen an. Ich schaue mir daher ein wenig vom Land an, ehe ich zu Großmutter und Großvater fahre. Ich glaube, sie würden mir sonst zu sehr anmerken, wie traurig und durcheinander ich im Moment bin.
Ich umarme euch
Sarah.«

Langsam strichen Julias Finger über die Handschrift ihrer Tochter, bevor sie kurz die Augen schloss und den Kopf senkte. »Bitte, lieber Gott, lass ihr nichts geschehen sein, und mach, dass sie nichts Unüberlegtes tut.« Eine merkwürdige Sehnsucht nach ihrer Tochter hatte sie ergriffen. Obwohl sie inzwischen erwachsen war und ihr eigenes Leben lebte, spürte Julia deutlich, dass etwas nicht in Ordnung war. Immer schon hatte eine besondere Beziehung zwischen ihr und Sarah bestanden. Unwillkürlich stahl sich ein kurzes Lächeln auf ihr Gesicht. Julia liebte ihre drei Kinder gleichermaßen, aber dennoch war ihr Sarah als ihr jüngstes Kind und einziges Mädchen besonders ans Herz gewachsen. Die dramatischen Umstände, die sie zwei Monate zu früh hatten auf die Welt kommen lassen, fielen ihr wieder ein. Vielleicht lag es auch daran, dass sie von sich aus viel mehr die Nähe zu ihr gesucht hatte, als es die Jungen getan hatten. Julia seufzte, als sie an Wolfgang Born dachte. Sie wusste, wie sehr Sarah diesen Mann liebte. Als Mutter war sie vor zwei Jahren nicht gleich begeistert von ihm gewesen. Sein glattes, vornehmes und oftmals allzu weltgewandtes Auftreten grenzte für sie manchmal an Arroganz, und er kam ihr auch eine Spur zu selbstbewusst vor. Bereits bei ihrer ersten Begegnung hatte sie sich besorgt gefragt, ob dieser Mann der Richtige für ihr warmherziges, hochsensibles Mädchen war. Doch die strahlenden Augen ihrer Tochter hatten ausgereicht, um ihn freundlich in die Familie aufzunehmen. Versonnen folgte ihr Blick dem segelnden Flug einiger goldbrauner Eichenblätter, die neben den Seerosen im Teich landeten. Die Goldfische kamen an die Wasseroberfläche, um neugierig zu untersuchen, was dort bei ihnen gelandet war.

Julia grübelte. Das Glück ihrer Kinder hatte für sie immer an erster Stelle gestanden, ihre Familie war ihr Lebensinhalt gewesen. Sie liebte es, für alle da zu sein, und hatte es eigentlich auch nie als Belastung empfunden. Sicher, mehr als einmal hatte sie sich danach gesehnt, mehr Zeit für sich zu haben und eigenen Interessen nachgehen zu können. Ganz bestimmt hätte sie auch nur zu gerne öfter ihrem Heimweh nachgegeben und wäre nach Australien geflogen. Aber es hatte selten geklappt. Die Kinder waren schulpflichtig gewesen, sie und ihr

Mann hatten ein Haus gebaut, und es war kaum Geld für die teuren Flüge übrig gewesen, die sie nach Hause geführt hätten.

Wintinarah Station. Seltsam, dass sie die Farm ihrer Eltern auch noch nach beinahe dreißig Jahren in Deutschland automatisch als ihr Zuhause bezeichnete. Julia faltete jetzt sorgsam den Zettel wieder zusammen und ließ ihn in die Tasche zurückgleiten. Sie gestattete sich noch einen Seufzer, bevor sie sich auf den Weg nach draußen machte. Ein Blick auf die Mengen bunt gefärbten Laubes an den Bäumen hatte sie daran erinnert, dass sie den Gartenteich mit einem Netz abdecken wollte. Das Grübeln würde sie ohnehin nicht weiterbringen.

7

Wider Erwarten quälte Sarah in der Klinik niemand mit unnötigen Fragen. Sie ahnte nicht, dass Oliver mit einigen Ärzten und Schwestern befreundet war und dass man sehr genau beobachtet hatte, wie sie zu ihm Vertrauen fasste.
Oliver verriet nichts von allem, was er erfahren hatte, kam aber nach einiger Zeit regelmäßiger Besuche zu dem Ergebnis, dass wohl eher eine Kurzschlusshandlung zu ihrer Verzweiflungstat geführt hatte als eine ernsthafte psychische Erkrankung. Das sagte er auch Laura, die ihrerseits feststellen konnte, dass Sarahs Heilungsprozess Fortschritte machte und ihr obendrein die Gespräche mit Oliver gut zu tun schienen.
Sarah merkte selbst, dass sie auf dem richtigen Weg war. Am Anfang war es ihr überaus schwer gefallen, in die Realität zurückzukehren, zumal diese Wirklichkeit in Form eines Krankenhausaufenthaltes auf einem anderen Kontinent ihr zunächst keinerlei Sicherheit gab. Sie bedauerte inzwischen ihren Selbstmordversuch und fragte sich beklommen, ob man sie hier nicht für verrückt oder gestört hielt. Nachdem man sie jedoch zunächst in Ruhe gelassen hatte und schließlich unbefangen und normal behandelte, ließ ihre verkrampfte Anspannung nach. Auch Olivers Besuche lenkten sie ab und munterten sie auf. Eine Physiotherapeutin kam jetzt regelmäßig vorbei und zeigte ihr krankengymnastische Übungen, die ihr dabei helfen sollten, die Beweglichkeit ihres Arms zurückzugewinnen. In den stillen Momen-

ten, die sie für sich hatte, nagte ein Gefühl der Scham an ihr, wenn sie an ihre Familie in Deutschland dachte. Da sie sich alle sehr nahe standen, wusste sie, dass ihre Eltern und Brüder brennend darauf warteten, dass sie sich endlich meldete.
Die Sonne schien ins Zimmer, blendete Sarah und unterbrach ihre Gedanken. Sie lehnte den Kopf zurück. Sie war sich einfach nicht im klaren darüber, was sie ihnen sagen sollte. Ihre Mutter würde spüren, was mit ihr los war. Ihr Blick fiel auf das Handy, das Oliver ihr dagelassen hatte. »Vielleicht überlegst du es dir ja und rufst sie doch noch an.« Seufzend zog sie mit der gesunden Hand die Schublade ihres Nachtschränkchens auf und nahm den gelben Notizzettel heraus, auf dem er die Vorwahl für Deutschland notiert hatte. Sie zögerte immer noch und rechnete aus, wie spät es jetzt in Deutschland war. Sie schloss die Augen und sah Sekunden später ihre Eltern im Wohnzimmer sitzen. Wahrscheinlich lief der Fernseher, ihr Vater hatte es sich in seinem Lieblingssessel bequem gemacht, und Luna, die quirlige junge Retriever-Hündin, lag nach einem langen Tag voller Unfug zu seinen Füßen. Ihre Mutter hatte sicher eine zerrissene Leggings von Rebecca vor sich, um sie zu flicken, und berichtete ihrem Vater vielleicht nebenbei davon, dass sich Luna bald unter der Garage durchgegraben habe. Sarah musste bei dieser Vorstellung unwillkürlich lächeln. Schließlich stand sie auf, griff nach dem Handy und ging damit durch die geöffnete Terrassentür ihres Krankenzimmers in den Garten der Klinik. Auf einer etwas abseits liegenden Parkbank, an die sich ein blühender Busch schmiegte, ließ sie sich nieder. Einen Mo-

ment verharrte sie mit geschlossenen Augen und atmete den Duft der Blüten ein. Sie fühlte, wie Nervosität sie ergriff, und hatte plötzlich Angst davor, dass der Mut sie verlassen könnte. Sie setzte sich entschlossen zurecht und tippte die Nummer ein. Mit klopfendem Herzen lauschte sie dem Freizeichen, bis ihre Mutter abnahm und sich meldete.

»Hallo, Mama! Ich bin's."

»Sarah! Wir haben uns schon solche Sorgen gemacht. Was ist denn passiert?«

Sarah biss sich auf die Unterlippe. »Es geht mir jetzt wieder besser.« Das war nicht einmal gelogen.

Die Stimme ihrer Mutter klang weich. »Wo steckst du denn, Liebling? Bist du schon bei Großvater und Großmutter?«

»Nein. Ich wollte dort erst später hin. Sie hätten mir angemerkt, wie durcheinander ich bin. Ich will im Moment nicht über Wolf reden, Mama.«

»Ist ja gut, Schatz. Aber wo bist du? Es ist so ein dummes Gefühl, nicht zu wissen, wo du dich aufhältst, verstehst du?«

»Ja, tut mir Leid. Ich bin bis Melbourne geflogen und dann mit einem Mietwagen die Great Ocean Road entlanggefahren.« Sie machte eine Pause. »Mama, ich weiß jetzt, warum du noch immer Heimweh hast. Jedenfalls bin ich in einem Nest namens Warren Creek gelandet und habe mir ein Zimmer in einem kleineren Hotel genommen. Die Leute hier sind wirklich nett. Oliver hast du ja schon telefonisch kennen gelernt. Er hat mir sehr geholfen, als ich so durcheinander war.«

Julia Berndes überlegte. Sie wollte nichts Falsches sa-

gen. Außerdem musste sie sich immer mit aller Gewalt daran hindern, ihre erwachsenen Kinder nicht mehr als »Kinder« zu sehen.
»Ich bin so froh, dass du dich gemeldet hast, Schatz.« Sie zögerte einen Moment. »Du weißt doch, dass ich immer für dich da bin, nicht?«
»Ich weiß, Mama. Aber ich brauchte einfach Abstand – von allem. Auch wenn das nicht gerade leicht war.«
»Sarah? Möchtest du, dass ich zu dir komme? Dass wir gemeinsam zur Farm fahren?«
Erinnerungen an ihre Kindheit stiegen in Sarah auf. Nie war es vorgekommen, dass ihre Mutter sie einmal nicht hatte trösten können. Schade, dass sie kein Kind mehr war. Sie schloss die Augen. Einen kurzen Moment lang sehnte sie sich danach, wieder klein zu sein und in die Arme ihrer Mutter flüchten zu dürfen. Sie atmete tief durch. Nein. Sie musste ihr Leben allein in den Griff bekommen. Doch trotz ihrer Entschlossenheit klang ihre Stimme noch ein wenig leise. »Nein, Mama. Das ist sehr lieb von dir, doch ich glaube, damit muss ich jetzt wirklich allein fertig werden.«
Julia verstand. »Ist gut, mein Mädchen. Aber wenn du mich brauchst, bin ich da, okay?« Sie zögerte erneut. »Sarah? Wolf hat schon mehrfach nach dir gefragt …«
Sarah wurde es augenblicklich zu warm, und ihre Wangen brannten. »Ich will nicht mit ihm reden, und sagt ihm nicht, wo ich bin, ja?« Sie unterbrach sich und schwieg einen Moment. »Ich habe nicht geglaubt, dass ich ohne ihn leben kann, aber jetzt geht es mir langsam besser. Ich will nicht, dass er noch einmal so eine Macht über mich bekommt, verstehst du?«

»Ist ja gut, Schatz. Von mir erfährt er nichts. Meldest du dich bald wieder, damit wir wissen, dass es dir gut geht?«
Sarah lächelte unwillkürlich. Ihre Mutter schaffte es immer wieder, dass sie sich wie ein Teenager fühlte. »Aber ja, Mama. Bestimmt! Und grüß bitte alle von mir, ja?«
»Mach ich. Gib auf dich Acht, Liebling. Bis bald.«
Sarah beendete die Verbindung und ließ das Handy in die Tasche ihrer weiten Strickjacke gleiten. Dann lehnte sie sich auf der Bank zurück. Sie schloss die Augen und genoss die warmen Sonnenstrahlen auf ihrem Gesicht, während ihre Gedanken um das eben geführte Gespräch kreisten. Sie fühlte sich erleichtert, dass sie endlich ihre Familie beruhigt hatte. Stirnrunzelnd fiel ihr ein, dass Wolf nach ihr gefragt hatte. Sie dachte nach. Immer noch zuckte sie bei seinem Namen zusammen, litt unter der Enttäuschung, die er ihr zugefügt hatte, wollte ihn aber trotzdem nicht mehr. Etwas in ihr war zerbrochen, und sie ahnte, dass sich diese Liebe nicht mehr würde kitten lassen. Seufzend rieb sie sich die Schläfen. Sie verharrte einen Moment, bevor sie tief durchatmete, aufstand und langsam zurückschlenderte. Irgendwann wäre sie so weit, dass er keine Gefahr mehr für sie darstellte, irgendwann würde sie ihm ins Gesicht sagen können, was sie von ihm hielt, aber noch fühlte sie sich dazu nicht stark genug.

8

Wolfgang Born stieg aus der Duschkabine, schlang sich ein Badetuch um die Hüften und rubbelte mit einem weiteren Handtuch seine Haare trocken. Zufrieden musterte er anschließend sein Spiegelbild und kämmte sich. Sein blondes Haar passte gut zu seinen stahlblauen Augen, die selbstbewusst in die Welt sahen. Sein sportlich-muskulöser Körper war vom letzten Sommerurlaub noch leicht gebräunt. Als er das Bad verlassen wollte, fiel sein Blick auf Sarahs Bademantel, der an einem Haken hinter der Tür hing. Er zögerte einen Moment, beugte sich dann vor und drückte sein Gesicht in den weichen Frotteestoff. Er holte tief Luft. Noch immer konnte er eine Spur ihres Lieblingsduftes wahrnehmen.

Nie hätte er sich vorgestellt, dass sie ihm so fehlen würde. Ärgerlich auf sich selbst, schüttelte er den Kopf und verließ den Raum. Sicher, er verbrachte jetzt viel Zeit mit Teresa, doch immer mehr wurde ihm klar, wie sehr er Sarah vermisste. Dass sie einfach so überstürzt abgereist war, ja, gewissermaßen kampflos das Feld geräumt hatte, ohne ihm eine Chance für Erklärungen zu lassen, hatte ihn getroffen. Sarah war warmherzig, fröhlich und ehrlich gewesen. Er schluckte, als er daran dachte, dass er sie in einigen Monaten hatte heiraten wollen. Verglichen mit Teresa, der temperamentvollen Halbspanierin, die er während eines Seminars kennen gelernt hatte, wirkte Sarah allerdings ein wenig unspektakulär. Sie liebte es nicht, sich aufzubrezeln, wie sie ihm stets versicherte, wenn er ihr beim Einkaufsbummel ein paar hochhackige Pumps oder einen Minirock hingehalten hatte. Meist hatte sie die Kleidungsstücke lächelnd wieder weggelegt und ihm erklärt, ihre Grundschüler würden sich totlachen, wenn sie so dahergestöckelt käme. Auch bei Feierlichkeiten aus beruflichem Anlass, zu denen er sie dann und wann mitnahm, hatte sie sich selten richtig wohl gefühlt. Für seinen Geschmack war sie dort stets zu zurückhaltend gewesen. Ihre Unsicherheit und ihr mangelndes Selbstbewusstsein waren ihm des Öfteren auf die Nerven gegangen. Er war jetzt im Schlafzimmer und band sich vor dem Spiegel eine Krawatte um. Und Teresa? Auf jeder Party stand sie sofort im Mittelpunkt, scharte die männlichen Gäste um sich und ließ sich nie lange bitten, einen perfekten Flamenco vorzutanzen. Wolfgang setzte sich aufs Bett, um sich die neuen glänzenden Schuhe zuzubinden. Als er sich wieder aufrichtete, wanderte sein Blick unwillkürlich auf Sarahs Bettseite. Wie oft hatte sie sich morgens dort noch ein wenig geräkelt, ihm beim Ankleiden zugesehen und ihn beraten? Er strich sich über die Schläfe und meinte förmlich ihre Stimme zu hören. »Nein, die Krawatte passt nicht so gut dazu. Nimm lieber die silbergraue.« Er seufzte und stand auf, um ein Sakko auszuwählen. Teresa wollte heute noch groß ausgehen. Doch das, was ihn zu Anfang so angezogen hatte, ihr sprudelndes Temperament und ihre ausgelassene Lebensfreude, fand er mittlerweile schon manchmal exzentrisch und kapriziös. Es wurde anstrengend, ihren ständig neuen Einfällen stets gut gelaunt nachzukommen. Immer öfter dachte er an Sarah und fragte sich, wohin sie wohl verschwunden war. Aber weder von ihren Eltern noch von ihren Brüdern hatte er darauf eine Antwort erhalten. So freundlich er damals in die Familie aufgenommen wurde, so bestimmt ließen sie ihn jetzt spüren, dass alles allein seine Schuld war. Er grübelte. Sie war wie vom Erdboden verschluckt. Ob er nochmals einen Versuch starten sollte, herauszufinden, wo sie war? Es musste doch eine Möglichkeit geben, mit ihr zu sprechen. Er zuckte zusammen, als es an der Tür klingelte. Nach Aftershave duftend, machte er sich wenig später auf den Weg nach unten, wo Teresa ans Auto gelehnt auf ihn wartete.

David Berndes war gerade nach Hause gekommen und hatte seine kleine Tochter Rebecca aufgefangen, die sofort auf ihn zugestürmt war. Er genoss es, die zarten Arme seines Kindes um den Hals zu spüren, drückte die Kleine an sich und sog den Duft ihres Kindershampoos ein.

»Hallo, meine Süße. Wo steckt denn die Mama?«

Anja streckte den Kopf aus dem Kinderzimmer.

»Oh, hallo. Du bist schon da? Ich habe dich gar nicht kommen hören.« Sie trat lächelnd heran und zog Rebecca an einem ihrer Zöpfe. »Aber unsere Tochter war in einem früheren Leben anscheinend einmal ein Deutscher Schäferhund. Ihr entgeht einfach nichts.« Sie reckte sich, um ihren Mann zu küssen, bevor sie ihm das Kind abnahm. »Komm, Mäuschen. Wir beide räumen noch das Spiel weg, dann kann der Papa sich in Ruhe umziehen, ja?«

Sie waren gerade wieder im Kinderzimmer verschwunden, als das Telefon klingelte. David zerrte im Gehen an seiner Krawatte und löste den obersten Knopf seines Oberhemdes, während er mit der freien Hand nach dem Hörer griff und sich meldete.

»Berndes.«

»Hallo, David. Hier ist Wolfgang.«

Davids Gesicht verfinsterte sich augenblicklich. Er unterdrückte jedoch den Wunsch, sofort aufzulegen.

»Ja, Wolfgang, was gibt's?«

Wolfgang schluckte. Er spürte, dass er bei Sarahs älterem Bruder keinen Blumentopf gewinnen würde, dennoch bemühte er sich, die alte Vertrautheit aufleben zu lassen. Schließlich hätte er in einigen Monaten sein Schwager werden sollen.

»Ich wollte dich fragen, ob du etwas von Sarah gehört hast.« Er zögerte. Als einen Moment keine Antwort kam, fügte er hinzu: »Ehrlich, David, ich vermisse sie, und ich möchte wenigstens noch einmal mit ihr reden. Sie hat mir ja gar keine Chance für Erklärungen gegeben.«

David genoss es, Wolfgang zappeln zu lassen. Er hatte noch nie große Sympathien für den Lebensgefährten seiner Schwester gehegt, aber als er erfahren hatte, was vorgefallen war, war er entschlossen gewesen, jeden Kontakt zu ihm abzubrechen. Langsam zog er sich die Krawatte aus dem Hemdkragen und legte sie auf den Schuhschrank im Flur.

»Weißt du, Wolfgang, das hättest du dir vorher überle-

gen müssen. Meine Schwester will im Moment nicht mit dir sprechen, und das respektiere ich, okay? Nebenbei bemerkt kannst du dir weitere Anrufe sparen, sie ist verreist.«
Wolfgang schwieg einen Augenblick betreten. Er war es nicht gewohnt, so abgekanzelt zu werden. Frostig verabschiedete er sich und legte auf.
David legte den Hörer ebenfalls auf, zuckte kurz mit den Schultern und griff nach seiner Krawatte. Anja hatte die Kinderzimmertür geöffnet und sah ihn fragend an.
»Wer war's denn?«
David wandte sich an der Schlafzimmertür zu ihr um und blieb stehen. »Wolfgang Born. Er wollte wissen, wo Sarah steckt.«
Anja kam hinter ihm her. »Ehrlich? Na, da ist ihm wohl endlich ein Licht aufgegangen, wie sein Leben ohne sie aussieht, was?«
David stieg inzwischen in eine ausgewaschene Jeans und knöpfte den Hosenbund zu.
»Keine Ahnung. Es ist mir nebenbei bemerkt auch egal. Ich konnte seine großkotzige Art nie besonders gut leiden, aber ich hänge an meiner kleinen Schwester und habe ihn ihr zuliebe akzeptiert. Jetzt hat er sie mit einer blöden Affäre verletzt, und sie ist allein nach Australien verschwunden. Keiner von uns hat eine Ahnung, wie es ihr wirklich geht. Aber ich kann's mir vorstellen. Und deshalb kann mir dieser Arsch gestohlen bleiben.«
Anja hatte sich auf das Bett geworfen und sah nachdenklich zu ihrem Mann auf. »Meinst du, es geht ihr einigermaßen?«

David zog sich ein frisches weißes T-Shirt über den Kopf und blickte finster drein. »So wie ich sie kenne – und ich kenne sie immerhin seit vierundzwanzig Jahren –, geht es ihr beschissen.« Er ließ sich neben Anja auf das Bett sinken. »Sarah ist oft viel zu empfindlich und emotional. Wenn sie liebt, dann mit Haut und Haar und bis in alle Ewigkeit.« Er schnaubte verächtlich. »Ich sag dir nur eins: Wenn ihr etwas zustößt, mach ich ihm die Hölle heiß.«

Anja war aufgestanden und setzte sich jetzt auf seinen Schoß. Zärtlich strich sie ihm eine Strähne aus dem Gesicht und lächelte ihn an.

»Ich liebe dich.« Ihre Augen blitzten. »Und ich hätte wer weiß was dafür gegeben, so einen großen Bruder zu haben, wie du es bist.«

Er umschlang sie mit seinen Armen und drückte sie an sich. »Ich liebe dich auch.«

Beide lachten, als Rebecca hereinstürmte und sich wie immer energisch zwischen sie drängte.

Wolfgang hatte sekundenlang vor sich hin gestarrt. Wut, Ärger und Resignation mischten sich in ihm und machten ihn beinahe unfähig, einen klaren Gedanken zu fassen. Mechanisch drehten seine schlanken Finger das schnurlose Telefon hin und her. Plötzlich durchzuckte ihn ein Geistesblitz, als er das Display betrachtete und das kleine Wort »Menu« wahrnahm. Rasch drückte er einige Tasten und rief die zuletzt gewählten Nummern auf. Langsam arbeitete er sich durch etwa zwanzig Nummern, bis er auf eine ihm unbekannte Telefonnummer in Hannover stieß. Schnell tippte er die Taste für Wahlwiederholung an und legte auf, als sich die Flughafenauskunft in Langenhagen meldete. Er wusste, dass er wenigstens einen Anhaltspunkt brauchte, bevor er dort um Informationen bitten konnte. Er rieb sich die Schläfen und dachte nach. Wohin hätte Sarah allein fliegen mögen? Zu Verwandten? Die waren seines Wissens nach alle hier – bis auf die Großeltern in Australien. Er setzte sich ruckartig auf. Verdammt, wie hieß diese Farm noch? Und wo lag sie? Er sprang auf und lief zu dem Bücherregal hinter ihrem Schreibtisch. Suchend glitten seine Augen über die einzelnen Fächer. Unten fand er schließlich mehrere Fotoalben, die er nacheinander herauszog und hektisch durchblätterte. Im dritten Album entdeckte er endlich Bilder von einem Besuch dort. Mit ihrer schwungvollen Handschrift hatte sie kurze Bemerkungen unter die Fotos gesetzt. Auch den Namen der Farm hatte er jetzt – Wintinarah Station. Nachdem er zwischen Ausflugsbildern noch den Hinweis auf das Städtchen Mildura gefunden hatte, lächelte er zufrieden. Sein Instinkt sagte ihm, dass sie dorthin geflüchtet war. Nach einem Blick auf die Australienkarte wusste er, dass sie entweder nach Sydney oder nach Melbourne geflogen war. Er überlegte kurz und griff dann wieder nach dem Telefon. Als sich die Flughafenauskunft meldete, musste er minutenlang reden, erklären und seinen ganzen Charme aufbieten, ehe die Dame am anderen Ende der Leitung schließlich widerstrebend bestätigte, dass seine Frau auf einen Flug nach Melbourne gebucht war. Es war Wolfgang ganz egal, dass er die Mitarbeiterin der Auskunft mehr oder weniger dazu genötigt hatte, gegen die Vorschriften zu verstoßen. Endlich wusste er, wo sich Sarah aufhielt.

9

Unruhig fuhr Sarah in ihrem Bett auf und schaute sich einen Moment verwirrt um. Das Pochen in ihrem operierten Arm machte ihr deutlich, dass das gerade nur ein Traum gewesen war. Zugegebenermaßen war er ihr so echt vorgekommen, dass sie unwillkürlich fröstelte bei der Erinnerung an den Augenblick, der vor wenigen Wochen ihr Leben derartig verändert hatte.
Sie sah sich noch einmal die Treppe hinauflaufen und die Wohnungstür aufschließen. Sie hatte sich zunächst fassungslos innen gegen die Tür sinken lassen. Lähmendes Entsetzen sorgte dafür, dass sie nichts um sich herum wahrnahm. Sie hatte einfach nicht begreifen können, was ihr gerade passiert war. Dabei hatte sie etwa zwei Stunden zuvor überglücklich erfahren, dass es mit ihrer neuen Stelle als Lehrerin an der von ihr favorisierten Schule klappe. Spontan war sie losgefahren, um Wolf, den Mann, den sie liebte, mit der Nachricht zu überraschen und ihn zum Essen in die Stadt einzuladen. Energisch hatte sie zunächst der Versuchung widerstanden, ihn gleich anzurufen. Sie wollte es ihm lieber persönlich sagen. Unterwegs gelang es ihr kaum, ihrer guten Laune Herr zu werden, und sie hatte begeistert ihren Lieblingssong, der aus dem Autoradio schallte, mitgesungen. Es schien zu ihrer Glückssträhne zu passen, dass sie sofort eine Parklücke fand, die ihr den Blick auf den Haupteingang der Bank und das daneben liegende Parkhaus ermöglichte. Auf diese Weise würde sie ihn gleich entdecken und von seinem Squash-Training ab-

halten können. Zufrieden schmunzelte sie vor sich hin. Sie verspürte immer eine gewisse Scheu, die hohe Marmorhalle zu durchqueren und sich am Empfang anzumelden. Die offen gezeigte vornehm-gediegene Atmosphäre repräsentierte deutlich die Geschäftswelt des großen Bankhauses, die so weit von ihrem legeren Lehreralltag entfernt war, dass sie ab und zu so etwas wie Berührungsängste verspürte.
Sie hatte nicht lange warten müssen, bis sie Wolfs dunklen BMW aus dem Parkhaus kommen sah. Lächelnd griff sie nach ihrer Handtasche auf dem Beifahrersitz und wollte gerade aussteigen, als sie eine junge dunkelhaarige Frau in einem hellgrauen Kostüm auf den BMW zulaufen sah. Einigermaßen erstaunt hielt sie inne und beobachtete mit einem Anflug von Bewunderung das Tempo, das die Frau trotz ihrer hochhackigen Pumps vorlegte. Immer noch arglos, sah Sarah zu, wie sie einstieg – und erstarrte Sekunden später, als ebendiese Frau die Arme um Wolfs Hals schlang und ihn leidenschaftlich küsste. Er erwiderte ihren Kuss und strich ihr zärtlich eine Haarsträhne aus dem Gesicht. Sie schienen sehr vertraut miteinander, und Sarah erkannte bei beiden glücklich lächelnde Mienen, als der Wagen nun an ihr vorbeizog. Wie betäubt saß sie in ihrem Auto und starrte über das Lenkrad hinweg nach draußen. Sie wusste nicht, wie viel Zeit vergangen war, bis sie endlich den Zündschlüssel drehte und nach Hause fuhr. Nach Hause. *Ihr* Zuhause war auch Wolfs Zuhause. Mit kalten Fingern umklammerte sie das Lenkrad, während verschiedene Szenen aus Filmen oder Romanen in ihr aufstiegen. Sie alle begannen mit dem bereits lächerlich wir-

kenden Satz: »Schatz, ich kann es dir erklären ...« Fahrig wischte sie sich mit dem Handrücken eine Träne weg. Hier gab es nichts mehr zu erklären, so viel stand fest. Sie sah auf die Uhr, und Panik ergriff sie. Um nichts in der Welt wollte sie jetzt mit ihm zusammentreffen. Weg. Sie wollte nur weg. Während sie vor der Haustür einparkte, überlegte sie fieberhaft. Sie hatte mindestens noch eine gute Stunde Zeit, bevor er heimkäme – vom Squash-Training. Sie schluckte bitter und griff nach ihrer Handtasche. Das musste reichen, um zu packen.

Sarah riss sich aus ihren Erinnerungen, stand vorsichtig auf und trat ans Fenster. Es war inzwischen dunkel geworden. Die Wege des Klinikinnenhofs waren gut beleuchtet, obwohl man von den bepflanzten Beeten mittlerweile nichts mehr erkennen konnte. Schade. Sarah lehnte die Stirn gegen die kühle Fensterscheibe. Die Andersartigkeit der australischen Vegetation gab ihr das tröstliche Gefühl, weit weg von ihrem ursprünglichen Problem zu sein. Sie wandte sich um. Ihr Blick fiel auf das Buch, das Oliver ihr mitgebracht hatte. Sie lächelte. Australiens Süden würde ihr vielleicht doch noch durch diesen Abend helfen.

10

Zwei Wochen später nahm Sarah ein wenig unsicher in Olivers Auto Platz. Trotz dieser Verlegenheit war sie mehr als froh, Warren Creek verlassen zu können. Die Zeit im Krankenhaus war ihr endlos vorgekommen, und im Ort hatte es viel Gerede gegeben. Zuerst war sie nur »die Deutsche mit dem Selbstmordversuch« gewesen, später hatten die Leute wegen Olivers Besuchen bei ihr begonnen zu tuscheln. Sarah seufzte leise. Sie beneidete alle Menschen, denen es egal war, was andere über sie dachten. Diese Fähigkeit hatte sie nie besessen, und das hatte ihr das Leben oft auch schwer gemacht.

Oliver warf ihr einen Seitenblick zu und grinste.

»Na, du bist wohl froh, von hier wegzukommen, was?«

Sarah zögerte kurz, bevor sie nickte. »Ja. Ich will nicht lügen. Es gefällt mir nicht, wie mich die Leute in den letzten Tagen angesehen haben und dann hinter meinem Rücken anfingen zu flüstern.«

»Ach Sarah, das hier ist ein kleiner Ort. Hier passiert halt nicht viel, und du hast ungewollt für Abwechslung gesorgt, auch wenn das jetzt hart klingt.«

Sarahs Augen waren starr geradeaus gerichtet.

»Ja, du hast Recht, aber sie wissen doch gar nichts von mir oder von meinem Leben. Und trotzdem nehmen sie sich die Freiheit, über jedwede Vermutung zu tratschen. Sie kennen mich doch überhaupt nicht. Ich habe mich wie eine Verrückte gefühlt. Sie haben mich angesehen, als ob ich nicht richtig ticken würde.«

Oliver lachte. »Ach komm, vergiss einfach Warren

Creek. Du wirst ab jetzt Orte sehen, die dir so gut gefallen werden, dass du gar nicht mehr von hier wegwillst. Wart's nur ab.« Er schmunzelte so selbstzufrieden, dass auch Sarah begann, sich auf die Fahrt mit ihm zu freuen, obwohl sie der Gedanke, er sei nur aus Mitleid mit ihr unterwegs, nie ganz losließ.

In Adelaide fuhren sie mit einem Boot auf dem Torrence River, und Sarah betrachtete interessiert den scheinbaren Widerspruch, an gepflegten Ufern mit Grünanlagen entlangzukommen und dahinter die moderne Hochhauskulisse der Stadt zu sehen. Oliver beobachtete sie still und freute sich insgeheim, dass es ihm immer wieder gelang, sie abzulenken und aus ihrem Schneckenhaus herauszulocken. Es gefiel ihm zu entdecken, wie Freude und Unternehmungsgeist in ihren Augen aufblitzten. Noch vor wenigen Wochen im Krankenhaus hatten sie nur Hoffnungslosigkeit und Trauer ausgestrahlt.

»Weißt du, was ich dir unheimlich gerne zeigen würde?«

Sarah sah ihn zerstreut an, bevor ihr Blick wieder auf das Ufer fiel und an einem modernen, futuristisch anmutenden weißen Bau hängen blieb.

»Was ist das denn für ein Gebäude, Oliver?«

Er unterdrückte seine Ungeduld. Sie hatte gar nicht zugehört. »Das ist das Festival Centre. Es wird behauptet, dass die Akustik dort sogar die des Sydney Opera House übertrifft.« Er berührte sie kurz an der Schulter und wiederholte seine Frage. »Weißt du, was ich dir unheimlich gerne zeigen würde?«

»Was denn?«

»Das Great Barrier Reef. Es ist zwar eine Touristen-Attraktion geworden, aber es lohnt sich wirklich. Was sagst du dazu?«
Sie sah sekundenlang ratlos auf das Wasser. Zum ersten Mal hatte sie das Gefühl, dass er sich nicht aus Mitleid um sie kümmerte, denn ein Flug nach Queensland ginge nun wirklich darüber hinaus. Aber was war es dann?
»Ich … ich weiß nicht«, antwortete sie. Ihr Blick wanderte über die Uferböschung. »Das ist ziemlich weit weg von hier. Es liegt nicht gerade auf dem Weg zu meinen Großeltern …«
Er grinste unbekümmert. »Na und? Ich habe Urlaub, und du solltest die schönen Seiten auf diesem Kontinent entdecken und dich ein wenig erholen. Wir könnten hinfliegen, ein paar Tage dort bleiben, dann zurückfliegen und uns anschließend auf den Weg zur Farm machen.« Er schaute sie gespannt an.
Sarah überlegte einen Augenblick. »Und was ist mit deiner Tochter? Willst du sie einfach allein lassen? Und was werden deine Eltern denken, wenn du mit mir dorthin fliegst?«
Oliver schüttelte den Kopf. »Sammy ist bei mir und bei meinen Eltern aufgewachsen. Sie fühlt sich dort genauso zu Hause wie bei uns. Weißt du, nachdem wir allein dastanden, haben meine Eltern das Nachbarhaus gekauft, um immer für Sammy da sein zu können. Ich muss zugeben, dass mir das als allein erziehendem Vater oft das Leben erleichtert hat. Mit anderen Worten, sie ist dort gut aufgehoben. Ich selbst habe jahrelang keinen Urlaub mehr gemacht; sie werden es mir bestimmt gön-

nen. Außerdem sind es ja nur ein paar Tage. Also, was ist?«

Sarah spürte seinen erwartungsvollen Blick und nickte schließlich zustimmend. Sie könnte auch ein paar Tage später zu ihren Großeltern fahren. Die kurze Zeit mit Oliver hatte ihr gut getan. Einfühlsam und doch fröhlich hatte er ihr immer weiter in die Normalität zurückgeholfen. Sie mochte gar nicht daran denken, wie es ohne ihn weitergehen würde. Sie beschloss, diesen Zeitpunkt noch hinauszuschieben.

»Ja, ich würde das Riff gerne sehen, aber nur, wenn du auch wirklich dort hinwillst.«

Oliver strahlte. »Na klar. Sonst hätte ich es ja nicht vorgeschlagen. Ich habe schon ewig keinen Urlaub mehr gemacht.«

Noch in Adelaide kümmerte sich Oliver um die Buchung ihrer Flüge nach Queensland. Zuvor wollten sie jedoch einen zweitägigen Abstecher nach Kangaroo Island machen. Er erinnerte sich noch ganz genau an Timothys Ausflugstipp. Zwischen seinem Vorschlag vor Sarahs Zimmertür und heute lag ihr Selbstmordversuch. Irgendwie hatte er das Gefühl, dass ihr da was entgangen war.

Von Cape Jervis aus, dem felsigen Ende der Halbinsel Fleurieu, konnten sie eine prächtige Aussicht auf die breite Backstairs Passage hinüber nach Kangaroo Island genießen. Als Sarah später mit Oliver an der Reling der Fähre stand, die sie von Cape Jervis nach Penneshaw auf Kangaroo Island bringen sollte, genoss sie es mit allen Sinnen, dass sie eine knappe Stunde auf See sein würden. Sie ließ sich den Wind ins Gesicht wehen und hörte Oliver zu, der ihr von den vielen Tieren erzählte, die es auf der drittgrößten Insel Australiens geben sollte. Immer mehr geriet die Niedergeschlagenheit, die sie seit ihrer Ankunft in Australien so fest im Griff gehalten hatte, ins Hintertreffen. Sie empfand regelrechte Vorfreude auf den Ausflug, als Oliver ihr berichtete, dass es dort mehrere Naturschutzgebiete gebe, in denen mancher Zaun einzig und allein dazu diene, die wild lebenden Tiere von den Picknickplätzen der Besucher fern zu halten, denn sie hätten den Menschen nie als Feind kennen gelernt. Für Sarah, die die meisten australischen Tiere nur aus Zoos in Deutschland kannte, war diese Aussicht verlockend.

Schon wenig später folgte sie Oliver und der kleinen von einem Ranger geführten Besuchergruppe die Stufen zum Strand hinunter. Sie atmete tief den Geschmack von Meer und Brandung ein und konnte in der Ferne die Seelöwen in den flachen Wellen oder beim Sonnenbaden am Sandstrand erkennen.
Sarah fühlte Aufregung und Freude, dass sie diese Tiere zum ersten Mal in ihrer natürlichen Umgebung erleben durfte. Obwohl der Ranger auf einen ausreichenden Abstand achtete, damit die Seelöwenfamilien nicht durch die Besucher gestört würden, konnte sie die kleinen und die oft beachtlich großen Tiere gut beobachten. Der weite weiße Strand, die rauschenden Wellen und der schier endlose australische Himmel erschienen ihr viel passender für die Seelöwen als die knallblauen Becken der Zoos, in denen sie diese Tiere bislang betrachtet

hatte. Erstaunt hörte Sarah, dass es sich um die größte Kolonie australischer Seelöwen handelte, denn es wurden schon mehr als fünfhundert Tiere hier an der Seal Bay gezählt.

Später im Flinders Chase National Park hielt Sarah unwillkürlich den Atem an, als sie die ersten Koalas in einer Astgabel entdeckte. Ihr Herz klopfte vor Aufregung, denn diese Tiere waren für sie – gemeinsam mit den Kängurus – der Inbegriff für Australiens Tierwelt. Schon immer hatte sie die putzigen kleinen grauen Bären geliebt. Sie jetzt in natura zu erleben, versetzte sie in Entzücken.

»Sieh doch, Oliver, dort drüben sitzen noch zwei. Und schau, dahinten ist ein kleiner Bär auf dem Rücken des großen.«

Oliver lächelte über ihre Begeisterung. Es machte ihm unbändige Freude, dieses für ihn so neue Strahlen auf ihrem Gesicht zu sehen. Sie folgten ihrer geführten Rangertour. Beinahe ehrfürchtig streichelte Sarah einen zahmen Koala. Sie war erstaunt, dass er gar nicht so kuschlig war, wie sie es sich vorgestellt hatte. Lachend rümpfte sie die Nase und drehte sich zu Oliver um. »Er riecht wie ein Hustenbonbon.« Die unglaublich zutraulichen kleinen grauen Kängurus waren umso weicher.

Zu Beginn der Abenddämmerung saß Sarah neben Oliver und vielen anderen Besuchern am Strand und wartete auf die berühmte allabendliche Heimkehr der kleinen Pinguine. Obwohl der touristische Charakter dieses Ereignisses sie zunächst ein wenig abstieß und sie außerdem zu frieren begann, war sie sofort fasziniert, als das einsetzende Stimmengemurmel ihr verriet, dass die

Pinguingruppe gesichtet worden war. Gerührt verfolgte sie den beschwerlichen Weg der kleinen Pinguine vom flachen Strand bis hinauf in die Dünen. Eigenartig ernsthaft watschelten die Tiere die sandigen Hügel hinauf, immer darauf bedacht, nicht den Anschluss an die Gruppe zu verlieren. Schließlich war auch der letzte kleine Genosse in der schützenden Dunkelheit der Dünen verschwunden, und nur die aufgeregten Töne aus der Ferne verrieten, wie sehr sich die wartenden Jungtiere über die Heimkehr ihrer Eltern freuten.

Sarah war ganz erschlagen von den Eindrücken des Tages auf Kangaroo Island. Ihre Wangen waren gerötet, und ihre Augen glänzten, als sie mit Oliver in der kleinen Hotelbar saß, um sich nach der Pinguin-Aktion bei einem Drink aufzuwärmen.
Oliver sah sie fragend an. »Müde?«
Sarah nickte. »Ja, schon. Aber es war ein unglaublich schöner Tag. Ich bin froh, dass wir hier sind.«
Oliver schien sehr zufrieden.

Am nächsten Morgen machten sie sich auf den Weg zum Cape du Coedic, wo sie den Leuchtturm besichtigten, der seit beinahe einem Jahrhundert den Küstenschiffen draußen auf dem Meer eine wichtige Navigationshilfe gab. Nachdenklich betrachtete Sarah die mächtige Brandung unter sich. Immer wieder beeindruckte sie die stürmische Naturgewalt aus Wind und See, die selbst riesige Felsen hartnäckig nach ihrem Willen formte und schliff, auch wenn es Jahrhunderte oder gar Jahrtausende dauerte.

Oliver stand neben ihr und ließ ebenfalls den Blick schweifen. »Weißt du, wie die Aborigines diese Insel nannten? Karta. Das soll so viel wie Insel der Toten bedeuten.«
Sarah fröstelte unwillkürlich, weil sie an so etwas wie eine Beerdigungsstätte dachte. »Gibt es noch viele Aborigines hier?«
Oliver schüttelte den Kopf. »Nach dem, was ich gelesen habe, ist es bis heute ungeklärt, warum sie die Insel längst verlassen hatten, als die ersten Europäer auf Kangaroo Island anlandeten. Man fand hier Artefakte der Ureinwohner, die auf ein Alter von bis zu dreißigtausend Jahren geschätzt werden.«
Eine Weile hingen beide ihren Gedanken nach, bevor Oliver vorschlug, weiterzufahren. Schon kurze Zeit später zeigte er ihr eine andere Attraktion der Insel – Admirals Arch. Sarah schauderte ein wenig, als sie den etwa zwanzig Meter hohen Bogen sah, der sich wie ein riesiges Maul mit spitzen Zähnen über die Brandung spannte und auf Beute zu lauern schien – in Wirklichkeit jedoch nichts anderes war als eine grandiose Naturbrücke. Eine Weile sahen sie still zu, wie sich die stürmischen Wellen an den Felsen brachen. Plötzlich deutete Oliver lebhaft unter den Bogen. »Da!«
Voller Freude konnte Sarah ein paar Pelzrobben beobachten, die die unter Admirals Arch liegenden flachen Felsen in der Brandung als Ruheplatz nutzten.
Nach etwa einer halben Stunde erhob sich Oliver von einem Steinbrocken. »Bist du bereit für die Remarkable Rocks?« Er grinste. »Ohne diese Granitfelsen gesehen zu haben, kann ich dich nämlich nicht von der Insel lassen.«

Schließlich stand Sarah aufs Neue beeindruckt vor dieser Laune der Natur. Es handelte sich um riesige Felsen aus Granit, die der Wind und das Salzwasser der See zu fantastischen Formen geschliffen hatten. Je nach persönlichem Empfinden mochte man daraus Vögel, Säugetiere oder einfach moderne Skulpturen erkennen. Sarah wunderte sich über die orangefarbenen Verfärbungen auf den Felsen, doch Oliver erklärte ihr beim Näherkommen, dass sie durch Flechten hervorgerufen würden, die sich auf den Steinen festgesetzt hatten.

Am Cape Borda besuchten sie den historischen Leuchtturm, der hier seit 1858 in Betrieb ist. Oliver erzählte Sarah, dass gerade dieser Leuchtturm in seiner Architektur einzigartig sei. Rasch erkannte sie, was er mit seiner Bemerkung gemeint hatte. Das relativ unspektakuläre, sauber weiß getünchte quadratische Gebäude thronte am Rande steil zum Meer hin abstürzender Klippen, die hier eine Höhe von über einhundertfünfzig Metern erreichten. Es war aufgrund dieser außerordentlichen Lage also nicht notwendig gewesen, einen richtigen Turm zu bauen. Sie bummelten zwischen den Gebäuden umher und nahmen an einer Führung teil, in deren Verlauf sie ein kleines Museum und auch den Leuchtturm selbst besichtigen konnten.

Als Sarah spät am Abend in ihrem Hotelbett lag, hatte sie Schwierigkeiten, zur Ruhe zu kommen. Obwohl sie unendlich müde war, schien ihr Kopf noch damit beschäftigt zu sein, die ganzen Eindrücke der beiden Tage auf Kangaroo Island zu verarbeiten. Ein wenig verwirrt musste sie sich eingestehen, wie viel Aufregung und Freude sie in den vergangenen Tagen empfunden hatte. Diese Gefühle erschienen ihr seltsam, wenn sie beklommen an ihre Verzweiflung wegen Wolf zurückdachte. Immer noch nagte diese Enttäuschung an ihr, doch empfand sie längst nicht mehr jenen scharfen Schmerz der ersten Zeit, nachdem sie erfahren hatte, dass sie nicht die einzige Frau in seinem Leben war. Unruhig warf sie sich auf die andere Seite und wühlte ihren Kopf ins Kissen. Morgen würde ihre Reise mit Oliver weitergehen. War es richtig, mit ihm nach Queensland zu fliegen? Sie kannte ihn doch eigentlich gar nicht. Ihre Augen blinzelten müde und registrierten unbewusst, wie sich die Vorhänge am geöffneten Fenster im Wind bauschten. Und plötzlich wusste sie, dass es richtig war, mit Oliver zu fliegen. Sie wollte möglichst weit weg sein von den Fragen »Wie sieht meine Zukunft aus?« und »Wo gehöre ich hin?« Olivers Gesellschaft tat ihr gut. Sie mochte noch nicht allein sein mit dem ständig kreisenden Gedankenkarussell, das sie so oft daran hinderte, zur Ruhe zu kommen.

Während der Rückfahrt mit der Fähre nach Cape Jervis studierten sie gemeinsam eine Australienkarte, und Oliver erklärte ihr, den Finger immer auf der Landkarte, wie er sich den Verlauf ihrer Reise vorstellte. Er schwärmte vom Great Barrier Reef und erzählte, dass sich ein ehemaliger Studienkamerad auf Hamilton Island mit einer Tauchschule selbstständig gemacht habe. Seine Augen strahlten unternehmungslustig. »Wir sind schon früher in den Semesterferien

wahnsinnig gern getaucht, und dort am Riff ist es einfach fantastisch. Tauchst du auch, Sarah?«
Sarah fühlte sich überrumpelt von seiner Frage. Sie zögerte kurz. »Ich hab mal einen Kurs mitgemacht, aber plan mich lieber nicht ein.« Sie sah, wie das Strahlen von seinem Gesicht verschwand, und beeilte sich, ihre Antwort abzumildern. »Tut mir Leid, Oliver. Ich will dir nicht den Spaß verderben. Triff ruhig deinen alten Freund und geht tauchen. Ich leg mich dann einfach in die Sonne.« Sie zog eine Grimasse. »Dort gibt es doch auch so viele Haie. Da würde ich mich zu Tode fürchten.«
Oliver unterdrückte ein Schmunzeln und blieb ernst. »Schon, aber die gibt es nicht nur dort.« Er machte ein verunsichertes Gesicht. »Tja, das wäre eigentlich mein nächster Ausflugspunkt gewesen.«
Sarah musterte ihn misstrauisch. »Wie – nächster Ausflugspunkt?«
Er sah enttäuscht aus, als er auf die Karte zeigte. »Wir sind hier. Und dort ist der Spencer Gulf. Dahin werden Tagesausflüge angeboten, in deren Verlauf man Weiße Haie besuchen kann.« Ohne es zu zeigen, weidete er sich an ihrem Gesicht. »Du weißt schon, nicht bloß so von oben ansehen und füttern, nein, man wird mit Tauchgeräten ausgestattet in einem Haikäfig ins Wasser gelassen, wo an einem Riff immer so ein bis zwei Dutzend Weiße Haie ihre Kreise ziehen. Es soll ein Wahnsinnserlebnis sein. Manchmal kracht es auch, und so ein Vieh verbeißt sich sogar in den Gitterstäben des Käfigs …«
Sarah stand sprachlos mit offenem Mund da. Das konnte doch nicht sein Ernst sein. Weiterhin wortlos sah sie ihn

auf der Suche nach einer Regung an. Schließlich entdeckte sie die vertrauten Grübchen, als Oliver es nicht mehr schaffte, ernst zu bleiben, und losprustete. Sie stieß ihn in die Seite. »Du bist wirklich ein Scheusal. Man sollte dich dort ohne Käfig runterlassen, dann würden dir solche Scherze schon vergehen.«

Am nächsten Tag mieteten sie nach der Landung in Townsville einen Wagen, um später die Küste entlang zu den Inseln der Whitsunday Group fahren zu können. In Townsville jedoch gefiel Sarah zunächst besonders das große Great Barrier Reef Wonderland, das eine perfekte Einstimmung auf die Unterwasserwelt bot. Hier wurde in einem riesigen Aquarium das größte lebende Korallenriff der Welt auf dem Festland vorgestellt. Sogar der Gezeitenwechsel und die Wellenbewegungen waren perfekt simuliert.
Auch die Stadt selbst mochte Sarah. Die Flinders Street, die Hauptverkehrsstraße, zeigte viele architektonisch schöne Gebäude aus dem späten 19. Jahrhundert, und am Fuße des Castle Hill befand sich der malerische Hafen.
Als sie kurz darauf ihren Weg fortsetzten, kamen sie schließlich über die Orte Ayr und Bowen nach Shute Harbour, von wo aus sie für zwei bis drei Tage nach Hamilton Island übersetzen wollten.

Sarah sah aus dem Fenster und betrachtete den Küstenabschnitt, an dem sie der Highway entlangführte. Sie seufzte. »Sieh doch nur, Oliver, wie wunderschön es hier ist.«

Sie hielt den Blick weiter auf den Pazifik gerichtet, als wollte sie alle Einzelheiten des Great Barrier Reef in sich aufnehmen.

Oliver grinste zufrieden. »Soll ich anhalten? Wir können gern eine Pause machen.«

Sie nickte. »O ja, bitte. Ich würde es mir gern noch etwas länger ansehen.«

Er lenkte den Wagen vom Highway und hielt auf dem Seitenstreifen. Sie kletterten eine kleine Anhöhe hinauf, die eine atemberaubende Aussicht auf das weltbekannte Korallenriff und ein paar kleine Inseln der Whitsunday Group freigab. Einige lagen wie Puderzuckerkleckse in der türkisblauen See, andere waren dicht bewachsen und leuchteten geheimnisvoll dunkelgrün. Sarah konnte den Blick nicht davon abwenden. »Sie sehen aus wie in einem Werbespot, so unwirklich schön.«

Oliver freute sich. »Ich habe mir gewünscht, den Tag mitzuerleben, an dem du dem Leben wieder etwas Schönes abgewinnen kannst.«

Sie zuckte nicht mehr zusammen, als sie seine Anspielung verstand. Die Erinnerung an ihre Verzweiflungstat ließ sie nachdenklich werden. Ehrlich antwortete sie: »Im Grunde weiß ich auch nicht mehr, wie es damals dazu kommen konnte, was eigentlich mit mir los war.« Sie machte eine kleine Pause und schien nach den richtigen Worten zu suchen. »Ich habe mein ganzes Leben, meine ganze Zukunft nur im Zusammenhang mit Wolf gesehen, und als er daraus verschwand, hatte ich das Gefühl, alles sei zu Ende. Inzwischen weiß ich, dass das dumm war, aber ich konnte mich einfach nicht aus dieser todtraurigen Stimmung befreien.«

Oliver hatte sich auf dem Boden niedergelassen und klopfte neben sich. Als sie sich ebenfalls setzte, fragte er: »Erzählst du mir von dir? Von deinem Leben in Deutschland?«
Sie streckte die Beine aus. »Da gibt es nichts Weltbewegendes.« Während ihre Augen einem Segelboot in der Ferne folgten, fuhr sie fort: »Ich habe studiert und bin Lehrerin an einer Grundschule. Es macht mir unheimlich Spaß, mit Kindern umzugehen. Weißt du, gerade Kinder in dem Alter sind noch wissbegierig, aufmerksam und absolut ehrlich.«
Oliver nickte. »Und deine Familie? Hast du Geschwister?«
»O ja, ich habe zwei ältere Brüder. Philip ist siebenundzwanzig und David neunundzwanzig. Ich bin sogar schon Tante. David und seine Frau Anja haben eine kleine Tochter, Rebecca.« Sarah strahlte. »Sie wird bald drei und ist mein Ein und Alles.«
Oliver grinste. »Das glaube ich dir aufs Wort.« Er wurde ernst. »Erzähl mir von deiner Mutter. Stammt sie wirklich aus Australien?«
Sarah nickte. »Ja. Meine Großeltern haben eine Farm, Wintinarah Station. Sie liegt bei Mildura.« Sarah lachte leise. »Du wirst es nicht glauben, aber ich bin ebenfalls hier geboren.«
Oliver sah sie überrascht an. »Du bindest mir einen Bären auf, oder?«
Sie lachte erneut und schüttelte den Kopf.
»Nein, wirklich. Ich bin in Adelaide geboren. Es ist eine höchst dramatische Geschichte. Soll ich sie erzählen?«

Oliver nickte. »Ich liebe dramatische Geschichten. Leg los!«
»Mein Vater hatte beruflich einige Zeit in Adelaide zu tun, während meine Mutter dort gerade ihr Studium begonnen hatte. Die beiden verliebten sich ineinander und wurden unzertrennlich. Als er zurück nach Deutschland musste, heirateten sie, und sie folgte ihm ans andere Ende der Welt.« Sarah schmunzelte unwillkürlich, als ihr bewusst wurde, dass sie diesen Ausdruck zum ersten Mal für die umgekehrte Sicht, nämlich von Australien nach Deutschland, benutzte. Sie schlang die Arme um ihre Knie und fuhr fort: »Sie hatte in der ersten Zeit schreckliches Heimweh. Es war nicht leicht für sie, sich in der Fremde zurechtzufinden, die Sprache zu lernen und Kontakte aufzubauen. Bald darauf wurde mein Bruder David geboren, dem sie all ihre Zeit und Liebe schenken konnte, während mein Vater arbeitete. Zwei Jahre später kam Philip auf die Welt, und meine Mutter hatte mit den beiden alle Hände voll zu tun. Mittlerweile konnte sie schon sehr gut deutsch, und über die Kinder kamen ganz automatisch Kontakte und Freundschaften zustande. Dennoch hatte sie immer wieder Sehnsucht nach ihrer Heimat, nach der Farm, nach ihren Eltern und ganz besonders nach ihrer Großmutter, zu der sie von klein auf eine besondere Beziehung hatte.« Sarah drehte nachdenklich einen kleinen Stein zwischen ihren Fingern. »Aber wie so viele andere Familien auch, hatten meine Eltern in Deutschland ein Haus gebaut. Wir Kinder sollten im Grünen aufwachsen, hatten einen Garten mit Schaukel und Sandkasten, waren in Sportvereinen und so weiter. Dies alles musste be-

zahlt werden, und so blieb kein Geld für teure Flüge nach Australien. Meine Mutter vertröstete sich selbst und ihr Heimweh also auf später. Sie war gerade im sechsten Monat mit mir schwanger, als sie erfuhr, dass ihre Großmutter auf Wintinarah sehr krank sei und bald sterben würde. Mein Vater muss erkannt haben, wie wichtig es für meine Mutter war, sie noch einmal zu sehen. Er setzte Himmel und Hölle in Bewegung, damit wir fliegen konnten, und so brach die ganze Familie nach Down Under auf.

Der Abschied von ihrer Großmutter, die nachfolgende Beerdigung und wahrscheinlich auch die Gewissheit, lange Zeit nicht mehr herkommen zu können, müssen meine Mutter sehr mitgenommen haben. Als mein Vater mit ihr frühere Freunde in Adelaide besuchte, setzten bei meiner Mutter die Wehen ein, und so kam ich im siebten Monat in Australien zur Welt. Natürlich wurde ich nach meiner damals gerade verstorbenen Urgroßmutter benannt – Sarah Elizabeth.«

Oliver grinste. »Was für ein Start ins Leben.«

Daraufhin schwiegen beide und betrachteten die träge dahingleitenden Boote, die sich wie Spielzeuge auf dem endlosen Pazifik verloren. Sarah lehnte sich auf den Ellbogen des gesunden Arms zurück und legte den Kopf in den Nacken, der Sonne entgegen. Sie genoss die wohlige Wärme. Nach einer Weile begann sie wieder zu sprechen.

»Jetzt weißt du so viel über mich. Du hast mich praktisch im schlimmsten Moment meines Lebens kennen gelernt. Was war dein schlimmster Augenblick? Du hast mir im Krankenhaus erzählt, dass die Frau, die dir wichtig war, aus deinem Leben verschwand. Ist sie mit einem anderen fortgegangen?«

Nachdenklich ließ Oliver den Blick wieder über das Wasser gleiten. Als er Sarah ansah, war er sehr ernst geworden.

»Nein, Kelly ist nicht mit einem anderen durchgebrannt.« Er zögerte kurz. »Sie ist an Leukämie gestorben. Das war ohne Zweifel das Furchtbarste, was ich bisher erlebt habe – Kellys Sterben.« Er machte eine kleine Pause und atmete tief durch. »Nicht nur, dass ich sie hergeben musste – ja, dass ich die Gewissheit hatte, sie zu verlieren –, viel schlimmer war zusehen zu müssen, wie es ihr immer schlechter ging, wie sie litt und ich nichts, rein gar nichts dagegen unternehmen konnte.«

In Gedanken versunken, wanderten seine Augen die Küste entlang. Ein leises Lächeln umspielte plötzlich seinen Mund.

»Du hättest sie sehen müssen, als wir uns damals kennen lernten. Sie war so fröhlich, so gesund und unternehmungslustig. Nichts war ihr zu viel. Wir hatten eine solche Menge Pläne … Wir blieben zusammen und bekamen wenig später Samantha, unsere Tochter. Dann war sie ständig müde und fühlte sich krank. Schließlich kam die Diagnose, und es ging nur noch bergab. Sie hat sich alle Mühe gegeben, aber die Chemotherapien hauten sie förmlich um. Sie magerte total ab, verlor nicht nur ihr Haar, sondern jegliche Kraft und Zuversicht. Zunächst schien sie ihren Zustand zu hassen, dann ihren Körper, der nicht mehr so funktionierte, wie sie es gewohnt war, und dann fing sie glaube ich an, sich selbst zu hassen und vielleicht auch mich.«

Oliver fuhr sich über die Schläfen, als könnte diese Geste die Härte der Bilder, die ihm plötzlich vor Augen standen, abmildern.
Sarah schwieg versteinert. Solche Erinnerungen hatte sie wahrhaftig nicht in Oliver wachrufen wollen. Er schien jedoch nicht zu bemerken, dass sie sich Vorwürfe machte, denn er fuhr fort: »Nie, nie in meinem ganzen Leben werde ich ihren Gesichtsausdruck vergessen, als sie mich aus ihrem Krankenzimmer hinauswarf. Sie war so zerbrechlich, und sie litt unsagbar. Nach der erneuten Chemotherapie musste sie sich dauernd übergeben. Als ich ihr helfen wollte, stieß sie mich weg. Sie bekam schlecht Luft, und ihre Augen starrten mich fast schon böse an, während sie versuchte wieder zu Atem zu kommen. Ich habe immer noch manchmal Albträume und sehe diese Szene vor mir. Es lag so etwas Endgültiges in ihrem Blick.
›Oliver‹, sagte sie, ›ich will, dass du gehst und nicht mehr wiederkommst. Hast du das verstanden? Du brauchst deine Kraft für unsere Tochter. Kümmere dich um Sammy. Versprich mir das!‹ Ich hatte nach ihrer Hand gegriffen und gesagt, dass ich bei ihr bleiben wolle, dass ich sie liebe. Doch sie schloss müde die Augen und schüttelte den Kopf. ›Nein, Olli, du liebst die, die ich einmal war. Bitte, lass mich einfach gehen. Ich will nicht, dass du dich so an mich erinnerst. Denk an unsere schönen Zeiten. Versuch mich zu verstehen – und geh. Ich bin doch schon tot, verdammt noch mal!‹«
Oliver hatte den Kopf gesenkt und betrachtete eingehend seine Schuhe. Es fiel ihm schwerer, als er angenommen hatte, über Kellys Tod zu sprechen. Genau ge-

nommen hatte er mit noch niemandem so offen darüber geredet, aber er spürte, dass es richtig war, es einmal loszuwerden. Und so wie Sarah ihm ihr Vertrauen geschenkt hatte, vertraute er nun ihr. Schweigend hatte sie ihm zugehört, auch wenn sich die ganze Bandbreite ihrer Gefühle auf ihrem Gesicht widerspiegelte. In ihren Augen standen Tränen, als sie jetzt nach seiner Hand griff. »Oliver, ich … ich habe glaube ich noch nie etwas Traurigeres gehört. Es tut mir so Leid.« Sie unterbrach sich und sah wieder aufs Wasser hinaus. »Hast du dich daran gehalten? Ich meine, bist du nie mehr zu ihr gegangen?« Ihre Augen suchten seinen Blick.
Er schwieg noch einen Moment und reckte dann das Kinn vor. »Sie ist in der Nacht darauf gestorben. Ich hatte also keine Chance mehr, noch einmal mit ihr zu reden. Sammy war damals vier Jahre alt, und ich weiß nicht, was ich ohne sie angefangen hätte.«
»O Oliver, wie dumm, dass ich danach gefragt habe. Es tut mir Leid. Ich … ich muss dir ziemlich gedankenlos vorkommen.«
Er drückte ihre Hand und lächelte ihr zu. »Ist schon in Ordnung, Sarah. Ehrlich. Es hat gut getan, sich einmal alles von der Seele zu reden.« Er versuchte zu scherzen. »Wer hätte das gedacht? Ich meinte, ich könnte dir helfen, und nun ist es umgekehrt.«
Sie blieb ernst. »Wenn ich darüber nachdenke, schäme ich mich richtig. Irgendwie war ich so in meinem eigenen Kummer versunken, dass ich den Blick für alles andere verloren hatte. Aber es war dieses Mal kein normales Traurigsein, keine normale Enttäuschung, weißt du? Damit wäre ich fertig geworden. Es kam mir so vor, als

wäre alles zu Ende.« Sie senkte den Kopf und betrachtete ihre Hände. »Wolf war der wichtigste Mensch in meinem Leben. Niemanden habe ich so geliebt wie ihn. Ich wäre für ihn gestorben.«
Erschrocken hielt sie inne, als ihr bewusst wurde, was sie gesagt hatte.
Oliver lächelte schwach. »Das kann man so sagen. Fast wäre es dir auch gelungen.«
Sarah kämpfte gegen die Verlegenheit an und starrte wieder auf das Meer, das so unwirklich blaugrün schimmerte. »So hab ich es jetzt nicht gemeint. Ich wollte sagen, ich hätte alles für ihn getan. Und ich dachte, ihm gehe es genauso. Wir wollten zum Jahresende heiraten. Unglaublich, nicht?« Sie zögerte, bevor sie leise hinzufügte: »Wir hatten sogar schon ein Baby geplant. Ich war so dumm.«
Oliver legte einen Arm um ihre Schultern. »Du warst nicht dumm. Du hast ihm nur dein Vertrauen und deine Liebe geschenkt und bist enttäuscht worden. Das passiert aber anderen auch. Vielleicht solltest du dich nicht nur damit trösten, sondern auch mit der Tatsache, dass er *vor* der Hochzeit und der Familiengründung sein wahres Gesicht gezeigt hat. So ist dir bestimmt einiges erspart geblieben, hm?«
Sarah sah Oliver direkt in die Augen. »Ich komme mir aber einfach so blöd vor. Hab ich auf dich nicht auch dumm oder zumindest reichlich naiv gewirkt?«
Er schüttelte den Kopf. »Nein, ganz und gar nicht. Du warst mir auf Anhieb sympathisch.« Er dachte nach und riss dabei ein paar Grashalme neben sich ab.
»Du bist sensibel, und das macht dich verletzbar. Du

hast jemandem ganz und gar vertraut, der es nicht verdiente.« Er zuckte mit den Schultern. »Sicherlich hat dich das enttäuscht. Und bestimmt wirst du nie wieder so offen in eine Beziehung gehen wie dieses Mal. Immer wird ein Hauch von Zweifel da sein. Wird er mich auch so behandeln? Wird er mich auch so verletzen? Olivers Augen folgten einem weiteren Segler, der aufs Meer hinausfuhr. »Trotzdem musst du wieder lernen, anderen Menschen zu vertrauen. Und vielleicht – in einiger Zeit – auch wieder der Liebe.«

»Ich weiß.«

Eine Weile saßen sie noch schweigend nebeneinander und betrachteten das türkisblaue Glitzern des Pazifiks, dann stupste Oliver sie in die Seite.

»Hast du Hunger?«

»Ich sterbe vor Hunger.«

Er lachte, stand auf und zog sie hoch. »Na, dann komm. Da unten im Hafen gibt es bestimmt etwas Gutes.«

Wie im Flug vergingen die Tage auf der Insel, und Sarah konnte die Wärme und Exotik dieser Umgebung manchmal kaum fassen. Als Oliver sich am letzten Tag tatsächlich mit seinem alten Freund treffen wollte, hatte sie ihm versichert, dass sie lieber dableibe. Zum ersten Mal, seit sie die Klinik verlassen hatte, verbrachte sie die Zeit des Alleinseins entspannt und in Ruhe. Sie schlenderte abseits des Touristentrubels umher und genoss die Sonne und die Natur, die hier wirklich in krassem Gegensatz zu ihrer Heimat stand. In Deutschland kannte man die Bilder, die sich ihr hier boten, meist nur von Kalenderblättern.

Gut erholt trafen Sarah und Oliver sich abends, um gemeinsam essen zu gehen. Wenig später berichtete Oliver munter, ja, fast schon aufgekratzt von dem Tauchgang mit seinem Freund, und Sarah ließ sich nur zu gerne von der bunten Unterwasserwelt erzählen, die sie insgeheim so gefürchtet hatte. Einige Male musste sie Oliver daran erinnern, sein Essen nicht kalt werden zu lassen, denn über große Napoleonfische, viele bunte Schwarmfische, Blumenkorallen, Seeanemonen und die Schilderungen über die filigrane Schönheit der Fächerkorallen schien er seine Mahlzeit vergessen zu haben. Als sie nach dem Abendessen das hübsche kleine Lokal verließen, hatte die Dämmerung schon eingesetzt. Das dichte Grün der Bäume, die den Hafen von Hamilton Island umgaben, war bereits ganz dunkel geworden und betonte mit seinem geheimnisvollen Schatten die vielen Lichter der Restaurants und der Hafenanlage. Die weiß gestrichenen Geländer der Stege, an denen sich hübsche weiße Segelboote und Motoryachten mit den Wellen hoben und senkten, leuchteten. Die Boote schienen nur auf einen neuen gleißend-hellen Tag auf See zu warten. Die dunkle Wasseroberfläche reflektierte jetzt hunderte von Lichtern. Einen Moment blieben Sarah und Oliver schweigend stehen und genossen satt und zufrieden diesen malerischen Anblick. Dann legte Oliver eine Hand auf Sarahs Arm.
»Na, freust du dich schon auf die Farm und auf deine Großeltern?«
Sie nickte. »Ja, aber ich bin trotzdem sehr froh, dass du mir das alles hier gezeigt hast. Ich werde bestimmt nie vergessen, wie schön es hier ist.«

»Das ist auch gut so, denn dann wird diese Erinnerung bestimmt dafür sorgen, dass du wieder mal hierher zurückkommst, oder?«
Sarahs Blick wanderte erneut über die schimmernde Wasseroberfläche. »Hoffentlich.«

11

Aufgeregt rutschte Sarah auf dem Beifahrersitz hin und her. Sie war so zapplig, dass Oliver lachen musste.
»He, Sarah, wir besuchen nicht die Queen. Warum bist du nur so nervös?«
»Ach, das verstehst du nicht. Ich hab meine Großeltern nur ein paar Mal in meinem Leben gesehen. Außerdem finde ich es so aufregend, dass meine Mutter hier gelebt hat. Hier hat sie als Kind herumgetobt und hier ist sie aufgewachsen. Für mich ist das eine eigenartige Vorstellung. Ich kenne sie doch nur als Deutsche und nicht als Australierin.«
»Na, du musst ja nicht mehr lange warten. Siehst du das Hinweisschild? Noch acht Kilometer, dann sind wir da.«
Sie legte eine Hand auf seinen Arm.
»Oliver? Du bleibst doch aber wirklich, ja? Ich weiß nicht, ob ich schon allein klarkomme.«
Er war ernst geworden, beugte sich zu ihr hinüber und fuhr ihr rasch über das Haar. »Keine zehn Pferde bringen mich von dir weg. Ich muss doch sehen, ob es dir hier gut geht.«
Sie drückte seine Hand und zog sie kurz an ihre Wange.
Als sie schließlich einen staubigen Seitenweg entlangrumpelten, der zwischen zwei großen Pferdekoppeln hindurchführte, sah sie sich gespannt um. Einige Pferde hoben neugierig die Köpfe, und zwei Fohlen sprangen in wilden Bocksprüngen davon. Die Leidenschaft ihrer Großmutter für diese Tiere hielt also noch immer an. In

einiger Entfernung erhob sich das gepflegte Farmhaus – Wintinarah Station. Sarahs Herz klopfte, als eine drahtige weißhaarige Frau auf die Veranda trat, mit den Händen ihre Augen beschirmte und ihnen entgegensah. Allein die Haltung und Körpersprache erinnerten sie schon an ihre Mutter. Der Wagen hielt in der runden Auffahrt, und Sarah stieg aus.
»Großmutter? Ich bin's, Sarah.«
Heather McMillan war ihr Alter nicht anzumerken. Sie sprang leichtfüßig die Stufen hinunter, lief auf ihre Enkelin zu und streckte ihr beide Arme entgegen. »Sarah, mein Mädchen! Ich bin so glücklich, dass du hier bist.«
Sarah löste sich aus ihrer Umarmung und fuhr sich über die Augen. Obwohl sie nur dreimal in ihrem Leben hier gewesen war, fühlte sie sich eigenartig berührt und empfand ihre Großmutter als sehr vertraut. Sie streckte eine Hand nach Oliver aus und zog ihn heran.
»Großmutter? Das ist Oliver. Ich habe ihn in Warren Creek kennen gelernt, und er hat mir sehr geholfen.«
Oliver schüttelte Sarahs Großmutter die Hand. »Es freut mich sehr, Mrs. McMillan.«
Heather McMillan lächelte, und ein Kranz feiner Fältchen um ihre Augen vertiefte sich, ohne dass dies ihrer Ausstrahlung geschadet hätte.
»Wie schön, dass Sie mitgekommen sind, Oliver. Herzlich willkommen! Wir freuen uns immer über Besuch.« Sie wandte sich wieder ihrer Enkelin zu.
»Lass dich ansehen. Was für eine hübsche junge Frau du geworden bist. Als ich dich das letzte Mal gesehen habe, trugst du noch eine Zahnspange.«

Sarah verzog das Gesicht, sodass ihre Großmutter schmunzeln musste und sie an sich drückte.
Inzwischen war auch ihr Großvater heruntergekommen. Shane McMillan war ein wahrer Hüne, und mit seinem silberweißen Haar und den wachen braunen Augen, denen nichts zu entgehen schien, strahlte er eine natürliche Autorität aus, die kaum jemanden unbeeindruckt ließ. Er grinste erfreut, und Sarah flog in seine Arme. Sie liebte ihren Großvater und hatte im Gegensatz zu ihren Brüdern nie seine strenge Seite kennen gelernt. Vom Tag ihrer Geburt an hatte sie bei ihm so etwas wie Narrenfreiheit genossen. Erleichtert konnte sie nun feststellen, dass ihn die vergangenen Jahre kaum verändert hatten. Sie wäre heute nicht in der Verfassung gewesen, ihn alt und gebrechlich vorzufinden. Auch er begrüßte Oliver freundlich.
Plötzlich schien Heather etwas einzufallen, und sie wurde ernst. »Du wirst es kaum glauben, aber du wirst schon erwartet.«
Sarah sah sie verständnislos an. »Ja, von euch. Von dir und Großvater, nicht?«
Heather schüttelte den Kopf. »Nein. Vor ein paar Tagen haben wir Besuch bekommen, der schon ungeduldig auf dich gewartet hat.« Sie hob den Kopf und schaute zu einem Stallgebäude hinüber, aus dem gerade jemand herausgeschlendert kam. »Ah, da ist er ja.«
Sarah folgte ihrem Blick und erstarrte im selben Moment. Ihr Hals wurde eng, und sie war kaum zu verstehen. »Wolf!«
Das konnte doch nicht wahr sein. Alle Farbe war aus ihrem Gesicht gewichen, und Oliver, der das bemerkt

hatte, griff nach ihrem Ellbogen und stellte sich dicht neben sie. Völlig arglos war Heather zum Stall geeilt und sprach jetzt mit Wolf, der sich rasch umwandte und zu ihnen herüberkam. Sarah schossen alle möglichen Gedanken durch den Kopf. Am liebsten wäre sie weggelaufen. Unwillkürlich zog sie den Ärmel ihres Sweatshirts tief über die Narben an ihrem Arm. Sie spürte Olivers Hand, die leicht über ihren Rücken strich, und sah ihn verzweifelt an.
Er nickte ihr ernst zu. »Bleib ganz ruhig, Sarah. Ich bin doch auch noch hier. Vielleicht ist es ganz gut, wenn jetzt alles geklärt wird. Du kannst schließlich nicht ewig vor ihm weglaufen.«
Sarah fühlte, wie langsam die Farbe in ihr Gesicht zurückkehrte, und erwiderte den aufmunternden Druck von Olivers Hand. Jetzt hatte Wolf sie fast erreicht. Sarah ärgerte sich darüber, wie gut er wieder einmal aussah. Die Sonne hatte ihn gebräunt und betonte sein blondes Haar. Seine blauen Augen blitzten und schienen sie festzuhalten. Selbstbewusst schenkte er Oliver keinerlei Beachtung und wollte Sarah an sich ziehen, die gerade noch rechtzeitig ihr Gesicht abwenden konnte, sodass er sie nur auf die Wange küsste. Die kühle Begrüßung schien ihn nicht weiter abzuschrecken. Er hatte auch nicht mit einem Begeisterungssturm gerechnet. Er hielt Sarahs Hand fest und sah ihr in die Augen.
»Du hast mir schrecklich gefehlt, Sarah. Warum bist du einfach so weggelaufen? Wir haben doch immer über alles reden können.«
Sarah kämpfte darum, ruhig zu bleiben. Sie entzog ihm

ihre Hand, wich seinem Blick aus und wies auf Oliver.
»Wolf, das ist Oliver. Oliver Johnson.«
Die beiden Männer musterten sich kurz und gaben sich, eine höfliche Floskel murmelnd, die Hand. Es entstand ein unbehagliches Schweigen, in das Heather McMillan platzte.
»So, meine Lieben, wo ist denn euer Gepäck? Sicher wollt ihr euch erst einmal frisch machen, nicht wahr? Habt ihr auch Hunger?«
Sarah hatte sich ihre Reisetasche vom Rücksitz gegriffen und hakte sich bei ihrer Großmutter unter. Jede Flucht aus dieser Situation war ihr recht, so konnte sie zunächst ein wenig Zeit gewinnen, sich auf diesen Mist mit Wolf einzustellen. Gleich darauf stockte ihr jedoch der Atem, als sie erkannte, dass ihre durchaus progressive Großmutter ihr und Wolf ein hübsches gemeinsames Zimmer zugedacht hatte. Natürlich hatte er sich hier als ihr Lebensgefährte vorgestellt. Sie schloss kurz die Augen und atmete tief durch. Dann zog sie Heather in einen Nebenraum und machte die Tür zu.
»Großmutter, es tut mir Leid, dass ich hier offensichtlich alles durcheinander bringe, aber ich werde nicht mit Wolf in einem Zimmer schlafen. Er hat mich in Deutschland hintergangen, betrogen und damit unsagbar verletzt. Ich will nichts mehr mit ihm zu tun haben.«
Sie betrachtete einen Moment den sprachlosen Ausdruck auf dem Gesicht ihrer Großmutter und legte einen Arm um ihre Schultern.
»Ich kann dir gar nicht sagen, wie unangenehm es mir ist, dich mit diesem Schlamassel in eine solch undankbare Situation gebracht zu haben. Verzeih mir bitte, ja?«

Sie verzog nun trotzig den Mund. »Aber eher schlafe ich im Stall bei den Pferden.«
Heather McMillan hatte sich gefasst und begann lautlos zu lachen. Sarah sah sie einen Augenblick verwirrt an und stimmte dann ein. Ihre Lage entbehrte ja auch nicht einer gewissen Komik. Kurze Zeit später wischte sich Heather über die Augen und seufzte tief.
»Also weißt du, Sarah! Kaum bist du hier, haben wir filmreife Verwicklungen auf der Farm.« Um ihre Augen vertieften sich erneut zahllose Lachfältchen, als sie ihre Enkelin an sich drückte. »Natürlich musst du nicht im Stall schlafen. Wir haben hier mehr Platz, als wir gebrauchen können. Sicherheitshalber werde ich Oliver ein Zimmer zwischen deinem und dem von Wolfgang geben.«
Sie lächelte ihre Enkelin ernster werdend an.
»Wie du aus dieser merkwürdigen Lage herauskommst, musst du leider selber wissen. Wo ich kann, helfe ich dir natürlich gern. Und mach dir unseretwegen keine Sorgen. So spannend war es hier schon lange nicht mehr.«

Oliver hatte einen Moment peinlich berührt auf dem Flur gestanden und Wolf beobachtet, der selbstsicher in dem großen Zimmer hin und her ging, um offensichtlich Platz für Sarahs Sachen zu schaffen. Er kam sich wie ein Trottel vor, stellte seine und Sarahs Tasche ab und kehrte schließlich zum Wagen zurück. Alles würde ihn intelligenter aussehen lassen als dort noch länger wie ein sprachloser Idiot auf dem Flur herumzustehen. Sarah ging wenig später an Wolfs Zimmer vorüber und griff nach ihrer Tasche.

Inzwischen gelassener, folgte sie ihrer Großmutter in einen behaglichen kleinen Raum, dessen Fenster den Blick auf grüne Weiden und die Pferdekoppeln freigaben. Sie stützte sich mit den Händen auf der Fensterbank ab und seufzte.
»Danke, Großmutter. Hier gefällt es mir. Ich verstehe, warum Mama immer noch Heimweh hat. Diese grenzenlose Weite gibt es in Deutschland einfach nirgendwo.«
Heather strich ihr über das Haar und gab ihr einen Kuss auf die Wange. »Bleib, solange du willst, mein Mädchen. Jetzt muss ich aber runter, das Abendessen vorbereiten.«
Als sie das Zimmer verlassen hatte, öffnete Sarah die beiden Fensterflügel und beobachtete Oliver, der an der Pferdekoppel stand und eines der Fohlen mit einem Büschel Gras anzulocken versuchte. Sie freute sich darüber und wandte sich um. In der Tür stieß sie jedoch fast mit Wolf zusammen, der unvermittelt vor ihr stand. Sein Blick wanderte von ihr zu ihrer Reisetasche, und er zog fragend die Augenbrauen hoch. »Du schläfst hier?«
Er war so verdammt selbstgerecht. Sarah hatte große Mühe ruhig zu bleiben, war aber trotz ihrer Wut verunsichert. Sie spürte seine immer noch vorhandene Anziehungskraft auf sie, was sie wiederum veranlasste, sich auch über sich selbst zu ärgern. »Wundert dich das, Wolf? Ich finde es mehr als verständlich, nach allem, was vorgefallen ist.«
Er atmete hörbar aus. In seinen blauen Augen lag Bedauern. »Mein Gott, Sarah! Hör mich doch wenigstens an! Ich … ich hatte getrunken. Ja, ich bin einfach

schwach geworden. Es tut mir auch schrecklich Leid. Aber es war doch nichts Ernstes.« Er verschwieg einfach die Tatsache, dass er bereits seit einem Vierteljahr eine Beziehung zu Teresa hatte. Wenn Sarah ihm schon einen Fehltritt nicht verzeihen konnte, dann ganz gewiss nicht die volle Wahrheit.
Er hob die Hand und strich ihr eine Haarsträhne aus der Stirn, doch Sarah zuckte unter seiner Berührung zusammen und wich zurück. Er sah sie durchdringend an, seine Stimme klang schmeichelnd tief und weich. »Bitte, Kleines. Kannst du mir nicht noch einmal verzeihen? Das mit uns, das war doch etwas ganz Besonderes. Unser Hochzeitstermin steht noch, und an unser Baby haben wir doch auch schon gedacht.« Er wusste, wie sehr sie Kinder liebte. Er beugte sich zu ihr hinunter, und sie atmete sekundenlang wie betäubt den vertrauten Duft seines Rasierwassers ein, als er sanft hinzufügte: »Das kannst du nicht alles vergessen haben, oder?«
Sarah hatte sich abrupt abgewandt, um aus dem Fenster zu sehen. Sie fühlte sich nicht in der Lage, seinem Blick standzuhalten. Ihre Augen waren auf Oliver gerichtet, der sich gerade über das Fohlen beugte und es streichelte.
Wolf legte eine Hand auf ihre Schulter. »Sarah? Hast du gehört, was ich gesagt habe?«
Sie drehte sich zu ihm um und bemühte sich, ihrer Stimme einen festen Klang zu geben. »Ja, Wolf. Aber ich bin zu verunsichert, als dass ich jetzt sagen könnte: Alles wird wieder gut. Um ganz ehrlich zu sein, glaube ich eher, dass es zu Ende ist.«

Sie machte eine Pause und zögerte, denn sie erkannte Bestürzung in seinem Blick. Er hatte offensichtlich fest damit gerechnet, dass alles wieder in Ordnung käme. Sie zwang sich dazu, ihm in die Augen zu sehen.
»Etwas in mir ist zerbrochen, als ich dich mit dieser Frau gesehen habe. Ich hatte mich an diesem Tag so auf dich gefreut, ich wollte dir von der Zusage für die neue Schule erzählen. Für mich ist in dem Moment die Welt untergegangen, weißt du? Ihr … ihr wart so verdammt vertraut miteinander …«
Es kostete sie viel Kraft, ihm weiter ins Gesicht zu sehen. Sein Blick ließ sie nicht los. Er schien sie dazu bringen zu wollen, nicht mehr weiterzusprechen, ihm doch noch eine Chance zu geben. Aber sie schaffte es, auch den letzten Satz zu sagen, der sich in den vergangenen Wochen in ihr Herz gegraben hatte. »Ich könnte dir nie wieder vertrauen, Wolf.«
Sie wollte ihm keine Gelegenheit mehr geben, weiter auf sie einzureden, also ging sie einfach an ihm vorbei und eilte die Treppe hinunter und hinaus zu Oliver.

Ihr Herz schlug heftig, als sie auf die Pferdekoppel zulief. Sie musste sich eingestehen, dass Wolf immer noch Macht über sie besaß, ja, dass er immer noch seinen Zauber auf sie ausübte. Einerseits ärgerte sie sich maßlos darüber, andererseits gab ihr das etwas von der altvertrauten Sicherheit wieder, die sie stets an seiner Seite empfunden hatte. Und war es nicht diese Sicherheit und Geborgenheit, die sie seit ihrer Ankunft in Australien am meisten vermisst hatte? Ihre Wangen brannten, als sie sich eingestand, dass sie sich unter seinem Blick se-

kundenlang danach gesehnt hatte, von seinen Armen gehalten zu werden und seine Lippen zu spüren.
Sie riss sich zusammen und bemühte sich, für Oliver zu lächeln. Er blickte jetzt auf und strich dem Fohlen über die stehende Mähne. Dann stieg er durch den Koppelzaun zurück und sah sie prüfend an.
»Na, alles in Ordnung?«
Sie legte die Arme auf die obersten Balken des Zauns und schaute in die Ferne. »So weit ich das sagen kann, ist seit einigen Wochen so ziemlich nichts mehr in meinem Leben in Ordnung, Oliver.«
Sie senkte den Kopf, und ihr Blick fiel auf die Narbe an ihrem Arm. Dieses Mal schob sie den Ärmel hoch und zwang sich, sie genau anzusehen, sich in Erinnerung zu rufen, in welche Verzweiflung Wolf sie getrieben hatte. Immer noch empfand sie die unregelmäßigen frischen roten Linien als etwas, das nicht zu ihr gehörte, das wieder verschwinden müsste, damit ihr Leben endlich wieder normal werden könnte. Sie seufzte. Nie wieder würden diese Narben verschwinden. Oliver hatte sich neben sie gestellt und sie beobachtet. Behutsam strich er über ihren noch heilenden Arm und sah ihr in die Augen.
»Mit der Zeit werden sie blasser, Sarah.«
Sie nickte stumm und zog den Ärmel wieder tief hinunter. Insgeheim wusste sie, dass die Narben in ihrer Seele sie noch weitaus mehr beeinträchtigten als diese sichtbaren. Oliver fuhr sich durch die Locken und betrachtete die Pferde, bevor er Sarah nach einer Weile erneut ansah.
»Möchtest du lieber wieder abreisen?« Sie schüttelte

den Kopf, und er hakte nach. »Soll ich vielleicht lieber wegfahren, Sarah?«

Sie sah ihn erschrocken an. »Nein, bitte bleib, Oliver. Ich bin so froh, dass du hier bist. Geh nicht.«

Er nickte nachdenklich. Seine Augen fixierten ein Windrad in der Ferne. »Wirst du zu ihm zurückkehren? Ich meine, ist dir schon klar, wie du jetzt zu ihm stehst?«

Sie schwieg einen Moment betroffen. Ihre Finger zupften ein paar Halme aus der Mähne des anhänglichen Fohlens, das nun begonnen hatte, an den Holzbalken des Zauns zu knabbern. Ihre Stimme klang leise. »Ich will nicht zu ihm zurück. Und ich hoffe, ich bin stark genug, bei dieser Entscheidung zu bleiben.«

Schweigend betrachteten sie die Landschaft, über die sich jetzt die Dämmerung herabsenkte, die alles in ein warmes rötliches Licht tauchte und wie auf einem Gemälde Abendstimmung heraufbeschwor. Ein leichter Wind strich sanft über die Gräser, und die Silhouetten der Pferde hoben sich deutlich vom Horizont ab.

Sarah lächelte, als sie das zufriedene Schnauben einer Mutterstute vernahm. »Perfekt!« Sie wandte sich zu Oliver um. »Es ist hier einfach wunderschön, nicht? Es ist, als gäbe es keine Zeit, keinen Kummer, keine Sorgen.«

Oliver sah sie an. Ihre Augen waren wieder auf das Land gerichtet. Die Abendsonne ließ ihr Gesicht leuchten, und er verspürte einen Stich, als ihm klar wurde, wie viel sie ihm bereits jetzt bedeutete. Beide drehten sich zum Haus um, als sie die Stimme von Heather vernahmen, die sie zum Abendessen rief.

Sarah winkte ihr zu als Zeichen, dass sie verstanden hat-

ten. Während sie sich auf den Weg machten, fuhr sie sich durchs Haar und seufzte.
»Ich hätte ewig dort stehen bleiben können.«
Oliver warf einen Grashalm fort, den er schon einige Zeit zwischen den Fingern gedreht hatte.
»Ja, mir ging's genauso. Obwohl sich mein Magen nicht mehr lange mit dem bloßen Anblick der Landschaft hätte vertrösten lassen.«
Sarah lachte und gab ihm einen Schups. »Da steht er still und leidet Hunger. Du hättest doch ruhig etwas sagen können.«
Sie waren kurz vor der Veranda, als sie plötzlich innehielt und ihn ernst ansah.
»Puh, mir graust jetzt schon vor dem Small Talk mit Wolf am Tisch meiner Großeltern.« Sie legte die Stirn in Falten und schien nachzudenken. »Ich möchte zu gern wissen, wer ihm verraten hat, dass ich nach Australien geflogen bin.«
Oliver zog sie an einer Hand die Stufen hinauf.
»Na komm. Das hilft dir jetzt auch nicht weiter. Augen zu und durch.«

Als Sarah sich abends in ihrem Bett ausstreckte, überkam sie eine ruhige Zufriedenheit, und sie kuschelte den Kopf behaglich ins Kissen. Erfreut stellte sie fest, dass sie auch von hier aus die Sterne am Himmel beobachten konnte. Sie dachte nach. Was für eine merkwürdige Situation, in der sie sich hier befand. Sie glaubte noch nie in ihrem Leben so hin und her gerissen gewesen zu sein. Fast immer war alles reibungslos verlaufen. In der Geborgenheit einer intakten Familie war sie herangewachsen. Später hatte sie auf eigenen Beinen gestanden und eigentlich nie ernsthafte Zweifel an ihrem Leben gehabt. Vielleicht war sie deshalb umso erschrockener gewesen, als sich all der schöne Schein ihrer privaten Zukunft in Nichts aufgelöst hatte. Wie auch immer, nun war sie hier bei ihren Großeltern, nebenan schlief Oliver und ein Zimmer weiter Wolf. Sie konnte ein Schmunzeln nicht unterdrücken, als ihr das Bizarre an dieser Situation vor Augen stand. Gähnend zog sie die Decke ein Stück höher und lauschte den Geräuschen des Outback. Wer weiß, vielleicht würde Wolf ja von selbst einsehen, dass es besser wäre, wenn er abreisen würde. Müde fielen ihr die Augen zu, und sie schlief ein.

Shane McMillan zog an seiner Zigarette, die in der Dunkelheit rot aufglühte. Während er den Rauch inhalierte, betrachtete er den Sternenhimmel und schätzte das Wetter für den kommenden Tag ab. Er wandte sich um, als die Verandatür leise quietschte und seine Frau neben ihn trat. Sie legte einen Arm um seine Hüfte und lächelte zu ihm auf.
»Na? Du bist so nachdenklich, Shane. Es stört dich doch nicht, dass Sarah gekommen ist?«
Er hatte ebenfalls einen Arm um sie gelegt und schüttelte jetzt unwirsch den Kopf. »Was für ein Unsinn. Ich bin froh, dass sie da ist. Wir haben sie viel zu selten gesehen.« Er nahm wieder einen Zug, und Heather beobachtete den Rauch, der kurz darauf aus seiner Nase strömte. Er sah sie an und deutete dann auf die Sterne und die Pferde, die inzwischen im Mondlicht grasten.

Die Fohlen hatten sich hingelegt, während die Stuten auf sie Acht gaben.
»Da, sieh dir das an, Heather. Hast du es je bereut, dass ich dich hierher gebracht habe?«
Sie war seinem Blick gefolgt und lächelte erneut.
»Nein, Shane. Ich liebe diesen Ort wie du.«
Er seufzte zufrieden. »Wie gut, dass du damals deinen Kopf durchgesetzt und mit der Pferdezucht begonnen hast.« Schmunzelnd sah er ihr in die Augen und drückte sie an sich. »Heute würde mir direkt etwas fehlen, wenn sie nicht da wären. Sie haben so etwas Beruhigendes.«
Sie lachte leise. »Ja, ohne meine Pferde hättest du mich nicht hierher bekommen.«
Eine Weile schwiegen sie beide. Schließlich drückte Shane den Stummel seiner Zigarette im Aschenbecher aus, den er auf der Verandabrüstung abgestellt hatte.
»Wie können wir Sarah helfen? Was meinst du?«
Heather strich sich eine Strähne zurück, die sich aus ihrem aufgesteckten Haar gelöst hatte.
»Am besten warten wir ruhig ab und sorgen dafür, dass sie sich wohl fühlt. Mir gefällt übrigens der junge Mann, der sie herbegleitet hat. Er strahlt so eine unbestimmte Fürsorglichkeit aus. Ich habe das Gefühl, dass er ihr gut tut. Was denkst du?«
»Nun, da sind deine Antennen meistens feiner. Aber ich mag den anderen nicht besonders. Ich hoffe, sie kommt noch zur Besinnung und heiratet ihn nicht.«
Heather biss sich auf die Unterlippe und unterdrückte ein Lachen. Sie liebte ihren Mann auch dafür, dass er selten ein Blatt vor den Mund nahm. Die Gespräche mit ihm waren in all den Jahren nie einsilbig und langweilig

geworden. Gerade hier draußen war es wichtig, dass man sich diese Fähigkeit erhielt. Wenn man so weit von Freunden und Nachbarn entfernt lebte, würde man zugrunde gehen, wenn man niemanden hätte, mit dem man reden und dem man sich mitteilen könnte. Sie drückte seine Hand.

»Ich glaube, ihr ist schon klar geworden, dass er nicht der Richtige ist. Sie braucht nur noch ein wenig Zeit, um es sich endgültig einzugestehen.« Heather runzelte die Stirn. »Ich mache mir ein wenig Sorgen um sie. Sie sieht so blass und angespannt aus, und aus ihren Augen ist der blitzende Übermut verschwunden, der seit ihrer Kinderzeit zu ihr gehörte wie der Deckel auf den Topf.«

Shane nickte nachdenklich. »Dann werde ich einfach dafür sorgen, dass sie sich hier gut erholt.«

12

Sarah zügelte ihr Pferd und hielt es dicht hinter dem ihres Großvaters. Sie war bereits früh am Morgen auf gewesen und hatte spontan zugestimmt, ihn bei einem Ausritt zu begleiten. Er hatte einige Pumpen und Weidezäune zu kontrollieren. Natürlich musste er das nicht wirklich tun. Es gab inzwischen genug Arbeiter auf Wintinarah, die diese Aufgabe ebenfalls erledigt hätten, aber offensichtlich liebte Shane es, immer noch selbst mitzuarbeiten. Sarah schmunzelte. Wahrscheinlich hatte ihn das Gefühl, gebraucht zu werden und noch wichtig zu sein, so jung gehalten. Sie hatte Oliver eine Nachricht hinterlegt und war mit klopfendem Herzen auf das Pferd gestiegen. Sie war lange nicht mehr geritten, und sie wusste, dass ihr Großvater insgeheim beobachtete, ob sie nicht ein echter Stadtmensch geworden war. Auch war sie sorgsam darauf bedacht, jegliche stärkere Belastung auf ihren gesunden rechten Arm zu verlagern, denn manche unvermittelte Bewegung oder Anspannung des anderen Arms führte noch immer zu starken Schmerzen. Doch schon nach kurzer Zeit war ihre Unsicherheit verflogen, und sie genoss den Ausritt. Sie lächelte. So waren ihre Teenagerjahre, in denen sie jede freie Minute in Beckers Reitstall verbracht hatte und in denen ihre Brüder sie abends immer wiehernd begrüßt hatten, doch noch zu etwas gut gewesen.

Shane war eine leichte Anhöhe hinaufgeritten und wartete auf sie. Er freute sich. Sie machte sich erstaunlich gut auf dem Pferd und hatte einen hervorragenden Sitz.

Sie hielt jetzt neben ihm und schob sich den alten Lederhut ihrer Großmutter aus der Stirn. Shanes Augen leuchteten, als er auf das vor ihnen liegende Land deutete.
Die Sonne war gerade aufgegangen und ließ den Morgendunst, der über den Weiden gelegen hatte, wie einen zarten weißen Schleier aussehen, der sich langsam hob und den Blick auf tausende von grasenden oder leise blökenden Schafen freigab. Grüne Weiden schienen sich endlos aneinander zu schmiegen und gingen in der Ferne in eine blausilbern schimmernde Hügelkette über.
»Sieh nur, Sarah, das ist das Land deiner Mutter. Hier ist sie aufgewachsen.« Er hatte den Blick nicht von der Landschaft genommen und schien nachdenklich. Nichts in seinem Leben war ihm schwerer gefallen, als damals seine einzige Tochter ans andere Ende der Welt gehen zu lassen. Allein die Erinnerung daran machte ihn noch ernster. Nun war er hier mit seiner Enkelin. Wo waren nur all die Jahre geblieben? Er riss sich zusammen und lächelte ihr zu. Sie war seiner Julia so ähnlich, dass ihn diese Erkenntnis fast schmerzte – genauso wie ihn in letzter Zeit öfter der Gedanke gequält hatte, was einmal aus Wintinarah Station werden sollte.
»Es ist auch dein Land, Sarah. Eine Hälfte von dir stammt von hier.«
Sarah hatte ihre Augen über die Landschaft wandern lassen und fühlte sich zum ersten Mal seit vielen Wochen völlig unbeschwert. Sie meinte nie zuvor beim Anblick eines Ortes ein solches Gefühl der Freiheit gespürt zu haben. Sie nickte ihrem Großvater zu. »Ich habe mich seit langer Zeit nicht mehr so frei gefühlt.«

Sie machte eine Pause und betrachtete nachdenklich die Schafherde in der Ferne. »Weißt du, Großvater, auch wenn du dir das kaum vorstellen magst, wir haben ein wirklich schönes Leben in Deutschland. Meine Eltern lieben sich und sind glücklich miteinander, was in meinem Alter auch nicht besonders viele Leute von ihren Eltern behaupten können. David, Philip und ich hatten eine schöne Kindheit und hängen sehr aneinander. Wir durften studieren und die Berufe ergreifen, die wir uns wünschten. Die Ferien, die wir alle zusammen oft in Dänemark verbracht haben, gehören zu meinen schönsten Erinnerungen. Dieser endlos breite Strand auf der Insel Fanø war für mich der Inbegriff von Freiheit und Kinderglück. Aber das hier, dieses unvergleichliche Land, lässt mich plötzlich wieder genauso empfinden wie damals, als ich noch klein war.« Sie senkte den Kopf und betrachtete sekundenlang das glänzende dunkle Leder ihres Sattels. »Vor einigen Wochen habe ich die schlimmste Enttäuschung meines Lebens hinnehmen müssen. Nichts schien mehr so zu sein, wie ich es mir für die Zukunft ausgemalt hatte. Ich musste einfach weg von dort, und irgendwie – ohne dass ich überhaupt darüber nachgedacht habe – hat mich mein Weg hierher geführt, ganz von allein, ganz selbstverständlich, verstehst du? Mich hat das Nachdenken darüber schon im Flugzeug richtig durcheinander gebracht. Aber ich finde keine Erklärung dafür.«

Shane hatte ihr aufmerksam zugehört. Auch wenn sie ihm nicht genau gesagt hatte, was vorgefallen war, spürte er, dass sie an einem Wendepunkt in ihrem Leben angelangt war. Ihm wurde bewusst, dass er seine einzige

Enkeltochter genauso liebte wie seine einzige Tochter. Auf besondere Art und Weise schienen er und Sarah miteinander verbunden zu sein. Er nickte. »Das ist gut so, Sarah. Das australische Band, das dich mit diesem Ort verbindet, hat dich zu uns gebracht. Weißt du, es ist in dir, und das macht mich froh, denn ich liebe dieses Land über alles. Die Voraussetzungen für diese Liebe haben meine Urgroßeltern geschaffen, als sie 1865 alles in Irland aufgaben, was sie bis dahin kannten, und einfach einen Neubeginn in Australien wagten. Sie haben hier schwer gearbeitet und mit ihrem Einsatz den Grundstein für die nachkommenden Generationen gelegt. Ohne sie wäre Wintinarah heute nicht das, was es ist. Sie haben neben all der Arbeit und all den Rückschlägen aber auch ihr Glück gefunden und diesen Kontinent lieben gelernt.
Meine Mutter war eine außerordentlich bemerkenswerte Frau. Sie vereinigte Herz und Verstand in sich und war so etwas wie das Lieblingsenkelkind meiner Großmutter, die wiederum unserer allerersten Pionierin der Familie sehr nahe gestanden hatte. Nenne es ganz modern ›emotionale Intelligenz‹ oder vielleicht altmodisch ›Vorahnungen oder Instinkte haben‹, jedenfalls konnten sie alle erkennen, ob diese besondere Bindung zum Land in den Menschen vorhanden war, mit denen sie zu tun hatten, oder nicht. Sie betrachteten diese Gabe als Geschenk, als eine Art australisches Band, das sie über die Generationen hinweg mit diesem Kontinent verbunden hat. Denk einmal in Ruhe darüber nach. Nimm dir alle Zeit, die du brauchst, und hör auf dein Herz.«

Er deutete erneut auf das Land. »Das hier ist jedenfalls auch dein Zuhause.«

Sarah hatte ihm gespannt, ja, beinahe atemlos zugehört. Die Worte ihres Großvaters hatten sie tief berührt. Ihr gefiel die Vorstellung, dass er sie – obwohl er sie so selten gesehen hatte – in den Zusammenhang dieser familiären Traditionen setzte und einbezog. Sie beugte sich im Sattel vor, griff nach seiner Hand und drückte sie. »Ich bin so froh, dass ich dich habe, Großvater. Dich und auch Großmutter.«

Er warf jetzt einen gespielt entsetzten Blick auf seine Armbanduhr. »Apropos Großmutter. Heather wird sich schon sorgenvoll fragen, wo wir bleiben.«

Er grinste breit. »Außerdem haben wir sie ganz schön lange mit deinen beiden Freunden allein gelassen, nicht? Wir wollen doch nicht, dass ihnen der Gesprächsstoff ausgeht, oder?«

Sarah drückte sich den Hut wieder tiefer in die Stirn und lachte.

»Also los!«

Wenige Tage später saß Sarah auf dem Koppelzaun und sah ein paar Arbeitern beim Zureiten der jungen Pferde zu. Einige der in Australien »stockmen« genannten Cowboys waren Aborigines. Sie beobachtete die Männer und stellte fest, dass die Farbigen ihre Sache besonders gut machten. Dabei schweiften ihre Gedanken ab. Wieder einmal beschlich sie ein ungutes Gefühl, als sie sich in Erinnerung rief, dass diesen Men-

schen beziehungsweise ihren Vorfahren, den Ureinwohnern, das Land einmal gehört hatte.
Ihre Augen glitten über die Kleidung der Arbeiter ihrer Großeltern. Alle waren ähnlich angezogen. Sie konnte rein äußerlich keine Unterschiede festmachen. Sie fragte sich, ob sich diese Aborigines wirklich vollkommen mit ihrem jetzigen Leben arrangiert hatten, ob sie zufrieden waren oder ob sie aus der Not heraus so lebten und arbeiteten, in Wirklichkeit aber noch fest in ihren Traditionen wurzelten und die Farmtätigkeit möglicherweise insgeheim hassten.
Sie seufzte unwillkürlich. Es war wieder einmal typisch für sie, sich solche Gedanken zu machen. Sie war so in ihre Überlegungen vertieft gewesen, dass sie nicht bemerkt hatte, wie ihr Großvater neben sie getreten war. Erst als er die Arme auf den Zaun legte, sah sie zur Seite.
»Na, warum seufzt du? Wer tut dir Leid, die Pferde oder die Männer?«, fragte er grinsend.
Sie fühlte sich ertappt und schüttelte rasch den Kopf. Sie hatte nicht vor, das, was sie gerade beschäftigt hatte, ihrem Großvater mitzuteilen. Nicht dass sie kein Vertrauen zu ihm gehabt hätte, aber sie wusste, dass dieses Thema in Australien sehr heikel war und dass es einem als Außenstehenden nicht zukam, darüber zu urteilen beziehungsweise sich in besserwisserischer Manier zu äußern. Jedes Land auf Erden hatte eigene Probleme, und niemand mochte es, wenn sich Fremde einmischten. Sarah wusste, dass gerade die gastfreundlichen, aufgeschlossenen Australier sehr empfindlich darauf reagieren konnten. Sie versuchte also unbekümmert auszu-

sehen, lächelte ihrem Großvater zu und sagte: »Weder noch.«
Shane schob sich den Hut in den Nacken und setzte sich neben sie. Ihm war ihre kurze Verlegenheit nicht entgangen. Er hatte in den letzten Tagen immer wieder die Nähe seiner Enkelin gesucht und sich gefreut, wie sie ihn an ihren Eindrücken teilnehmen ließ. Er interessierte sich für ihre Gedanken, die oft einfach aus ihr hervorsprudelten, aber nie einen gewissen Scharfsinn oder eine bestimmte Tiefgründigkeit vermissen ließen. Sie schien für ihr Alter erstaunlich viel nachzudenken und zu hinterfragen. Dennoch glaubte er hinter all dieser Ernsthaftigkeit auch eine Spur von Unsicherheit zu erkennen. Er suchte jetzt ihren Blick. Dass sie ihm auf diese Weise auswich, war neu für ihn. »Nun sag schon, was dich beschäftigt.«
Sarah zögerte nach dieser erneuten Aufforderung ihres Großvaters. Sicher, sie hätte mit einer belanglosen Bemerkung über die Pferde jede Unterhaltung beenden können, aber insgeheim wollte sie gerne wissen, wie Shane über das Thema dachte, das sie gerade so sehr beschäftigte. Gleichzeitig fürchtete sie sich davor, dass ihr die Antwort ihres Großvaters womöglich nicht gefallen würde. Waren ihre Fragen zu den Aborigines das Risiko wert, dass sich die Harmonie zwischen ihnen trübte? Nach seinen Worten während des morgendlichen Ausritts brannte Sarah jedoch darauf, mehr über das Land zu erfahren, über die Familiengeschichte. Wusste er Genaueres von Wintinarahs Anfängen? Wie waren seine Urgroßeltern mit der Anwesenheit der Aborigines umgegangen? Wie hatten sich die Ureinwohner verhalten?

Shane hatte sie beobachtet und klopfte auf das Gatter. »Jetzt frag einfach, was du wissen willst. Keine Bange!«
Sarah sah ihn sekundenlang offen an, bevor ihre Augen wieder zu den schwarzen Arbeitern wanderten. Sie räusperte sich. »Es ist nicht ganz einfach für mich … Ich möchte auch nicht, dass du denkst, ich würde mich um Dinge kümmern, die mich nichts angehen …« Ihre Finger zupften jetzt an den Lederriemen eines Halfters, das über dem Gatter hing. »Ich habe mich gefragt, wie die Geschichte der Aborigines auf diesem Land ausgesehen haben mag, als unsere Vorfahren hier ankamen und begannen Wintinarah sicher in dem damals verkündeten Glauben aufzubauen, das Land gehöre niemandem, denn es wurde ja nicht im europäischen Sinne genutzt oder bestellt. Die Ureinwohner wurden deshalb als zu dumm für Ackerbau und Viehzucht angesehen und nicht für voll genommen.«
Sarah machte eine kleine Pause, in der sie ein wenig unsicher in das Gesicht ihres Großvaters blickte. Doch er verzog keine Miene und hörte ihr ernst zu.
Sie fuhr also fort: »Als ich eure Stockmen hier beobachtet habe, musste ich unwillkürlich an all das denken und mich fragen, ob sie mit ihrem heutigen Leben glücklich sind und sich zurechtfinden.« Sie lächelte zaghaft. »Vielleicht haben sie ja auch einen Großvater, der ihnen von früher erzählt, was meinst du?«
Shane erwiderte ihr Lächeln und schwieg noch einen Moment. Er schien sorgfältig zu überlegen, bevor er zu sprechen begann. »Ja, das mag sein. Und es ist sicher auch gut so. Ich habe genau wie du oft darüber nachgedacht. Für das, was damals geschehen ist, gibt es

keine Entschuldigung. Heute hat man jedoch ein ganz anderes Verständnis für die Kultur der Aborigines als damals; zumindest sollte man es inzwischen entwickelt haben.

Ich weiß zwar, dass viele Farmer immer noch abfällig über sie reden, ja, sie ablehnen, aber das resultiert wohl eher aus so etwas wie sozialem Neid. Die Farmer kämpfen häufig ums nackte Überleben und müssen dabei mit ansehen, wie die Regierung vor dem Hintergrund des geschehenen geschichtlichen Unrechts Gelder in Sozialprojekte und Unterstützungen für die Ureinwohner steckt. Wir sehen heute erst die Folgen, die sich aus dem Aufeinanderprallen zweier so unterschiedlicher Kulturen ergeben haben. Die Aborigines sind damals praktisch entwurzelt worden, sie verloren das Land, den Zugang zu ihren heiligen Stätten und ihrer Kultur. Jahrzehntelang wurde von ihnen erwartet, dass sie sich an eine Kultur anpassten, die sie so wenig verstanden wie die Weißen die ihre. Noch in den fünfziger und sechziger Jahren nahm man ihnen häufig einfach ihre Kinder weg und versuchte diese an irgendwelchen ihnen fremden Orten zu Weißen zu erziehen. Das war für mich beinahe das größte Verbrechen, denn schon bald wussten sie, dass sie in dieser Gesellschaft nie so viel wert sein würden wie die Weißen, die ihnen darüber hinaus ständig Dankbarkeit für das ›Privileg‹, bei ihnen aufwachsen zu dürfen, abnötigten. Aber sie hatten auch keine Verbindung mehr zu ihren wirklichen Familien, sie waren im wahrsten Sinne des Wortes entwurzelt. Sie schwebten irgendwo zwischen zwei Welten und waren doch in keiner zu Hause. Kein Wunder, dass viele von

ihnen Zuflucht zu Alkohol und Drogen nahmen, um dieses Dasein ertragen zu können.
Die Trinker, die Verlorenen unter den Aborigines, das sind heute die, die den Hass der Leute auf sich ziehen. Sie machen es sich einfach und sagen: ›Die werden unterstützt und versaufen doch sowieso alles.‹ Menschen, die so sprechen, sehen dabei nicht die Eltern und Kinder, die in Reservaten und Lagern ohne ihre Kultur, ohne Sinn und Lebensaufgabe aufgewachsen sind. Was soll denn aus solchen Kindern werden? Einige schaffen es trotzdem, aber viele eben auch nicht. Das Problem ist einfach zu komplex, um es ohne Schwierigkeiten lösen zu können. Die Siedler hätten damals das Land nicht einfach an sich reißen dürfen. Umgekehrt kann man es den Nachfahren dieser Siedler auch nicht so ohne weiteres wieder wegnehmen und den Ureinwohnern zurückgeben, mal davon abgesehen, dass viele der jungen Schwarzen gar nicht mehr nach den alten Traditionen zu leben verstünden. Wir Farmer sind natürlich auch nicht bereit, unsere Existenz für die Sünden der Vorväter zu begraben. Unsere Wintinarah-Wolle und -Pferde sind außerdem heute ein Teil der australischen Wirtschaft. Und die Regierung baute Bodenschätze ab, deren Vorkommen sich häufig auf dem Land der Ureinwohner befanden. Das alles kann nicht rückgängig gemacht werden. Es bleibt nur zu hoffen, dass der Respekt voreinander wächst, die Toleranz zunimmt und viele neue Projekte für die Aborigines entstehen.«
Er lächelte, als er Sarahs Blick begegnete.
»Was nun deine eigentliche Frage angeht – soweit ich weiß, hat es auf Wintinarah-Land keine schweren Aus-

einandersetzungen oder gar Massaker gegeben. Meine Urgroßeltern haben sich hier zwar niedergelassen, aber weder wurden sie angegriffen, noch haben sie jemanden verjagt. Auch in den späteren Jahren wurden die umherziehenden Aborigines nie vertrieben. Meist blieben sie unten am Fluss für sich und zogen einige Zeit später weiter. Meine Großmutter und dann auch meine Mutter suchten öfter den Kontakt zu den Frauen des Stammes. Einige von ihnen verfügten über ausgezeichnete Kenntnisse in pflanzlicher Heilkunde und Geburtshilfe. Sofern die Verständigung untereinander gelang, lernten meine Mutter und Großmutter vieles von ihnen. Die Frauen erhielten im Gegenzug ein Lamm oder sonstige Vorräte, quasi als Gastgeschenk. Solange ich mich erinnern kann, ist in unserem Haus niemals ein böses Wort über die Ureinwohner gefallen. Meine Großeltern und auch meine Eltern haben Menschen immer nur nach ihren Taten beurteilt, nicht nach ihrer Hautfarbe oder Herkunft.

Und so habe ich es auch gehalten. Ich hoffe, meine Tochter hat es an dich weitergegeben.« Er deutete jetzt auf die Männer. »Ich beschäftige gern Aborigines. Diese hier leisten gute Arbeit und können hervorragend mit den Tieren umgehen. Dafür bezahle ich sie auch gut. Barney, der mit dem karierten Hemd dort drüben, ist sogar Vorarbeiter. Auf Wintinarah dulde ich keinen Rassismus. Gute Arbeit gegen gutes Geld. Wer aber stiehlt oder betrügt, fliegt raus, unabhängig davon, ob er schwarz oder weiß ist.« Er schaute seine Enkelin abwartend an. »Na, kannst du mit dieser Philosophie leben? Oder möchtest du Reißaus nehmen?«

Sarah schüttelte erleichtert den Kopf. »Danke, dass du so offen mit mir darüber geredet hast, und dafür, dass du dir überhaupt so viel Zeit für mich nimmst, seit ich angekommen bin.« Sie nahm seine kräftige, vom Wetter gegerbte Hand einen Augenblick in ihre Hände und drückte sie. »Ich finde es sehr schade, dich nur so selten in meinem bisherigen Leben als Ratgeber oder Gesprächspartner gehabt zu haben.«
Sie sah nun in die Ferne und betrachtete mit zusammengekniffenen Augen die hüglige Landschaft, die sich bis zum Saum der Berge am Horizont hinzog.
»Da ich weiß, wie viel Unheil den Aborigines überall hier in Australien geschah, bin ich froh darüber, dass meine Vorfahren zumindest Anstand und Respekt gezeigt haben, ja, vielleicht sogar ein wenig Interesse an der anderen Kultur. Mir gefällt deine Einstellung, Großvater. Und von hier möchte ich bestimmt nicht Reißaus nehmen – im Moment dann schon eher vor meinem Leben in Deutschland.«
Shane hielt unwillkürlich einen Augenblick den Atem an, doch dann konnte er sich nicht bremsen und platzte heraus: »Dann bleib hier, Sarah! Deine Großmutter und ich wären glücklich darüber. Und wer weiß, vielleicht lernst du Wintinarah noch zu lieben.« Als er ihr Erstaunen registrierte, fügte er hastig hinzu: »Du musst dich ja nicht gleich für die Ewigkeit entscheiden. Wir wären sicher die Letzten, die dich drängen würden, hier zu bleiben, wenn du feststellen solltest, dass du hier nicht glücklich sein könntest.« Seine Augen funkelten, und er sah sie gespannt an.
Sarah war im ersten Moment ganz ruhig und hörte ver-

blüfft, wie eine innere Stimme sie fragte: Warum eigentlich nicht? Einigermaßen überrascht über sich selbst, schwieg sie noch einen Augenblick, bevor sie zu ihrem Großvater aufsah. Eben noch hatte sie bedauert, ihn so selten in ihrem Leben gehabt zu haben. Auch ihre fröhliche und aufgeschlossene Großmutter wäre ihr in ihrer Kindheit eine Freude gewesen. Dies war die Chance, beide näher kennen zu lernen, die Heimat ihrer Mutter zu erleben und sich selbst vielleicht neu zu finden.
Ernst sah sie in Shanes dunkle Augen. »Eines muss ich schon einmal klarstellen, Großvater. Ich muss Wintinarah nicht lieben lernen, denn mir ist bereits alles hier sehr ans Herz gewachsen. Ich bleibe gern hier, um alles kennen zu lernen. Ich weiß allerdings nicht, ob ich für die Farm geeignet bin. Wie du weißt, bin ich Lehrerin. Ich müsste eigentlich in drei Wochen meine neue Stellung in Deutschland antreten. Und in drei Monaten wollte ich Wolf heiraten.« Sie schluckte, setzte sich dann aber entschlossen auf. »Ich werde beides nicht tun und bleibe stattdessen auf Wintinarah, allerdings erst mal, um zu sehen, wie das Leben hier ist, um euch zwei besser kennen zu lernen und um mich neu zu orientieren. Wäre das in Ordnung für euch beide?«
Er sprang vom Zaun und strahlte. Dann zog er sie ebenfalls hinunter. »Komm mit, das müssen wir sofort Heather erzählen.« Gleich darauf blieb er abrupt stehen und zögerte. »Was werden deine Eltern sagen?«
»Großvater, ich bin erwachsen«, antwortete sie. »Ich bin vierundzwanzig und habe meine Ausbildung als Lehrerin abgeschlossen. Weder gehe ich ins Kloster noch ziehe ich bettelnd durch die Lande. Ich habe mich nur

entschlossen, eine Weile bei meinen Großeltern in Australien zu leben. Das, denke ich, können sie akzeptieren.« Sie lachte leise auf. »Nun hat Mama aber einen Grund mehr, endlich mal wieder herzukommen, meinst du nicht?«

13

Patricia Johnson beobachtete das junge Paar, das mit dem niedlichen Baby in der Rückentrage die Hotelhalle durchquerte und durch die Türen in die helle Morgensonne hinaustrat. Die Freude über den strahlenden Tag und ihren Urlaubsbeginn war so offensichtlich, dass sie ihnen einen Moment versonnen nachsah. Der junge Mann musste etwa Olivers Alter haben. Jetzt war er schon eine gute Woche fort. Unterwegs im Urlaub mit der jungen Deutschen. Eine steile Falte erschien auf ihrer Stirn. Es war nicht etwa die Arbeit, die ihr hier zu viel wurde. Im Gegenteil. Sowohl Daniel als auch sie selbst genossen es immer wieder, in den Hotelbetrieb zurückzukehren, den sie von der Pieke auf gelernt und ganz allein aufgebaut hatten. Patricia seufzte leise und ließ ihre Augen zufrieden durch die Empfangshalle wandern. Nein, hier war alles in Ordnung. Es schien ihr zeitweise immer noch unglaublich, wie weit sie es gebracht hatten. Ein Schaudern überlief sie, als sie an die Anfangszeiten dachte, in denen ihnen finanziell mehr als einmal das Wasser bis zum Hals gestanden hatte und in denen sie sich oft ratlos gefragt hatte, wovon sie die Zutaten für das nächste Frühstück der Gäste bezahlen sollte. Aber sie hatten es geschafft.

Sie drehte einen Kugelschreiber in der Hand und betrachtete die Aufschrift ihres Hotels darauf, als sähe sie diese zum ersten Mal. Sie grübelte völlig selbstvergessen. Es waren die Gedanken an Oliver, die ihr zu schaffen machten. Ihr Sohn war ihr schwacher Punkt. Nach mehreren Fehlgeburten und einer Operation hatte sie die Hoffnung auf ein eigenes Kind damals schon fast aufgegeben – und dann kam er. Es war wie ein Wunder gewesen. Sie hatte ihr Glück kaum fassen können, er wurde ihr Ein und Alles. Aber wenn sie ganz ehrlich sich selbst gegenüber war, musste sie sich eingestehen, dass nur ihr Mann verhindert hatte, dass sie eine dieser überbehütenden Glucken wurde. Immer wieder war Olivers Vater darauf bedacht gewesen, eine solche Entwicklung zu verhindern. Oftmals hatte er klagend ihre Unterstützung im Hotel eingefordert und behauptet, er komme ohne sie dort nicht klar. In der Erinnerung daran musste sie nun schmunzeln. Natürlich hatten diese Hoteleinsätze seiner Frau seinem Sohn Freiheiten ermöglicht, Dinge zu unternehmen, sich mit Freunden zu treffen, ohne dass seine Mutter ständig hinter ihm stand und alles überwachte. Sie seufzte leicht beschämt. Gleichzeitig war ihr klar, dass niemand sie so glücklich gemacht hätte, wie es Daniel Johnson getan hatte. Er war die Liebe ihres Lebens. Und genau die Einzigartigkeit einer solchen Liebe wünschte sie sich für ihren Sohn. Trotzig schob sie ein wenig die Unterlippe vor. War das verkehrt? Konnte man ihr das verübeln? In ihrem Kopf hallte wie immer Daniels tiefe, weiche Stimme: Das ist *sein* Leben, Pat. Du musst ihn seinen *eigenen* Weg gehen lassen. Sie atmete hörbar aus. Das wurde ja immer besser! Jetzt diskutierte sie schon in Gedanken mit ihrem Mann. Sie verbiss sich ein Lächeln, denn zweifellos hatte er schon wieder Recht.

Sarah lachte leise vor sich hin, während sie ihrem Großvater und Wolf nachsah. Es war offensichtlich gewesen, dass Shane McMillan seiner Enkelin Luft zum Atmen und Nachdenken verschaffen wollte, als er Wolf mit so ausgesuchter Höflichkeit eingeladen hatte, ihn zu einer Schafauktion zu begleiten, dass dieser einfach nicht hatte ablehnen können.

Oliver sah erstaunt von seinen Landkarten auf.

»Dir scheint es ja ziemlich gut zu gehen, was?« Er betrachtete ihr Gesicht. Sie hatte schon etwas Farbe bekommen, ihr Haar war vom Wind zerzaust, und ihre Augen blickten so verschmitzt, wie er es noch nie an ihr gesehen hatte.

»O ja. Ich habe einfach wunderbar geschlafen. Die morgendlichen Ausritte mit meinem Großvater sind fantastisch, ebenso das Frühstück – wenn man von Wolfs Anwesenheit einmal absieht. Und dass ich ihn in den nächsten zwei Tagen nicht sehen muss, ist ein Geschenk der Ruhe.« Ihr Lächeln vertiefte sich wieder, und ihre Augen blitzten auf. »Obwohl mir die Vorstellung, ihn in all dem Staub und Dreck herumwaten zu sehen – umgeben von unzähligen blökenden Schafen –, schon wieder so gut gefällt, dass ich fast Mäuschen spielen möchte, nur um zu erleben, wie er leidet.« Ein zufriedener Zug lag um ihren Mund, als sie hinzufügte: »Denn dass er leiden wird, das steht außer Frage.«

Oliver hatte sie mit Freude beobachtet; diese neue, fast schon sprühende Lebendigkeit gefiel ihm. Doch da er immer noch nicht wusste, wie sie letztendlich zu Wolf stand, versuchte er sorgsam seine Gefühle für sie zu verbergen. Er lächelte nachsichtig.

»Was bin ich froh, dass wir auf einer Seite stehen. Was würdest du denn mit mir machen? Mich zum Rodeo schleppen? Oder mich allein in einer Schulklasse mit dreißig Kindern zurücklassen?«
Sie lachte jetzt unbeschwert. »Du bringst mich wirklich auf Ideen.« Sie war um ihn herumgegangen, hatte kurz einen Arm auf seine Schultern gelegt und ließ sich jetzt neben ihm auf einen Stuhl fallen. Ihr war immer noch nicht bewusst, wie sehr sie Olivers Nähe suchte und wie viel Geborgenheit sie bei ihm empfand. Sie liebte seinen jungenhaften Schalk, seinen unbekümmerten Humor und seinen unerschütterlichen Optimismus. Doch sie war noch so im Konflikt mit Wolf, dass ihr nicht klar war, welchen Stellenwert Oliver schon in ihrem Leben einnahm.
Oliver verdrängte seine Gefühle für Sarah. Obwohl er sich selbst inzwischen eingestanden hatte, wie sehr er sich zu ihr hingezogen fühlte, sah er keine bessere Möglichkeit als die, ihr Zeit zu lassen. Er wies auf die Landkarten, die ausgebreitet auf dem Tisch vor ihm lagen.
»Ich habe schon eine ganze Weile darin gestöbert. Es gibt ein paar wirklich schöne Ecken hier. Wenn du magst, können wir uns umsehen.«
Sie nickte interessiert, und er deutete auf einen bestimmten Punkt auf der Karte.
»Die Gegend hier um Berrigan Hill würde mich besonders reizen.«
Sie sah ihn abwartend an und wunderte sich darüber, dass er nicht weitersprach. »Wo liegt das Problem? Dann lass uns doch hinfahren. Für mich ist ohnehin alles hier interessant.«

Er schien zu überlegen. »Nun, das ist eine ziemliche Strecke. Erst mit dem Wagen dorthin, dann zu Fuß weiter hinauf. Ich würde sagen, ohne einen Gewaltmarsch daraus zu machen, ließe sich das nur mit zwei Übernachtungen schaffen.«

Sie schaute nachdenklich auf die Karte. »Aber da gibt es doch keine Orte.« Ihre europäische Vorstellung von Hotels oder Pensionen an jeder Ecke ließ sich mit den australischen Gegebenheiten und Entfernungen offenbar nicht unter einen Hut bringen.

Oliver grinste nachsichtig. »Nein, dort gibt es keine Ortschaft und auch kein Hotel. Wenn man da hinwill, muss man unterwegs zelten.«

»Ach so.« Sie war verlegen. »Ziemlich begriffsstutzig von mir. Entschuldige, Oliver. Aber die Größe dieses Landes und die Verteilung seiner Bewohner sind für mich manchmal einfach zu ungewohnt.« Sie schien nachzudenken. »Zelte und Schlafsäcke bekommen wir bestimmt von meiner Großmutter. Warum eigentlich nicht? Wenn du Lust zu diesem Ausflug hast? Mir wird die Abwechslung bestimmt gut tun.« Sie stand kurz entschlossen auf und lief mit schnellen Schritten zur Veranda. »Ich bin gleich zurück!«

Oliver schaute ihr nach, und sein Herz schlug schneller. Er freute sich auf den gemeinsamen Ausflug, obgleich er Sorge hatte, sich in irgendeiner Weise zu verraten, wenn sie so viel Zeit miteinander verbringen würden. Während er die Karten zusammenfaltete, fragte er sich, wie er es verkraften könnte, wenn sie sich doch noch für Wolf entscheiden würde. Er schluckte heftig bei diesem Gedanken und musste sich eingestehen, dass ihn das schwer treffen würde. Im gleichen Moment aber sagte er sich: Selbst wenn sie sich nicht wieder mit Wolf versöhnt, heißt das noch lange nicht, dass sie meine Gefühle erwidern wird, dass ich einen Platz in ihrem Leben finden kann.

Er atmete tief durch und fuhr sich mit den Händen über die Augen. Diese Gedanken waren vorerst sinnlos. Er sah wieder auf, als er die Verandatür hörte. Heather und Sarah kamen schwer bepackt näher. Heather ließ zwei Schlafsäcke und Zeltzubehör auf den Holztisch fallen und schaute ihn prüfend an.

»So, Oliver, Sie wollen mir meine Enkelin also gleich wieder entführen?«

Er zögerte, doch bevor er etwas erwidern konnte, lächelte sie freundlich und wedelte beschwichtigend mit einer Hand durch die Luft.

»Nein, nein, das war bloß ein Scherz. Ich freue mich, wenn Sarah möglichst viel vom Land sieht. Und ich bin mir sicher, dass es euch beiden gefallen wird. Wann soll's denn losgehen?«

Sarah blickte abwartend von Heather zu Oliver.

Er zuckte kurz mit den Schultern. »Von mir aus gleich oder später, oder in ein paar Tagen – wie du willst, Sarah.«

Sie lächelte unternehmungslustig. »Okay, dann fahren wir gleich los. Wenn wir länger warten, will womöglich noch Wolf mitkommen. Ich packe nur schnell meine Tasche.«

Oliver stand auf. »Gut, dann sollte ich das wohl auch machen.«

Heather war auf dem Weg ins Haus und drehte sich um.

»Ich werde euch einen Proviantkorb packen und Waserkanister füllen.«
Sarah holte sie ein, hakte sich bei ihr unter und gab ihr einen Kuss auf die Wange. »Danke, Großmutter. Ich freue mich ja so.«
Als Oliver die Treppe hinauflief, zog Heather ihre Enkelin in die Küche. Sarah schaute sie fragend an, doch die sonst so fröhliche Frau sah ernst aus.
»Sag mal, du machst diesen Ausflug mit Oliver doch nicht, um Wolfgang eins auszuwischen, oder?«
Sarah schob ein wenig trotzig die Unterlippe vor.
»Und wenn schon! Glaub mir, Großmutter, der kann sich ruhig ein wenig ärgern.« Sie griff nach einem Apfel, polierte ihn einen Moment nervös mit ihrem Sweatshirtsaum und biss dann hinein.
Heather war am Fenster stehen geblieben und wandte sich nach einigen Sekunden um. »Und was ist mit Oliver? Welche Rolle nötigst du *ihm* dabei auf?«
Sarah ließ verblüfft den Apfel sinken. »Großmutter, ich spiele keine Spielchen. Ich freue mich auf den Ausflug mit Oliver. Ja, und zugegebenermaßen bin ich froh, dass ich Wolf zwei Tage nicht sehen muss, denn er bringt mich noch immer durcheinander, und das gefällt mir nicht.«
»Und Oliver?«
Sarah stutzte. »Wieso? Was soll mit ihm sein? Wir sind wirklich gute Freunde, mehr nicht.«
Heather nickte. »Dann ist ja alles in Ordnung. Weißt du, ich habe Oliver gleich ins Herz geschlossen, und es täte mir Leid, wenn er deine Krise mit Wolfgang ausbaden müsste. Ich glaube, er mag dich sehr.«
Sarah schüttelte den Kopf. »Ja, und ich ihn auch. Aber

zwischen Freundschaft und Liebe besteht doch wohl ein Unterschied.«

Heather lächelte plötzlich und legte einen Arm um ihre Enkelin. »Weißt du, was ausgerechnet ein deutscher Philosoph dazu meint? Friedrich Nietzsche sagte einmal: ›Nicht mangelnde Liebe, sondern mangelnde Freundschaft führt zu unglücklichen Ehen.‹«

Eine Stunde später rumpelte der Wagen voll bepackt mit der Ausrüstung auf dem schmalen Weg, der zwischen den Pferdekoppeln lag, davon. Sarah winkte ihrer Großmutter zu, die ihnen von der Veranda aus nachsah. Instinktiv fühlte Heather McMillan, dass dieser Ausflug das Richtige für ihre Enkelin war. Sie brauchte jetzt einfach Freiheit und einen klaren Kopf und sollte sich nicht ständig durch Wolfgangs Anwesenheit unter Druck gesetzt fühlen. Während Heather ins Haus zurückging, schmunzelte sie, als sie an das Gespräch mit Sarah dachte. Wolfgang würde tatsächlich ziemlich überrascht aussehen, wenn er bei seiner Rückkehr feststellen musste, dass Sarah mit Oliver weggefahren war.

Ausgedehnte Weiden gaben den Blick frei zu einem baumbestandenen Bergsaum in der Ferne. Das dunkle Grün der Wälder verlor sich etwa auf halber Höhe der Berge und ging hier in die typisch australischen Landschaftsfarben von sandbeige, goldbraun und braunrot über. Die Sonne schien auf diese weitläufigen Hügel hinab und bot einen interessanten Kontrast zu den dunkel aufziehenden Wolkenfeldern, die Sarah beobachtete. Sie liebte mittlerweile dieses Farbenspiel Australiens und nahm es immer wieder bewusst wahr. Zwischen graublauen Wolkenbergen blitzte ab und zu das Hellblau des Himmels hervor und ließ die Sonnenstrahlen einzeln erkennbar auf die Erde fallen, so wie man es sich vielleicht in einer biblischen Prophezeiung vorstellen mochte.

Sarah seufzte unwillkürlich, was ihr einen besorgten Seitenblick von Oliver eintrug.

»Wird dir die Strecke zu viel?«

Sie schüttelte rasch den Kopf. »Aber nein. Das Gegenteil ist eher der Fall. Ich kann mich gar nicht satt sehen.« Ihre Augen glitten wieder von den ebenen Weiden über die dicht stehenden Bäume bis zur sanft geschwungenen Hügelkette, die vor ihnen lag. »Nimmst du als Australier eigentlich noch diese Weite und diese Farben wahr?«

»Wenn ich mal rauskomme aus meinem Alltagstrott, dann schon.«

»Weißt du, es ist doch irgendwie traurig, wenn man den Blick für diese Schönheit verliert. Wenn es selbstverständlich wird, einfach weil man sich daran gewöhnt.« Ihr wurde bewusst, wie ernst Oliver geworden war. Rasch legte sie eine Hand auf seinen Arm. »Ich meine jetzt gar nicht dich.« Sie streckte die Beine aus und lehnte den Kopf gegen die Nackenstütze, ehe sie fortfuhr: »Meine Brüder und ich waren einmal mit meinen Eltern im Urlaub auf Teneriffa. Wir hatten ein wunderschönes Ferienhaus am Fuße der Berge, die hinter dem Haus steil aufragten und weiter oben in die Ausläufer des Teide-Gebirges übergingen. Wenn man vor der Finca stand, blickte auf den Atlantik. Ich habe Stunden damit zugebracht, das Meer zu betrachten – wie es bei Wetteränderungen ebenfalls seine Farbe veränderte, wie oben an den Gebirgszügen weiße Wolkenschleier um die Kämme herumzogen, oder auch, wie sich dieselben Wolkenschleier bei schlechtem Wetter zu einer dicken Decke zusammenfügten, die die einzelnen Häuser von oben bis ins Tal hinunter in einen lautlosen Nebel hüllte. Oft nur einen Tag später war dieser Spuk wieder vorüber, und ein strahlend blauer Himmel ließ die Sonne ungehindert scheinen, sodass die Wellen derartig funkelten, dass man geblendet die Augen zusammenkneifen musste.

Ich beneidete die Leute, die uns die Finca vermietet hatten, und fragte eines Tages ihre etwa zwanzigjährige Tochter bei der Gartenarbeit, ob es nicht herrlich sei, so am Meer zu wohnen und jeden Tag diesen Ausblick zu haben. Sie überlegte einen Moment und antwortete dann: ›Ich sehe den Atlantischen Ozean an jedem Tag morgens, mittags und abends. Ich kann ihn manchmal nicht mehr sehen, *weil* ich ihn so oft sehe. Das Meer ist für mich nichts Besonderes, ich bin damit groß geworden.‹«

Sarah machte eine kleine Pause und sah dann Oliver wieder an.

»Ist das nicht traurig? Wäre es nicht todtraurig, wenn es allen so ginge? Ich meine, dass man sich an etwas Schönes oder Wichtiges einfach gewöhnt und es als nichts Besonderes mehr empfindet, nur *weil* es eben da ist? Ich habe eine ganze Weile darüber nachgedacht. Gut, ich war das Meer nicht gewohnt, und für mich war es etwas Besonderes. Also stellte ich mir mein Zuhause vor, das

Haus, in dem ich aufgewachsen bin, den Garten, in dem ich mit meinen Brüdern gespielt hatte, die alte efeubewachsene Eiche, die ich von meinem Fenster aus sehen konnte. Alles Dinge, an die ich gewohnt war. Zugegeben, ich bin darüber nicht täglich in Euphorie ausgebrochen, aber ich habe oft als Teenager bei den Hausaufgaben aus dem Fenster geschaut und die kahlen Äste der riesigen Eiche im Winterwind beobachtet. Ich habe mich im Frühling über die dicken hellgrünen Knospen gefreut, genauso wie über die vielen Vogelarten, die im Efeu an dem alten Stamm Nester bauten und diesen Stamm – ähnlich wie ein Mehrfamilienhaus – bewohnten. Ich konnte mich darüber freuen, *obwohl* ich es jeden Tag sah.« Sie seufzte plötzlich niedergeschlagen. »Manchmal frage ich mich, ob ich nicht normal bin, weil ich mich nicht einfach an so etwas gewöhnen will.« Sarah schluckte kurz und holte Luft. »Auch Wolf hatte sich offenbar einfach zu sehr an mich gewöhnt. Ich war nichts Besonderes mehr. Dabei standen wir uns doch so nah. Ist das so, Oliver? Gewöhnen sich Menschen so aneinander, dass sie nicht mehr wahrnehmen, wie wichtig sie doch einmal füreinander waren? Ist das der normale Lauf der Zeit?«
Oliver hatte mit wachsendem Ernst zugehört. Unbewusst sog er alle Gedanken, die Sarah ihm offenbarte, in sich auf und fügte sie insgeheim wie ein Puzzle von ihr zusammen, das er schon längst in sein Herz geschlossen hatte. Niemandem außer Kelly war er, was Gefühle und Gedanken anging, zuvor so nahe gekommen. Er betrachtete das Vertrauen, das sie ihm entgegenbrachte, als Geschenk und lernte sie täglich mehr kennen. Kaum et-

was war ihm unerträglicher geworden, als diesen Ausdruck von Verletzbarkeit und Trauer in ihren Augen zu sehen. Nichts wünschte er sich mehr, als sie diese Enttäuschung vergessen lassen zu können. Dennoch war es ja nicht so, dass sie ständig mit ihrem Schicksal haderte. Nein, sie schien einfach verzweifelt auf der Suche nach Erklärungen. Sie wollte verstehen, was eigentlich in ihrem Leben so gänzlich schief gelaufen war.
Oliver fragte sich mit einem Hauch Bitterkeit, wie vieler Enttäuschungen es bedurfte, damit ein Mensch dieses Maß an Einsicht und Erkenntnis erwarb, welches Sarah ihm jetzt fast schon verzweifelt offenbarte und das auch ihm selbst seit Kellys Tod nicht fremd war. Er fühlte Sarahs abwartenden Blick und riss sich zusammen.
»Weißt du, Sarah, das ist wirklich eine schwierige Frage, ob Menschen sich an alles gewöhnen. Ich glaube, man kann sie ebenso wenig pauschal mit Ja oder Nein beantworten, wie es im Leben auch nicht nur schwarz und weiß gibt. Sicher ist der Anteil Menschen, die sich solche Gedanken machen wie du, geringer als der jener, die sich nach einiger Zeit an einfach alles Schöne wie selbstverständlich gewöhnen. Was Liebe und Partnerschaft angeht, sollten beide Seiten immer wieder umeinander kämpfen, sich mit kleinen Highlights aus dem Alltag reißen, damit nicht die Gewohnheit und der Alltagstrott alles Spannende der Anfangszeit ersticken. Diese Bereitschaft, umeinander zu kämpfen, muss aber auf beiden Seiten vorhanden sein. Man kann so etwas nicht einfach einfordern. Und wenn es nur auf einer Seite da ist und auf der anderen nicht, dann kann dies nur zu Kummer oder Enttäuschung führen.«

Er schwieg und hatte das Gefühl, zu viel gesagt zu haben. Angestrengt sah er auf die vor sich liegende Straße, die jetzt kurvenreicher wurde, da sie die Ebene hinter sich gelassen hatten und sich den Hügeln näherten.

Sarah musterte ihn kurz. »Willst du damit sagen, dass es so zwischen mir und Wolf ist? Und dass wir deshalb nicht zueinander passen?«

Oliver schüttelte den Kopf. »Ich kenne Wolf viel zu wenig, als dass ich mir erlauben könnte, euch beiden Ratschläge zu geben oder zu behaupten, aus diesem oder jenem Grund würdet ihr nicht zueinander passen.« Er seufzte und fuhr sich durchs Haar. »Ich wünschte, ich wäre dazu in der Lage.« Sarah sah ihn gespannt, aber schweigend an, und so fuhr er fort: »Ich habe dich inzwischen ganz gut kennen gelernt, und ich mag dich einfach. Wolf ist für mich der Grund dafür, dass du so unglücklich warst, dass du dir etwas angetan hast und dass du dir so schrecklich viele Gedanken machst, was du wohl falsch gemacht haben könntest. Das alles trägt nicht gerade dazu bei, ihn sonderlich sympathisch zu finden, also frag mich lieber nicht nach meiner Meinung über ihn.« Er grinste verlegen, und Sarah erwiderte sein Lächeln.

»Du hast Recht. Entschuldige, ich rede wahrscheinlich einfach zu viel.« Sie schien ein wenig verunsichert und sah auf ihrer Unterlippe kauend aus dem Fenster. Oliver fühlte sich so zu ihr hingezogen, dass er am liebsten den Wagen angehalten und sie in seine Arme genommen hätte. Aber das durfte er nicht. Er wollte ihr Vertrauen in ihn, die Sicherheit, die sie bei ihm verspürte, nicht zerstören und sie womöglich erneut durcheinander brin-

gen. Aber er wollte sie auch nicht bewusst belügen. Also zwang er sich dazu, sie ruhig anzusehen. »Niemandem höre ich lieber beim Reden zu als dir, Sarah. Ich habe noch nicht viele Menschen getroffen, die sich so ernsthaft mit dem Leben auseinander setzen wie du. Es ist schön, mit dir zu reden.«
Sarah wurde rot. Zu unerwartet hatten sie Olivers Worte getroffen. »Ich rede wahrscheinlich auch nur so viel, weil es so gut tut, sich mit dir zu unterhalten, Oliver. Ich bin richtig froh, dass du da bist.«
Oliver lächelte ihr zu und deutete nach oben. »Wie wär's gleich mit einer ersten Pause, wenn wir dort oben sind?«
Sarah nickte zustimmend. »Gerne. Ich bin schon gespannt auf die Aussicht von dort.«
Nach einigen Minuten parkte Oliver den Wagen am Fahrbahnrand, und sie stiegen aus. Sarah schaute sich um und bemerkte einen kleinen Pfad, der durch miteinander verschlungenes Gebüsch weiter hinaufführte. »Ach, können wir nicht erst mal sehen, wo es da hingeht? Oder hast du schon großen Hunger?«
Oliver freute sich über ihr Interesse und schüttelte den Kopf. »Nein, wenn du willst, essen wir später einen Happen. Es ist vielleicht ganz gut, wenn wir uns erst die Beine vertreten.«
Gemeinsam machten sie sich auf den Weg. Es ging ziemlich steil bergauf, und Sarah hatte Mühe beim Atmen. Die Zeit im Krankenhaus steckte ihr noch in den Knochen, und sie ermüdete rasch. Oliver tat so, als würde er es nicht bemerken, und blieb ab und zu stehen, um ihr eine Pflanze zu erklären oder ihr eine Eidechse zu zeigen, die sich im Schutz eines gro-

ßen Steins sonnte. Schließlich erreichten sie eine Lichtung im Wald, und Sarah betrachtete fasziniert einige hoch gewachsene Eukalyptusbäume, an denen sich die Baumrinde abschälte und in langen Streifen von den Ästen herabhing oder sich bereits am Boden sammelte. Die Bäume gefielen ihr. Sie waren groß und für die australischen Gegebenheiten, die sie bislang kennen gelernt hatte, außergewöhnlich dicht und grün.
Dennoch wirkten sie mit ihrer hängenden Rinde irgendwie leidend und leblos. Sarah fröstelte unwillkürlich. Oliver war ihrem Blick gefolgt.
»Das sind Faserrinden-Eukalypten. Wie du siehst, spricht ihr Name für sich.« Er machte eine Pause und wartete ab, doch als Sarah nur nickte und den Kopf in den Nacken legte, um zu den Baumkronen aufzusehen, fuhr er fort: »Es gibt hier in Australien ein paar hundert verschiedene Eukalyptusarten. Sie scheinen sich immer perfekt an ihre jeweilige Umgebung anzupassen. An Flussufern werden sie oft riesengroß und dicht, während sie an kärgeren Standorten klein bleiben und dünner belaubt sind. Im Roten Herzen gibt es auch die so genannten Geister-Eukalypten. Sie haben eine schneeweiße Rinde, die den Stamm vor der sengenden Sonne schützen soll.«
Sarah hatte interessiert zugehört und strich mit den Fingern über die losen Rindenstreifen. Sie fühlten sich rau an. »Diese hier sehen aber irgendwie unglücklich aus, findest du nicht?«
Oliver unterdrückte ein Grinsen. »Vielleicht hast du Recht. Aber sie sind nun einmal so. Wollen wir zurückgehen? Jetzt bekomme ich doch Hunger.«

Sarah nickte zustimmend. »Ja, ich auch.«
Während sie nebeneinander den Pfad hinuntergingen, sah sie auf ihre Armbanduhr. »Wie weit werden wir heute noch kommen, was meinst du?«
Oliver zuckte mit den Schultern. »Hängt davon ab, wie sehr wir uns ranhalten. Hast du es eilig?«
»Nein, gar nicht. Ich finde es gerade schön, dass wir da anhalten und uns umsehen können, wo es uns gefällt. Das ist viel angenehmer, als einem sturen Zeitplan zu folgen. Und außerdem hab ich es nicht sehr eilig, auf der Farm wieder auf Wolf zu treffen. Es würde mir auch gar nichts ausmachen, einen oder zwei Tage später wieder dort zu landen.«
Oliver grinste erfreut. »Na, dann ist ja alles klar, und wir können uns Zeit lassen.«

14

Philip Berndes parkte seinen Wagen vor dem Haus seiner Eltern und ging direkt durch die Gartenpforte nach hinten in den Garten. Er lächelte, als er seine kleine Nichte mit Luna auf der Wiese entdeckte. Der Hund hatte ihn zuerst bemerkt und stürmte freudig jaulend auf ihn zu. Philip streichelte das junge Tier, das vor Freude aufgeregt zitterte. Rebecca kam gleich hinterhergelaufen. Er nahm sie auf den Arm.

»Hallo, Becci. Gibt es hier bald etwas zu essen? Was meinst du? Ich verhungere nämlich gleich.«

Rebecca strahlte. »Papa hat schon den Grill angemacht, und Opa holt die Würstchen aus dem Kühlschrank.«

Philip lachte und drückte sie an sich. »Du bist meine Rettung.« Er ging mit ihr zur Terrasse, wo er die Kleine absetzte, um seine Familie zu begrüßen.

Julia Berndes genoss es, auch ihren jüngeren Sohn wieder einmal bei sich zu haben. Philip war beruflich viel im Ausland und konnte daher nicht sehr häufig an Familienfeiern teilnehmen. Julia betrachtete Minuten später versonnen ihre Söhne, die sich lachend mit Rebecca um einen Ball stritten. Schade, es fehlte nur noch Sarah. Überrascht sah sie auf, als ihre Schwiegertochter einen Arm um sie legte. »Sarah geht es bestimmt gut, Julia.«

Julia lächelte ertappt. »War es so offensichtlich, was ich dachte?«

Anja nickte und brach sich ein Stück Baguette ab.

»Ja, dein Gesicht sprach Bände.«

Julia griff nach ihrem Orangensaft. »Immerhin ist sie

jetzt schon auf der Farm. Sicher freuen sich meine Eltern wie verrückt, sie bei sich zu haben.« Nachdenklich drehte sie das Glas in den Händen und blickte auf den Saft. »Wir haben uns überhaupt in all den Jahren viel zu selten gesehen.«

»Warum bist du nicht öfter hingeflogen?«

Julia lächelte nachsichtig. Diese Frage war typisch für die Generation ihrer Kinder, die sorglos im eigenen Elternhaus mit Garten aufgewachsen war, eine gute Schulbildung genossen hatte, studieren durfte und sich jetzt die Welt eroberte. »Wir mussten unser Haus abzahlen und drei Kinder aufziehen. Es war selten Geld übrig für kostspielige Flugreisen, Anja.«

Ihre Schwiegertochter blickte ein wenig betreten drein. »Natürlich«, murmelte sie. »Meinen Eltern ist es ja ähnlich gegangen.« Sie runzelte die Stirn. »Aber warum sind deine Eltern nicht öfter zu Besuch gekommen?«

Julia lehnte sich zurück. »Sie konnten die Farm nicht allein lassen. Früher hatten sie auch kaum Angestellte, sie mussten vieles allein machen. Australien ist kein Land für Träumer, weißt du? In einem Jahr läuft es hervorragend für die Farmer, im nächsten zerstört ein Buschfeuer alles, wofür sie gekämpft und gearbeitet haben. Dann gibt es Dürren, die so entsetzlich zuschlagen, dass das Vieh verdurstet, auf den trockenen Weiden verendet und die Farm unendliche Verluste einfährt. Auf die Dürren können Überschwemmungen folgen, die genauso furchtbar sind.« Sie sah versonnen vor sich hin. »Nein, meine Eltern lieben Wintinarah. Die Verantwortung für die Tiere und das Land nehmen sie ernst. Die Vorstellung, mehr als zwanzigtausend Kilometer zwischen sich

und ihr Land kommen zu lassen, hat ihnen immer Angst gemacht.« Julia lächelte kurz. »Oft haben sie angeboten, die Flüge für uns zu bezahlen, aber das konnte ich nicht zulassen. Auch wenn mich das Heimweh manchmal schrecklich gepackt hatte, war ich zu stolz, meine Eltern dafür bezahlen zu lassen. Ich weiß auch, dass es Hans sehr viel ausgemacht hätte, wenn seine Schwiegereltern dafür hätten aufkommen müssen.«
Anja nickte. Sie mochte ihre Schwiegermutter, aber noch nie hatte sie darüber nachgedacht, ob sie hier Heimweh haben könnte. Der Gedanke erschreckte sie, und unwillkürlich legte sie eine Hand auf Julias Hand. »Das klingt irgendwie traurig. Aber egal, wie du heute darüber denkst, ich bin sehr froh, dass du hier bist.«
Julia lächelte wieder. »Ich bin genauso froh, dass du meine Schwiegertochter geworden bist. Und ihr habt mir das wundervollste Enkelkind geschenkt, das man sich wünschen kann. Sie ist ein echter Sonnenschein.«
Anja strahlte vor Stolz, während sie den Männern mit Rebecca entgegensah. Ihr Schwiegervater tauchte aus den Rauchwolken am Grill auf. »Die Würstchen sind fertig. Wer hat Hunger?«

15

Oliver wandte sich zu Sarah um und sah, wie sie sich bemühte, mit ihm Schritt zu halten. Er lächelte ihr zu und wartete. Als sie ihn erreicht hatte, deutete er den Hügel hinab. »Schau doch nur, hat sich der Aufstieg dafür nicht gelohnt?«

Sie folgte seiner Geste und nahm staunend die großzügige Weite der Ebene wahr, die der Ausblick von hier oben offenbarte. Oliver genoss es, ihr sein Land zu zeigen, das ja gewissermaßen auch ihr Land war. Schließlich war sie hier geboren worden. Immer war sie interessiert und neugierig. Nie vermittelte sie den Eindruck, er langweile sie. Zum ersten Mal seit Kellys Tod hatte er außer an seiner Tochter und an seinem Beruf wieder an etwas Freude gefunden. Zufrieden registrierte er auch jetzt, dass es ihm offensichtlich erneut gelungen war, sie zu begeistern. Er schaute sich kurz um und bemerkte einen großen Felsvorsprung hinter sich. Erleichtert streifte er die Schultergurte seines Rucksacks ab, ließ ihn zu Boden gleiten, trat einen Schritt zurück, streckte sich und lehnte sich dann gegen den Felsen, um ein wenig auszuruhen. Der Schmerz traf ihn so unvermittelt, dass er mit einem leisen Aufschrei seine Hand zurückzog. Ungläubig sah er etwas Dunkles zwischen den Steinen verschwinden und umklammerte sein Handgelenk. Erschrocken fuhr Sarah herum. »Oliver, was ist los?«

Entsetzt blickte er auf seine Hand.

»Verdammt! Ich glaube, das war eine Schlange.«

Sarah starrte ihn sekundenlang an. Fassungslosigkeit machte sich in ihr breit, als ihr klar wurde, wie weit sie hier draußen von einem Arzt entfernt waren.
»Was kann ich tun? Sag schon, ich muss doch irgendwas machen können.«
Oliver schüttelte den Kopf. Äußerlich gefasst, kämpften innerlich unterschiedliche Gedanken um den bestmöglichen Ausweg aus dieser Situation. Viele Male hatten Laura und John von Schlangenbissopfern erzählt, die in der Klinik hatten behandelt werden müssen. Fieberhaft versuchte er sich daran zu erinnern, was sie unter Richtig und Falsch geäußert hatten. Wortfetzen aus diesen Unterhaltungen tauchten in seiner Erinnerung auf. Die Unterscheidung in neurotoxine und hämatoxine Schlangengifte. Lächerlicherweise hatte er diese Begriffe behalten, während er vergessen hatte, was genau sich dahinter verbarg. Immerhin wusste er, dass Schlangenbisse in der Einsatzstatistik des Royal Flying Doctor Service, Australiens fliegendem Ärztedienst, hinter Verkehrsunfällen an zweiter Stelle rangierten. Das bedeutete also, dass der RFDS bestmöglich darauf eingestellt war. Jetzt musste ihm nur noch einfallen, wie er am schnellsten benachrichtigt werden konnte. Und er musste in seinen Überlegungen rasch zu einem Ergebnis kommen, denn wenn die Wirkung des Gifts einsetzen würde, wäre er kaum noch in der Lage, klar zu denken. Suchend ließ er seinen Blick über die Umgebung wandern, nach einer Landemöglichkeit für das Flugzeug Ausschau haltend. Dass sie sich gerade auf einem zum Teil bewachsenen Felsplateau befanden, machte es nicht gerade einfacher.

Sarah schien den ersten Schreck überwunden zu haben. Sie kam näher und streckte die Hand nach seinem Arm aus. »Du solltest dich so wenig wie möglich bewegen und so viel wie möglich trinken, das weiß ich schon mal sicher. Genauso wichtig ist es, dass wir so schnell wie möglich zu einem Arzt kommen.«
Eine steile Falte erschien auf ihrer Stirn, als ihre Augen nun ebenfalls über die Landschaft wanderten. Schließlich straffte sie die Schultern. »Ich gehe allein zum Wagen zurück. Du musst mir nur erklären, wie das Funkgerät funktioniert und wie ich den Flying Doctor Service erreiche.« Ein besorgtes Lächeln lag auf ihrem Gesicht. »Ich hoffe, dass ich den Weg zurück problemlos finde. Mein Orientierungsvermögen ist nicht gerade so, dass ich damit schon einmal einen Blumentopf gewonnen hätte.«
Es fiel Oliver schwer, ihr beklommenes Lächeln zu erwidern. Er setzte die Wasserflasche ab, aus der er gerade getrunken hatte. Ein stechender Schmerz im Unterbauch hatte eingesetzt, und rund um die Bissmale am Handgelenk schwoll das Gewebe an und schien sich zu entzünden. Er bemerkte eine aufsteigende Übelkeit. »Du schaffst das schon. Ich lasse dich nicht gerne allein zurückgehen, aber ich glaube, es geht nicht anders.« Er wischte sich mit dem Handrücken der gesunden Hand über die Stirn. »Außerdem würde ich den Weg nicht schaffen, ich fühle mich jetzt schon nicht mehr besonders.«
Sarah hatte sich neben ihn gekniet und eine Hand auf seine Stirn gelegt. Besorgt stellte sie fest, dass er Fieber bekam. »Es gefällt mir gar nicht, dich hier allein zu las-

sen, Oliver. Ich frage mich sogar, ob es nicht besser wäre, bei dir zu bleiben.«

Oliver klang angeschlagen, bemühte sich aber, ruhig zu erscheinen. »Bitte geh und hol Hilfe. Das ist unsere einzige Chance. Und pass auf dich auf, ja?«

Sie strich über seine Wange, während sie mit der anderen Hand die zweite Wasserflasche neben ihn legte. »Okay, ich mache mich gleich auf den Weg.« Sie zögerte. »Du versprichst mir aber, dass du durchhältst, ja?«

Er schloss müde die Augen und nickte. »Ich versuche es, ja.« Nachdem er ihr die notwendigen Erklärungen gegeben hatte, vergewisserte sie sich, dass er alles, was er brauchen könnte, in Griffnähe hatte.

Dann machte sie sich auf den Rückweg. Dichte Farne unter dünnen Bäumen und Büschen wechselten mit moosbewachsenen Steinen und Felsen, hinter denen es dann und wann geheimnisvoll raschelte. In weiter Ferne vernahm sie den keckernden Ruf eines Kookaburra-Vogels, der sich über sie lustig zu machen schien. Beklommen folgte sie dem schmalen Pfad, der sie zum Wagen führen sollte. In ihrem Kopf wirbelten alle möglichen Gedanken durcheinander. Sie bemühte sich darum, ruhig und gleichmäßig zu atmen, zügig zu gehen und doch nicht in Laufschritt zu verfallen, da sie sonst möglicherweise den Weg nicht schaffen würde. Auch die Erinnerung an ihr Asthma, das sie normalerweise selten beeinträchtigte, zwang sie dazu, nicht zu hastig loszustürmen. Angst erfüllte sie, als sie an Oliver dachte. Auch wenn sie bisher nichts anderes als einen guten Freund in ihm gesehen hatte, musste sie sich eingestehen, dass er zumindest der beste Freund war, den sie je in ihrem Leben gehabt hatte. Während sie weiterstapfte, sandte sie Stoßgebete zum Himmel. Sie hatte keinen größeren Wunsch, als dass er durchhielt. Mit klopfendem Herzen wurde ihr plötzlich bewusst, wie viel er ihr bedeutete. An einer besonders dicht bewachsenen Stelle gabelte sich der unscheinbare Pfad. Erschrocken folgte ihr Blick beiden Möglichkeiten. Fahrig wischte sie sich den Schweiß von der Stirn, während sie sich verzweifelt daran zu erinnern versuchte, auf welchem Weg sie hergekommen waren.

Oliver lauschte ihren Schritten, bis sie nicht mehr zu hören waren. Erschöpft lehnte er sich zurück. Obwohl ihm die Schweißperlen auf der Stirn standen, begann er zu frieren. Der Schmerz in seinem Körper hatte inzwischen Ausmaße angenommen, die sich bis dahin seiner Vorstellungskraft entzogen hatten. Er vermied den Blick auf die Bissstelle, die noch stärker angeschwollen war und sich ekelhaft bläulich verfärbte. Hatte er einige Zeit zuvor noch die Hoffnung gehegt, dass es sich möglicherweise um eine ungiftige Schlange gehandelt habe, bestand jetzt kein Zweifel mehr daran, dass dem nicht so war. Er hatte nicht die geringste Ahnung gehabt, dass Schlangenbisse mitunter Schmerzen verursachen konnten, die einem Menschen schlimme Verbrennungen erträglich erscheinen ließen. Mit zusammengebissenen Zähnen angelte er jetzt nach der Wasserflasche, um erneut etwas zu trinken. Er hatte nur zwei Schlucke zu sich genommen, als ihn eine starke Übelkeit überkam. Würgend und zitternd erbrach er sich angewidert neben

sein Lager, dann ließ er sich leise stöhnend zurücksinken. Noch nie zuvor war er sich so unbeholfen vorgekommen. Vorsichtig tastete er mit der gesunden Hand nach seiner Jacke, zog ein Taschentuch heraus und wischte sich den Mund ab. Reglos verharrte er eine Weile und versuchte ruhiger zu atmen. Seine Augen betrachteten konzentriert das Blätterdach eines alten Eukalyptusbaumes über sich und folgten den Lichtreflexen, die die Nachmittagssonne dort hineinzauberte. Der immer unerträglicher werdende Schmerz schien sein Bewusstsein auf seltsame Art zu schärfen. Darüber hinaus wehrte er sich dagegen, einfach aufzugeben und sich fallen zu lassen. Er machte sich klar, dass dies möglicherweise die letzten Momente seines Lebens waren, und obwohl es ihm ständig schwerer fiel, nachzudenken, liefen alle wichtigen Stationen seiner zweiunddreißig Jahre vor ihm ab. In Gedanken war er bei seinen Eltern, die ihm mit Liebe und Zuneigung einen sorglosen Start ins Leben ermöglicht hatten. Nach den fröhlich unbekümmerten Jungenjahren kamen erfolgreiche Studienzeiten. Traurigkeit erfasste ihn, als er Kelly und Sammy vor sich sah. Was würde Kelly dazu sagen, dass er nun auch Sammy zurückließ?
Der Schmerz in seinem Unterbauch nahm grausame Ausmaße an. Fieber ließ ihn zittern. Mühsam biss er die Zähne zusammen.
Sarah tauchte in seiner Vorstellung vor ihm auf. Er hatte ihr doch noch so viel zeigen wollen. Während Tränen in seinen Augen brannten und schließlich die Wangen hinunterrollten, ohne dass er etwas dagegen tun konnte, spürte er, wie er die Kontrolle verlor. Der bis

dahin verstandesmäßig ertragene Schmerz brach sich in einem beinahe unmenschlichen Schrei Bahn und ließ die Adern an seinem Hals blaurot hervortreten. Er war seitlich auf den Boden gerutscht und schrie in seine Jacke, bis er keine Luft mehr bekam. Keuchend starrte er dann auf die Zacken des Jackenreißverschlusses, bis sie vor seinen Augen verschwammen und er das Bewusstsein verlor.

Sarah hatte einige Minuten voller Entsetzen an der Weggabelung gestanden und ihre Erinnerung beschworen, ihr den richtigen Weg zu zeigen. Schließlich hatte die Angst, kostbare Zeit zu verlieren, sie auf einen der beiden Pfade geführt. Sie mochte sich nicht ausmalen, wie es Oliver erging, wenn es der falsche Weg war. Der Wald um sie herum war merkwürdig ruhig. Es kam ihr so vor, als würde die Natur sie mit angehaltenem Atem beobachten, so wie sie manchmal eine kleine emsige Ameise dabei beobachtet hatte, wie sie sich mühsam mit einem Krümel unter dem Frühstückstisch abschleppte, der dreimal so groß war wie sie selbst. Sie nahm eine Biegung, stolperte über eine knorplige Baumwurzel und fiel zu Boden. Als sie sich hochrappelte, folgte ihr Blick dem Pfad, und sie stieß einen verzweifelten Seufzer aus, als sie erkannte, dass es der falsche Weg war, denn er führte jetzt hinter der Biegung steil bergauf. Ohne zu zögern kehrte sie um. Sie unterdrückte den Schmerz in ihrem linken Arm und dem aufgeschlagenen Knie und wischte sich hektisch die Tränen ab, die ihr aus Enttäuschung und Wut auf sich selbst über das Gesicht liefen. Schritt für Schritt kämpfte sie sich vorwärts, während die ständig vorhandene Angst, zu langsam zu sein und womöglich zu spät zu kommen, sie gefangen nahm. Schweiß rann ihr von der Stirn, und sie spürte, wie der Rucksack an ihrem Rücken klebte. Sie war außer Atem und durstig, erinnerte sich aber, dass sie auch ihre Wasserflasche bei Oliver gelassen hatte. Es war wichtig, dass er so viel wie möglich trank. Sie versuchte sich vorzustellen, wie es ihm inzwischen ging. Sie war entmutigt, als sie daran dachte, wie rasch die Wirkung des Schlangengifts eingesetzt hatte. Schmerzhaft wurde ihr klar, dass sie es nicht ertragen würde, ihn zu verlieren. Mit hämmerndem Herzen stolperte sie vorwärts. Der Weg schien kein Ende zu nehmen. Doch plötzlich, hinter einer weiteren Biegung, sah sie endlich den Wagen. Während sie darauf zurannte, nestelte sie bereits die Schlüssel aus der Hosentasche. Nachdem sie aufgeschlossen hatte, musste sie einige Sekunden auf das Wagendach gestützt nach Luft ringen. Sie war völlig erschöpft, und ihr Atem ging pfeifend. Nervös durchsuchte sie den Rucksack nach ihrem Asthmaspray. Sie brauchte es nicht regelmäßig, wurde aber sofort unruhig, wenn es nicht da war. Als sie es nicht fand, war sie kurz davor, die Nerven zu verlieren. Verdammt, hatte sich denn alles gegen sie verschworen? Fieberhaft überlegte sie. Sie konnte es nicht riskieren, weiterzusuchen, bevor sie nicht Hilfe gerufen hatte. In einigen Minuten wäre sie nicht mehr zu verstehen. Mühsam rang sie nach Atem. Das pfeifende Geräusch, das dabei entstand, schien ihre Not unterstreichen zu wollen. Langsam glitt sie auf den Fahrersitz und ließ ihre Augen suchend über das Funkgerät gleiten. Als sie die von Oliver bezeichneten Knöpfe und Tasten entdeckte, versuchte sie Kontakt aufzunehmen.

»Alpha Lima Bravo. Dies ist ein Notruf.« Sie keuchte und bemühte sich, mehr Luft zu bekommen. Es knackte in der Leitung, und sie vernahm eine Frauenstimme.

»Hier ist Alpha Lima Bravo. Royal Flying Doctor Service, Albury. Wir hören Sie. Nennen Sie bitte Ihren Namen, Ihre Kennung und Ihren Standort, damit wir Ihnen rasch helfen können.«

Sarah schloss die Augen. Sie atmete inzwischen kurz und stoßweise. »Verstanden, Alpha Lima Bravo. Hier ist Tango Sierra Zulu … ich bin Sarah Berndes. Mein Freund ist … von einer Schlange gebissen worden. Er … ist auf einem Felsplateau am Berrigan Hill. Wir … waren wandern.« Sie brach ab, weil sie kaum noch Luft bekam. Kleine Lichtpunkte flimmerten vor ihren Augen.

»Tango Sierra Zulu. Hallo, sind Sie noch da, Sarah? Was ist los? Fehlt Ihnen auch etwas?«

Sarah richtete sich gerade auf. Leise, keuchend und mit Unterbrechungen sprach sie ins Mikrofon.

»Ich … bin am Wagen. Ich habe mich so beeilt, Hilfe zu holen, und … finde im Moment mein Asthmaspray nicht. Meinem Freund ging … es schon vor einer Stunde … nicht mehr gut. Bitte … kommen Sie schnell, ja?«

»Versuchen Sie ruhig zu bleiben. Wo steht Ihr Wagen?«

Sarah riss sich zusammen, obwohl sie das Gefühl hatte, ein Felsbrocken läge auf ihrer Brust. »Das Auto ist … am Ende der Hamilton Road. Da, wo … es in den Wald hinaufgeht.«

»Tango Sierra Zulu. Bleiben Sie dort und warten Sie am

Fahrzeug. Wir starten sofort und sind in etwa vierzig Minuten bei Ihnen. Over and out.«
»Verstanden, Alpha Lima Bravo.«
Sarah rutschte seitlich auf den Sitz und blieb mühsam atmend liegen. Dunkle Schatten engten bereits ihr Gesichtsfeld ein. Ihr Blick fiel auf eine Wasserflasche in der Türablage. Gleich darauf wühlten ihre Finger fahrig in dem Fach und umschlossen plötzlich das gesuchte Aerosol-Spray. Als sie es in den Händen hielt, richtete sie sich keuchend wieder auf und atmete kurz hintereinander zwei Sprühstöße ein. Während sie gegen die Beklemmung ankämpfte, nie wieder genügend Luft zu bekommen, musste sie den Vorgang mehrmals wiederholen, da sich ihre Bronchien inzwischen so verengt hatten, dass sie nur Bruchteile des Medikaments inhalieren konnte. Erschöpft lehnte sie schließlich den Kopf gegen die Nackenstütze und schloss die Augen. Nach einigen Minuten konnte sie besser atmen, und sie griff nach der Wasserflasche, um etwas zu trinken. Nachdem sie immer noch zittrig ausgestiegen war, goss sie sich etwas Wasser in die Hand und wusch sich das Gesicht. Ein leichter Wind blies ihr entgegen. Dankbar atmete sie tief durch, während ihre Augen den Himmel absuchten. Stumm betete sie, dass Oliver durchhalten möge. Sie wäre jetzt gerne wieder bei ihm gewesen, musste sich aber eingestehen, dass sie diese Pause noch brauchte, bevor sie dem Rettungsteam den Weg zeigen konnte. Eine Viertelstunde später nahm sie das Motorengeräusch des Flugzeugs wahr und lief aus dem Wald auf die Fahrbahn, um sich bemerkbar zu machen. Unter ohrenbetäubendem Lärm landete der Pilot die Maschine

auf der roten, unbefestigten Straße und wirbelte Unmengen von Sand auf. Nachdem sich die Türen geöffnet hatten, sprangen ein Mann und eine Frau heraus, griffen nach zwei großen Rucksäcken und liefen auf Sarah zu.

»Royal Flying Doctor Service. Ich bin Dr. Ben Hayman.« Der mittelgroße, kräftige Mann lächelte kurz und wies auf die Frau. »Das ist Dr. Meagan Burns.« Beide musterten sie. Die junge Ärztin mochte nur wenig älter sein als Sarah. »Geht es Ihnen wieder besser?«

Sarah beeilte sich mit der Antwort.

»Ja, ich habe nach dem Funkruf mein Asthmaspray gefunden. Es hat eine Weile gedauert, ehe es gewirkt hat, aber jetzt geht es mir gut.« Sie sah von einem zum anderen. »Bitte, können wir gleich zu meinem Freund?«

Der Pilot war nun ebenfalls zu ihnen gekommen und nickte ihr freundlich zu, während er eine leichte Tragbahre abstellte. Der Arzt hatte seinen Rucksack geschultert. »Okay, wenn Sie sagen, dass es Ihnen gut geht, sollten wir uns rasch um ihren Freund kümmern. Der junge Mann hier ist übrigens unser Pilot, Daniel Stuart.«

Sarah rang sich ein Lächeln ab und wies dann entschlossen auf den Pfad. »Da entlang.«

Als sie nach einer guten halben Stunde das Felsplateau erreichten, war Sarah sofort bei Oliver, der seitlich zusammengekrümmt auf seiner Jacke lag. Er war bewusstlos, und sein Unterarm war stark angeschwollen und bläulich verfärbt. Sarah machte Platz für die Helfer, blieb aber neben Olivers Kopf knien. Sein Gesicht war blass, und kalter Schweiß stand auf seiner Stirn. Verzweifelt strich sie ihm immer wieder über die dunklen Locken.

»Bitte, Oliver!«

Ängstlich beobachtete sie die beiden Ärzte bei der Arbeit. Die Vitalfunktionen wurden überprüft und rasch alles getan, um den Kreislauf zu stabilisieren. Als man eine Infusion legte, blickte Sarah auf.

»Bekommt er denn gar kein Antiserum gegen das Gift, Dr. Hayman?«

Der Arzt war inzwischen mit dem Infusionszugang fertig und reichte den Beutel zum Halten an den Piloten weiter, der hinter ihm stand. Er fuhr sich kurz durch das dichte grau melierte Haar und beobachtete angespannt Olivers Gesicht. »Doch, schon. Aber wir können im Moment nur ein Breitband-Antiserum verabreichen. Das weitaus wirksamere und genaue Antiserum kann er erst bekommen, wenn feststeht, was für eine Schlange ihn gebissen hat. Deshalb sollten wir ihn jetzt so schnell wie möglich in die Klinik bringen.«

Der Rückweg war mühsam. Während die Männer die Tragbahre übernommen hatten, trugen Sarah und Meagan Burns die Rucksäcke mit der Ausrüstung. Sarah ging – wo es der Pfad zuließ – neben der Trage und hielt den Infusionsbeutel. Ängstlich wanderte ihr Blick immer wieder über Olivers Gesicht. Er war noch nicht zu sich gekommen, und bei jeder heftigeren Bewegung der Trage fiel sein Kopf hin und her.

Im Flugzeug wartete sie den Start ab, bevor sie den Sicherheitsgurt wieder lösen durfte, um sich zu Oliver zu

setzen. Der Arzt versicherte ihr, dass sich sein Zustand zumindest nicht weiter verschlechtert hatte. Sarah war jedoch niedergeschlagen, denn Oliver wirkte so leblos. Vorsichtig griff sie nach seiner gesunden Hand und hielt sie fest. Er war sehr blass und hatte dunkle Schatten unter den Augen. Seine Stirn fühlte sich kalt und klamm an. Sarah schluckte. Tränen stiegen ihr in die Augen, als ihr klar wurde, dass sie ihn liebte. Warum nur erkannte sie das erst jetzt? Es war sicher nicht die gleiche Hals-über-Kopf-Verliebtheit, die sie bei Wolf wie ein Blitz aus heiterem Himmel getroffen hatte. Nein, sie spürte, dass ihre Gefühle für Oliver aus einer tiefen Freundschaft entstanden waren. In Gesprächen waren sie sich schon sehr nahe gekommen. Nie war er von ihrer Seite gewichen, als sie ihn gebraucht hatte. Sie wischte sich mit dem Handrücken ein paar Tränen weg, als sie einen leichten Druck seiner Hand fühlte. Er hatte die Augen geöffnet und atmete mühsam unter der Sauerstoffmaske. Der Arzt beugte sich über ihn und hob die Maske an.
»Hallo, Oliver. Ich bin Ben Hayman vom Royal Flying Doctor Service. Wir sind schon auf dem Weg in die Klinik. Wie fühlen Sie sich?«
Oliver blinzelte erschöpft. »Gut … wäre gelogen.«
Der Arzt lächelte. »Halten Sie durch. Es dauert nicht mehr lange, dann können wir Ihnen noch besser helfen.«
Sarah sah ihm nach, wie er sich den engen Gang entlangzwängte, um mit seiner Kollegin zu sprechen. Als sie sich wieder Oliver zuwandte, trafen sich ihre Blicke. Er atmete kurz und flach. Es schien ihn anzustrengen, aber er nahm die Tränenspuren auf ihrem Gesicht wahr und sah sie an.

»Nicht … weinen, Sarah. Es wird bestimmt alles … wieder gut.«
Verzweifelt kämpfte sie neue Tränen nieder und schluckte heftig. Sie war kaum zu verstehen, als sie ihm über den Kopf strich.
»Bitte, Oliver, halt durch, ja? Ich … ich will dich nicht verlieren.«
Er atmete konzentriert, doch jetzt konnte sie plötzlich seine Grübchen erkennen, als er sie ansah und ihre Gefühle erkannte.
»Dafür, dass … dir das … endlich klar wird, würde ich mich glatt … noch mal beißen lassen.«
Um Sarahs Fassung war es nun geschehen. Sie lachte kurz auf, um gleich darauf erneut in Tränen auszubrechen. Neben der körperlichen Erschöpfung durch die Rettungsaktion hatte besonders die psychische Anspannung und die andauernde Angst, die sie um Oliver gehabt hatte, dazu beigetragen, dass sie sich jetzt einfach nicht mehr länger zusammenreißen konnte. Nahezu lautlos weinend kauerte sie vor seiner Tragbahre und hatte die Stirn neben seinem Arm vergraben.
Seine Hand tastete nach ihrem Kopf. »Sarah … bitte, nicht.«
Dr. Hayman setzte Oliver die Sauerstoffmaske wieder auf und lächelte ihm zu. »Machen Sie sich keine Sorgen um Ihre Freundin. Wir kümmern uns um sie. Es war wohl alles ein bisschen zu viel. Versuchen Sie ruhig zu atmen, Oliver. In etwa zehn Minuten landen wir.«
Die Ärztin hatte einen Arm um Sarah gelegt und sie zu ihrem Platz geführt. Beschämt wischte sie sich mit dem Ärmel ihres T-Shirts über das Gesicht. Dr. Burns

reichte ihr einen kleinen Medikamentenbecher, in dem eine durchsichtige Flüssigkeit schimmerte.
»Trinken Sie das, Sarah. Es wird Ihnen gut tun.«
Als sie ein kurzes Zögern bemerkte, fügte sie hinzu: »Es ist ein leichtes Beruhigungsmittel. Keine Sorge, wir wollen Sie nicht außer Gefecht setzen.«
Sarahs Hand zitterte, als sie danach griff und den Becher schließlich leerte. Verlegen drehte sie ihn anschließend in den Händen, bevor sie die Ärztin ansah. »Es tut mir ehrlich Leid, dass ich so aus der Fassung geraten bin. Aber es war alles so schrecklich. Ich habe mir solche Sorgen gemacht und konnte nur so wenig helfen.« Sie betrachtete angestrengt den Becher.
Die Ärztin ging in die Hocke und strich ihr über die Hand. »Sie haben alles ganz richtig gemacht. Ohne Sie hätte es Ihr Freund nicht so weit geschafft.« Sie musterte Sarahs Gesicht. »Geht's wieder?«
Sarah nickte, und Meagan stand auf. »Gut, dann ruhen Sie sich auch ein wenig aus. Es dauert nicht mehr lange.«

16

Nachdem Oliver hinter den Türen, die zur Intensivstation führten, verschwunden war, hatte Sarah wie versteinert dagestanden und ihm mit hängenden Armen nachgeschaut. Man hatte ihr versichert, dass alles für ihn getan werde, und ihr gesagt, dass sie ihn jetzt nicht begleiten könne. Zunächst fiel es ihr aufgrund der Erschöpfung schwer, einen klaren Gedanken zu fassen, doch nach einigen Minuten dachte sie darüber nach, wen sie informieren musste. Seine Eltern und seine Tochter. Sarah schauderte unwillkürlich. Vor ihrer Abreise hatte sie deutlich gespürt, dass Patricia und Daniel Johnson Vorbehalte ihr gegenüber hegten.

Sarah dachte an ihre Großeltern auf Wintinarah. Sie rechneten morgen mit ihrer Rückkehr. Gestern noch hatte sie über Funk mit ihrem Großvater gesprochen und ihm von ihrem Abschlussausflug zum Berrigan Hill vorgeschwärmt. Nach einigen Sekunden des Nachdenkens beschloss sie, zunächst nur ihre Großeltern anzurufen. Sie brauchte erst ein wenig Trost durch vertraute Stimmen, bevor sie Olivers Eltern informieren konnte.

Sie war froh darüber, an ihren kleinen Lederrucksack gedacht zu haben, denn alles Weitere ihrer Ausrüstung war im Wagen geblieben. Müde, aber nun doch entschlossen, ging sie den Stationsflur entlang und blieb schließlich vor dem Schwesternzimmer stehen. Ehe sie anklopfen konnte, öffnete sich die Tür, und ein kräftiger Krankenpfleger kam so schwungvoll um die Ecke,

dass er beinahe mit ihr zusammengestoßen wäre. Abrupt blieb er stehen.
»Kann ich Ihnen helfen?«
Sarah nickte. »Ich gehöre zu Oliver Johnson. Er ist gerade eingeliefert worden.« Sie zögerte kurz. »Ich suche ein Telefon, möchte aber nicht so weit weg von hier, falls es etwas Neues gibt.«
Der Mann lächelte verstehend und deutete auf die Tür am Ende des Gangs. »Sehen Sie da vorne den Ausgang zum Fahrstuhl? Neben dem Lift finden Sie zwei Telefone. Ich sage hier noch meiner Kollegin Bescheid, falls man Sie zwischenzeitlich sucht, okay?«
Sarah nickte wieder. »Danke.«

Als sie wenig später die Stimme ihrer Großmutter vernahm, hatte sie Mühe, die Fassung zu wahren.
»Großmutter? Ich bin's, Sarah.«
»Hallo, mein Mädchen.« Heather klang erfreut. »Seid ihr schon auf dem Heimweg?«
»Nein, wir sind in Albury. Im Krankenhaus. Oliver ist von einer Schlange gebissen worden.« Sie brach ab und fühlte, wie ihr schon wieder die Tränen in die Augen stiegen.
Heather McMillan war beunruhigt. »Wie geht es ihm? Ist es sehr schlimm? Was für eine Schlange war es denn?«
Sarah wischte sich mit dem Handrücken die Tränen weg, die ihr jetzt über die Wangen liefen. Stockend berichtete sie: »Ich habe keine Ahnung. Es … es ging ihm rasend schnell immer schlechter. Ich musste den Flying Doctor Service rufen. Er … er wird gerade auf der Inten-

sivstation behandelt. Ich ... ich weiß nicht, ob er es schafft.«

Heather holte tief Luft. »Sarah? Du musst jetzt ruhig bleiben, hörst du? Du änderst nichts an der Situation, wenn du weinst und mit den Zähnen klapperst. Denk daran, wie du Oliver am ehesten eine Hilfe sein kannst. Pass auf! Von uns wird sofort jemand zu euch aufbrechen.« Sie überlegte kurz und sah auf ihre Armbanduhr. »Ein paar Stunden wird das aber dauern, solange musst du noch allein durchhalten, ja?«

Sarah nickte unwillkürlich. »Ja, sicher, Großmutter.«

»Kopf hoch! Wir sind unterwegs.«

»Danke.« Sarah hängte den Hörer ein und putzte sich die Nase. Nach kurzem Zögern beschloss sie, Olivers Eltern etwas später anzurufen. Sie fühlte sich dazu augenblicklich nicht in der Lage. Außerdem hoffte sie, ihnen dann vielleicht doch schon etwas Positiveres zu seinem Zustand sagen zu können. Und wenn er es nicht schaffte? Sie ballte die Hände so fest zu Fäusten, dass sich ihre Fingernägel ins Fleisch gruben. Was sollte sie ihnen dann sagen? Sie schüttelte kurz den Kopf, als wollte sie sich von diesem Gedanken befreien. Nein, er musste es einfach schaffen!

Heather McMillan stand sekundenlang wie versteinert vor dem Tisch mit dem Telefon und dem Funkgerät. Dann wandte sie sich um und lief nach draußen, um ihren Mann zu suchen. Sie fand ihn in einem Stallgebäude, wo er Wolfgang gerade etwas erklärte. Er bemerkte sofort, dass etwas nicht stimmte, unterbrach seine Ausführungen und sah sie gespannt an. Atemlos

erzählte Heather, was geschehen war und wo Sarah und Oliver steckten. Sie sah zu ihrem Mann auf. »Ich will zu ihr. Sie war ganz aufgelöst. Mein Gott, der arme Junge …«
Wolfgang richtete sich entschlossen auf. »Ich fahre sofort zu ihr!« Mit raschen Schritten ging er zur Stalltür und wandte sich noch einmal um. »Ich packe nur noch ein paar Sachen. Soll ich Sie mitnehmen, Heather?«
Sie nickte schnell und folgte ihm. »Ich suche für mich und Sarah nur noch etwas zusammen. Sarah braucht doch auch was Frisches zum Anziehen; sie hatte doch bloß für zwei, drei Tage gepackt.«
Shane hatte ernst zugehört und ging jetzt neben ihr her. Heather warf ihm einen prüfenden Seitenblick zu. »Mach dir bitte keine Gedanken. Einer von uns beiden muss hier bleiben.«
Er nickte grimmig. Das war der Preis, den die Farm forderte. Nie konnten sie spontan alles stehen und liegen lassen, um irgendwohin zu fahren. Urlaub zu machen. Selbst bei einem Notfall wie diesem mussten sie sich aufteilen.
Heather legte eine Hand auf seinen Arm und blieb stehen. »Ich melde mich, sobald wir dort sind, Liebling.«

Stunden später hatte man Sarah endlich zu Oliver gelassen. Obwohl sich sein Kreislauf mittlerweile ein wenig stabilisiert hatte, stand es nicht gut um ihn. Zusammengesunken saß Sarah an seinem Bett und ließ ihren Blick ängstlich von Schläuchen über Infusionen zu piepsende Apparaturen gleiten, die ihr mit ihren regelmäßig wiederkehrenden Tönen immerhin versicherten, dass er noch am Leben war. Vorsichtig strich sie mit ihrer Hand über seine Finger und betrachtete angespannt sein Gesicht. Er sah so fremd aus mit diesem grässlichen Beatmungsschlauch. Bevor die Schwester gegangen war, hatte sie Sarah geraten, mit ihm zu sprechen, doch Sarah fühlte sich hohl und ausgebrannt, ihr Kopf schien leer. Die vielen Gespräche, die sie in den letzten Wochen mit Oliver geführt hatte, waren weit weg. Jetzt lag er hier mehr tot als lebendig und rührte sich nicht. Sarah war verzweifelt.

»Oliver. Bitte, sag doch was.« Ihre Stimme brach ab. Stumm senkte sie den Kopf und stützte ihn in beide Hände. Sie wusste nicht, wie lange sie so dagesessen hatte, als ein Krankenpfleger hereinkam und sie sacht an der Schulter berührte.

»Miss Berndes? Es ist Besuch für Sie gekommen.«

Sarah fuhr sich rasch über die Augen, stand auf und folgte ihm auf den Gang, wo ihre Großmutter neben Wolf wartete. Als sie ihre Enkelin sah, machte sie ein paar schnelle Schritte auf sie zu und schloss sie in die Arme.

»Großmutter!« Sarah hielt sie sekundenlang fest und blickte ihr dann ins Gesicht. »Es gibt praktisch keine Neuigkeiten. Es sieht nicht gut aus. Das einzig Positive ist, dass sich die Kreislaufwerte ein wenig gefangen haben.«

Wolf legte einen Arm um sie. »Kann ich irgendetwas für dich tun?«

Sie las aufrichtige Sorge in seinem Gesicht. Was hätte sie für diesen Augenblick noch vor ein paar Wochen gegeben, als sie völlig verzweifelt allein die Great Ocean

Road entlanggefahren war und die Sehnsucht nach ihm sie beinahe hatte wahnsinnig werden lassen. Jetzt jedoch schüttelte sie den Kopf. »Nein danke, Wolf. Ich bin okay.«
»So siehst du aber nicht aus. Du bist völlig erschöpft, Sarah. Komm, ich bringe dich in ein Hotel, da kannst du dich frisch machen und ein wenig ausruhen.«
Heather gab ihm Recht. »Geh mit, mein Mädchen. Es stimmt wirklich, was Wolfgang sagt. Du kannst im Moment doch nichts für Oliver tun.« Als sie Sarahs kritischem Blick begegnete, fügte sie hinzu: »Ich bleibe solange hier und warte. Sobald sich sein Zustand irgendwie verändert, melde ich mich auf Wolfgangs Handy, hm?«
Sarah wollte sich eigentlich nicht überreden lassen, doch sie musste sich eingestehen, dass sie am Ende war. Sie spürte, dass sie sich nicht mehr lange auf den Beinen würde halten können. Resigniert ließ sie die Schultern hängen und senkte den Kopf.
»Aber nur ganz kurz. Ich will duschen und mich umziehen. Ich fühle mich tatsächlich ziemlich matschig.«
Wolf hatte erneut seinen Arm um sie gelegt und zog sie mit sich. »Komm.« Über die Schulter hinweg nickte er Heather dankbar zu.
Wie selbstverständlich kümmerte er sich um Hotelzimmer und brachte Sarah mitsamt der Reisetasche, die ihre Großmutter gepackt hatte, auf ihr Zimmer. Im Bad ließ er heißes Wasser in die Wanne laufen. Sarah sah ihm fast apathisch zu. Sie schien nicht mehr in der Lage, noch einen klaren Gedanken zu fassen. Wolf entnahm ihrer Tasche einen leichten Morgenmantel und reichte ihn ihr.

»Kommst du allein klar?«
Sie zwang sich zu einem Lächeln. »Aber ja. Danke.«
Müde ging sie ins Bad. Minuten später genoss sie das warme Wasser und den duftenden Schaum. Nachdem sie sich gewaschen und die Haare eingeschäumt hatte, blieb sie in der Wärme der Wanne liegen. Bleierne Müdigkeit griff nach ihr, doch sie hatte Angst, ihr nachzugeben. Es zog sie so schnell wie möglich zu Oliver zurück. Als sie befürchten musste, einzuschlafen, spülte sie den Schaum ab, stand auf und stieg aus der Wanne. Sie rubbelte sich das Haar ein wenig trocken und schlüpfte in ihren Morgenmantel. Wolf hatte am Fenster gestanden und hinausgesehen, als sie das Zimmer wieder betrat. Nun wandte er sich um und grinste. »Na? Du siehst besser aus.«
»Ich fühle mich auch besser. Eine weitere Verschlechterung wäre wohl kaum noch möglich gewesen.« Sie betrachtete einen kleinen Tisch am Fenster, der gedeckt war.
Er winkte sie heran. »Komm, du musst etwas essen.«
Sie ging zu ihm und sah ebenfalls nach draußen.
»Ich hab keinen Hunger.«
Er zog einen Stuhl für sie heran. »Nur ein bisschen. Du wirst sehen, dann fühlst du dich noch besser.«
Sarah ließ sich auf dem Stuhl nieder und betrachtete die appetitlich dekorierten Sandwiches mit Schinken, Ei, Käse und Tomaten. Sie schluckte unwillkürlich. Der Gedanke an Oliver schnürte ihr förmlich die Kehle zu.
Wolf hatte sie beobachtet.
»Wenn du hier sitzt und hungerst, hilfst du ihm auch nicht.« Energisch legte er ihr etwas auf den Teller und

griff dann – wie um sie zu ermuntern – selbst zu. Schweigend kauten sie eine Weile. Wolf sah schließlich auf und bemerkte leise: »Er ist wohl sehr wichtig für dich, oder?«

Sarah ließ ihr Wasserglas sinken und schaute ihn stirnrunzelnd an. Die Müdigkeit machte sie ungeduldig. »Was ist das denn für eine blöde Frage?« Sie spürte, wie sie wütend wurde. Wolf hatte den Kopf gesenkt und schwieg. Sarah zwang sich, ihre Wut hinunterzuschlucken. Vielleicht hatte Wolf doch das Recht, eine solche Frage zu stellen. Schließlich waren sie sich einmal sehr nahe gewesen. Sie griff in die Tasche ihres Morgenmantels, holte ein Haargummi hervor und band sich die noch feuchten Locken im Nacken zusammen. Dann schaute sie ihn wieder an.

»Oliver ist sehr wichtig für mich. Wenn ich es recht bedenke, ist er in den letzten Wochen vielleicht sogar zum wichtigsten Menschen in meinem Leben geworden. Ich könnte mir nicht vorstellen, wieder ohne ihn zu sein ...«

Wolf nickte ein wenig betreten und kaute schweigend. Er wusste, dass es im Augenblick keinen Sinn hatte, mit Sarah zu diskutieren. Dennoch traf ihn ihre Offenheit bis ins Innerste. Nie hätte er es für möglich gehalten, dass jemand seinen Platz bei Sarah so einfach einnehmen konnte. Er war sich ihrer Liebe und Zuneigung so sicher gewesen ...

Beide hingen ihren Gedanken nach und aßen still. Als Sarah ihr Glas geleert hatte, lehnte sie sich zurück, gähnte kurz und stand dann auf. »So, ich ziehe mich an, dann können wir wieder in die Klinik.«

Wolf schüttelte den Kopf. »Sarah, leg dich ein wenig hin.«
Sarahs Blick fiel auf das weiche Bett mit der dick gepolsterten apricotfarbenen Steppdecke. Es sah sehr einladend aus. Sie glaubte nie zuvor so müde gewesen zu sein, doch sie richtete sich gerade auf, streckte sich kurz und ging entschlossen zu ihrer Reisetasche, um ihre Sachen herauszusuchen.
»Wenn ich mich jetzt hinlege, schlafe ich bestimmt vierundzwanzig Stunden durch. Ich will wissen, was mit Oliver ist. Ich könnte jetzt nicht seelenruhig schlafen, während er vielleicht stirbt ...«
Sie brach ab und fuhr sich über die Augen. Gleichzeitig kam sie sich zimperlich vor.
Wolf war rasch aufgestanden und zu ihr gegangen. Wie selbstverständlich zog er sie in seine Arme und hielt sie eine Weile fest. Dann sah er ihr ins Gesicht und strich ihr mit der Hand über die Wange.
»Du legst dich jetzt hin, und ich verspreche dir, dich in genau zwei Stunden zu wecken, okay?« Er schob sie vor sich her und schlug die Decke auf. »Sollte in der Zwischenzeit etwas passieren, wird sich deine Großmutter ja melden.«
Zähneklappernd kroch Sarah zwischen die Laken. Sie war einfach zu müde, um Widerspruch zu erheben. Sie bemerkte nicht einmal mehr, wie Wolf sie zudeckte und sich in alter Vertrautheit auf die Bettkante setzte, um sie zu betrachten. Eigenartig berührt, verweilten seine Augen auf ihrem Gesicht, das sich rasch entspannte. Sarah war beinahe sofort eingeschlafen. Wolf blieb auf der Bettkante sitzen. Es fiel ihm schwer, Schuld einzugeste-

hen. Zuzugeben, dass die Affäre mit Teresa ein Fehler gewesen war, der ihn nun möglicherweise endgültig die Beziehung zu Sarah kosten würde. Es ärgerte ihn maßlos, dass sie sich offensichtlich so schnell getröstet hatte. Das war ganz und gar nicht ihre Art ... Wolf grübelte. Irgendetwas musste geschehen sein. Er kannte Sarah auch nicht so entschlossen und unnachgiebig. Im Grunde hatte er sie immer um den Finger wickeln können. Umso mehr irritierte ihn jetzt die Tatsache, dass sie ihn so rasch aus ihrem Leben gestrichen hatte.

Nachdenklich sah er auf sie hinunter. Mehrere Haarsträhnen waren ihr ins Gesicht gefallen, und unwillkürlich streckte er die Hand aus, um sie vorsichtig, ja, beinahe zärtlich beiseite zu streichen. Sarah schlief weiter, seufzte nur leise und drehte sich auf die Seite. Dabei schob sich der Ärmel ihres Bademantels nach oben – und Wolf schnappte vor Überraschung unwillkürlich nach Luft, als die hässliche frische rot schimmernde Narbe sichtbar wurde. Sekundenlang starrte er in verblüfftem Entsetzen darauf, während sein Verstand auf Hochtouren arbeitete, Möglichkeiten und Erklärungen zurechtlegte und wieder verwarf. Auf Socken nahm er schließlich eine unruhige Wanderung durchs Zimmer auf, während ihm unendlich viele Gedanken durch den Kopf schossen.

Die nahe liegendste Möglichkeit war ihm zugleich auch die unangenehmste. Er fuhr sich immer wieder nervös durch das blonde Haar und starrte aus dem Fenster. Mit aller Macht wünschte er sich, dass es zwischen dieser Narbe auf Sarahs Arm und ihm keinerlei Zusammenhang gab, und doch kannte er Sarah so gut, dass er innerlich bereits die Gewissheit verspürte, dass er sehr wohl etwas damit zu tun hatte. Aufgewühlt und unruhig ging er leise wieder zum Bett und beugte sich erneut über sie. Vielleicht hatte er sich doch getäuscht. Sie konnte ja auch einen Unfall gehabt haben … Nach einem langen Blick auf ihren Unterarm richtete er sich auf und ging wieder zum Fenster. Er legte einen Moment den Kopf in den Nacken und schloss die Augen. Zu unvermittelt traf ihn die Wucht der Erkenntnis. Hatte er das angerichtet? Er sah aus dem Fenster, ohne irgendetwas bewusst wahrzunehmen. Verdammt noch mal! Aber man beendete doch nicht einfach sein Leben, weil es in der Beziehung nicht lief. *Er* würde das nicht tun.

Eine heiße Röte stieg ihm ins Gesicht, als er sich klar machte, wie tief Sarahs Gefühle für ihn gewesen sein mussten und wie leichtfertig er sie aufs Spiel gesetzt hatte. Welche Traurigkeit musste sie empfunden haben. Hilflosigkeit machte sich in ihm breit. Er erkannte, dass er wahrscheinlich noch nie in seinem Leben diese Stufe im Spektrum der Fähigkeit zu lieben erreicht hatte. Das Gefühl, dass er ohne seine Partnerin unfähig wäre, weiterzuleben. Das Gefühl, dass alles vorbei wäre, wenn er sie verlöre …

Wolf atmete heftig aus. Er wand sich innerlich. Er hasste es, sich derart mit sich selbst auseinander setzen zu müssen, und er wollte es nicht spüren, dieses Gefühl der Schuld, das langsam in ihm hochkroch und ihn irgendwie erniedrigte, ihn gewöhnlich machte und sich darüber hinaus auch noch mit der Gewissheit vereinigte, dass er diese Frau und ihre Liebe an jemand

anderen verloren hatte. Und das ausgerechnet zu einem Zeitpunkt, an dem ihm dies alles so sonnenklar wurde.
Sarah bewegte sich kurz und murmelte im Schlaf. Wolf wandte sich um und sah zum Bett, doch sie schlief weiter. Es kam ihm vor, als ginge er jetzt wohl zum hundertsten Mal zu ihr. Als er vor ihr stehen blieb, warf er einen Blick auf seine Armbanduhr. Verblüfft stellte er fest, dass beinahe zwei Stunden vergangen waren. Seine Augen wanderten von ihrem vernarbten Arm zu ihrem Gesicht. Es widerstrebte ihm, sie aufzuwecken. Sie war so müde gewesen, dass ihm die kurze Zeit des Schlafs zu wenig erschien. Er überlegte einen Moment, drehte sich um, um sein Handy zu holen, und verließ leise das Zimmer. Auf dem Hotelflur ging er bis zum Ende des Gangs, wo zwei kleine Korbsessel am Fenster standen. Dazwischen war eine große Palme, die ihre Wedel darüber ausbreitete, als hätte man einen Sonnenschirm aufgespannt. Er ließ sich mit der Klinik und anschließend mit der Station verbinden, auf der Oliver lag. Ärgerlich musste er es hinnehmen, dass man ihm keine Auskunft über seinen Zustand geben wollte. Immerhin gelang es ihm, die Schwester dazu zu bewegen, ihm Heather kurz an den Apparat zu holen. Er verdrehte genervt die Augen, als man ihn noch entschieden darauf hinwies, dass dies nur ausnahmsweise und auch nur kurz möglich sei. Erleichtert atmete er auf, als sich Heather meldete. »Heather? Ich bin's, Wolfgang. Ich wollte hören, ob es etwas Neues gibt.« Er kratzte sich nervös am Kinn. »Ich musste all meine Überredungskunst aufbieten, damit sich Sarah ein wenig hinlegt. Nun ist sie ein-

geschlafen, und ich würde sie ungern aufwecken, es sei denn, die Umstände würden es erforderlich machen.«
Heather stimmte ihm zu. »Nein, nein, lassen Sie sie ruhig noch schlafen. Olivers Zustand hat sich praktisch nicht verändert, das heißt, genau genommen hat er sich ein wenig verbessert. Ich bleibe gerne noch ein Weilchen hier sitzen. Sollte sich etwas ergeben, melde ich mich.«
Wolf fuhr sich über die Bartstoppeln. »Ja, ist gut.« Er machte eine kleine Pause und gab sich dann einen Ruck.
»Heather?«
»Ja? Ist noch etwas?«
Er zögerte. »Hatte Sarah hier einen Unfall in Australien?«
Heather runzelte unwillkürlich die Stirn. »Nein, nicht dass ich wüsste. Warum? Ist etwas nicht in Ordnung mit ihr?«
Er schüttelte rasch den Kopf. »Nein, nein, alles okay. Ich hab nur so gefragt. Bis später dann.«
»Ich muss hier auch Schluss machen. Bis später.«
Wolf steckte das Handy weg und ging langsam zu Sarahs Zimmer zurück, öffnete leise die Tür, schlüpfte hinein und setzte sich in einen der kleinen Sessel, die unter einer Stehlampe in der Ecke standen. Müde lehnte er sich zurück und legte die Füße auf Sarahs Reisetasche, die am Boden stand. Er schloss die Augen und lauschte Sarahs gleichmäßigen Atemzügen. Er fühlte sich verunsichert und irritiert, denn ihm war klar geworden, wie sehr er sie vermissen würde und dass sie einfach zu seinem Leben gehörte. Er wollte sie nicht verlieren. Sekundenlang dachte er an Oliver und wusste nicht, ob er sich

wünschen sollte, dass er durchkam. Gleich darauf öffnete er beschämt die Augen und rieb sich die Schläfen. Natürlich wünschte er Oliver, dass er überlebte. Was konnte er ihm denn auch vorwerfen? Dass er wahrscheinlich da gewesen war, als Sarah ihn gebraucht hatte? Dass er erkannt hatte, wie süß sie war, und sich dann in sie verliebt hatte – und sie vielleicht auch in ihn? Wolf lehnte den Kopf zurück und schloss erneut die Augen. Verdammt, was war nur passiert?

Stunden später schreckte er in seinem Sessel hoch, als er die Badezimmertür klappen hörte. Sarah war nicht mehr in ihrem Bett. Müde rieb er sich die Augen und stand auf. Er musste wohl eingenickt sein. Zähneknirschend bog er seinen schmerzenden Rücken durch. Nach überraschend kurzer Zeit kehrte Sarah vollständig angezogen aus dem Bad zurück. Sie trug ein paar frische dunkelblaue Jeans und ein blau-weiß geringeltes Sweatshirt. Hastig stopfte sie ihre Wäsche in einen Beutel und warf ihm einen wütenden Blick zu. »Du hast mir versprochen, mich nach zwei Stunden zu wecken!«
Er hob beschwichtigend die Hände. »Ich habe nach zwei Stunden im Krankenhaus angerufen, Sarah. Heather hat mir gesagt, dass es Oliver inzwischen sogar ein wenig besser geht. Wir beide waren uns einig, dich noch etwas schlafen zu lassen. Du warst so erschöpft, dass ich es nicht fertig gebracht habe, dich zu wecken. Und Heather hat mir fest versprochen, dass sie sich melden würde, sobald sich Olivers Zustand verändert.«
Sarah war trotzdem wütend. »Vier Stunden, Wolf! Vier Stunden, in denen Oliver hätte sterben können, während

ich seelenruhig schlafe!« Sie pfefferte ihren Kulturbeutel in die Reisetasche. »Vier Stunden, in denen meine Großmutter auf einem kühlen Krankenhausflur sitzt, während ich im Bett liege und schlafe!« Sie funkelte ihn an. »Ich sage dir nur eines: Wenn etwas passiert ist, während du mich hier hast schlafen lassen, *obwohl* du mir versprochen hattest, mich nach zwei Stunden zu wecken, dann verzeihe ich dir das nie!« Sarah zog den Reißverschluss ihrer Reisetasche zu, richtete sich auf und sah ihn an. »Verdammt, was willst du eigentlich hier? Hm? Fahr bloß nach Hause zurück zu deiner Freundin!« Unverhohlener Zorn blitzte in ihren Augen auf, als sie hinzufügte: »Wie weit muss ich eigentlich noch fortreisen, damit du mich endlich in Ruhe lässt?«
Wolf starrte sie sprachlos an. Noch nie in all der Zeit mit ihr hatte er sie derart böse erlebt. Enttäuscht senkte er den Kopf und wandte sich ab. Nach allem, was ihm in den letzten Stunden klar geworden war, fühlte er sich plötzlich hilflos. Er wusste, dass er diese Veränderung in Sarah bewirkt hatte, und er spürte, wie sie ihm entglitt, dass sie gelernt hatte, ohne ihn auszukommen, auch wenn sie das offensichtlich endgültig hatte erwachsen werden lassen. Er stand am Fenster und stützte die Hände auf der Fensterbank ab. Sarah wusste, dass sie ungerecht reagierte. Schließlich hätte Oliver auch etwas in den ersten beiden Stunden ihres Schlafes zustoßen können. Sie betrachtete Wolfs Rücken und vermochte sein Schweigen nicht einzuordnen. Nie hätte sie sich vorstellen können, ihm gegenüber derart aus der Haut zu fahren.
Er wandte sich jetzt langsam um und sah ihr in die Au-

gen. »Sarah, was ist das für eine Narbe an deinem linken Arm?«
Sie wurde bleich, biss sich auf die Unterlippe und wich seinem Blick aus. »Das geht dich überhaupt nichts an! Nicht das Geringste! Hörst du?« Sie setzte sich mit dem Rücken zu ihm aufs Bett und band sich entschlossen die weichen dunklen Lederstiefeletten zu.
Er ließ sie jedoch nicht aus den Augen und entgegnete leise: »Ich glaube, dass mich das sehr wohl etwas angeht. Ich habe mehr als zwei Stunden an deinem Bett gesessen und mir den Kopf darüber zerbrochen.« Er ging vom Fenster zu ihr hinüber und vor ihr in die Hocke, um ihr in die Augen zu sehen zu können. Alle Wut war aus ihrem Gesicht verschwunden. Sie kam sich wehrlos vor und war durcheinander. Die Sorge um Oliver und ihre Gefühle für ihn quälten sie. Und jetzt wühlte Wolf auch noch in den schwersten Stunden ihres Lebens herum, die sie doch so gern vergessen wollte. Er griff nach ihrem linken Arm, schob den Ärmel hoch und drehte ihn so, dass die Narbe zu sehen war. Eindringlich blickte er sie an und hielt ihre Hand fest, während er behutsam über die vernarbte Haut strich.
»Ich habe mir tausend Dinge überlegt, die passiert sein könnten. Aber mein Instinkt sagt mir, dass das hier bestimmt« – er deutete auf den Arm – »ganz allein mit mir zu tun hat.« Er schloss kurz die Augen und atmete tief durch. »O Gott, mir tut das alles so Leid. Sarah, ich weiß gar nicht, was mit mir los war. Ich …« Er brach ab und senkte den Kopf.
Sarah war trotz aller Verwirrung erstaunt. Noch nie hatte sie Wolf so persönlich erschüttert oder berührt erlebt.

Nicht einmal beim Sex hatte er derart seine Gefühle offenbart, eher sportlichen Ehrgeiz. Fast hätte sie über diesen Gedanken gelächelt, doch dafür war die ganze Situation zu ernst und zu verworren. Sie streckte die andere Hand aus und strich ihm über den Kopf. Wie gut hatte ihr immer sein helles, glänzendes Haar gefallen. Sie seufzte leise.
»Es ist okay. Ehrlich, Wolf, vergiss es. Das Ganze ist ebenso meine Schuld wie deine. Ich hätte nicht mit diesem Absolutheitsanspruch lieben dürfen, und du hättest nicht so gedankenlos sein dürfen.«
Wolf sah auf. »Bitte glaub mir, Sarah, es tut mir so Leid wie … wie nichts in meinem bisherigen Leben. Ich will nicht, dass es so mit uns endet. Wir …«
Sie unterbrach ihn sofort und legte einen Zeigefinger auf seinen Mund. »Nein, bitte sag nichts mehr, Wolf. Es ist zu spät. Glaub mir, es ist besser für uns beide, wenn wir es jetzt und hier dabei belassen.« Sie sah ihn einen Moment offen an. »Ich habe mich verändert. Und ich könnte dir auch nicht mehr vertrauen.« Sie schluckte, als sie den betroffenen Ausdruck auf seinem Gesicht wahrnahm. Leise fügte sie hinzu: »Ich will nie wieder jemanden so wehrlos und uneingeschränkt lieben, wie ich dich geliebt habe, denn das hat mich beinahe umgebracht.« Sie zwang sich zu einem schiefen Lächeln. »Aber du kennst doch den Spruch: ›Was dich nicht umbringt, macht dich stark.‹ So sollten wir es beide sehen – als gemeinsamen Misserfolg, mit dem wir nun fertig werden müssen.«
Schweigend sah er sie an, bevor er zögernd fragte: »Und welche Rolle spielt Oliver dabei?«

Sie schüttelte unwillig den Kopf. »Wolf, das ist meine Sache.«
Er ließ nicht locker. »Wann ist er in deinem Leben aufgetaucht?«
Sie schaute auf ihren Arm, den sie leicht anhob. »Er hat mich gefunden, nachdem ich …« Sie wies mit einer Kopfbewegung auf den Arm und verstummte.
Wolf nickte ernst. »Ich verstehe.«
Er erhob sich und stand mit hängenden Armen vor ihr. Noch nie hatte er so hilflos auf sie gewirkt. Sie stand ebenfalls auf, schlang beide Arme um ihn und legte ihren Kopf an seine Brust. Auch er schloss die Arme um sie. Er wusste, dass dies ein Abschied war, und er erkannte klar, dass er sie verloren hatte.
Nach einer Weile sah sie zu ihm auf, und er fragte: »Dir ist es lieber, wenn ich abreise, nicht?«
Sarah legte eine Hand an seine Wange und nickte stumm. Sie wusste selbst nicht genau, wie ihre Zukunft aussehen würde, aber sie war sich sicher, dass Wolf nicht darin vorkam. Sie wollte ihm nichts vormachen.
Wolf löste sich von ihr und fuhr sich ein wenig verlegen über die Bartstoppeln. »Ist okay. Es hätte wohl keinen Sinn, dich umstimmen zu wollen, oder?«
Als sie leicht den Kopf schüttelte, fügte er hinzu: »Ich begleite dich aber noch in die Klinik. Um meinen Heimflug kümmere ich mich morgen.«
Sarah nickte. »Danke, Wolf.«

17

Sarah bekam nicht wirklich mit, wie sie die folgenden Tage hinter sich brachte. Dr. Hayman und Dr. Burns hatten sie nach dem Trubel um Olivers Einlieferung auf ihre Asthmaprobleme angesprochen, doch sie hatte es erneut abgelehnt, sich gründlich untersuchen zu lassen. Sie hasste jedwedes Aufheben um ihre eigene Person. Auch mied sie Situationen, in denen sie ihren vernarbten Arm zeigen musste. Sie mochte zu dieser Narbe, die eigentlich nur einen Schluss zuließ, keine Erklärungen abgeben. Dass Wolf sie so direkt damit konfrontierte, hatte sie betroffen gemacht. Im Nachhinein war sie jedoch froh darüber, dass dieses offene Gespräch mit ihm stattgefunden hatte. In jenen Minuten war er ihr näher gewesen als jemals zuvor in ihrer Beziehung. Und der Abschied von ihm machte für sie den Weg frei in einen neuen Lebensabschnitt. Sie wusste zwar noch nicht, wie dieser aussehen würde, was sie ein wenig verunsicherte, aber sie war sich sicher, dass sie dabei war, ihn zu finden. Nach Wolfs Abreise hatte sie für sich und ihre Großmutter zwei Zimmer in einer kleinen Pension genommen. Heather hatte sich nicht dazu bewegen lassen, auf die Farm zurückzukehren. Sie wollte für ihre Enkelin da sein und kümmerte sich darum, dass sie zum Schlafen kam und etwas aß.

Als Sarah sich nach einer langen Nacht an Olivers Bett frühmorgens im Krankenhauspark ein wenig die Füße vertreten hatte und auf die Station zurückkehrte, herrschte dort Aufregung. Ärzte und Schwestern rannten an ihr vorbei. Ein mobiler Wagen mit irgendwelchen Geräten und Kabeln wurde ratternd durch den Gang gezogen, und dann sah Sarah, dass alle in Olivers Zimmer verschwanden. Wie betäubt ging sie weiter und blieb in der offenen Tür stehen. Entsetzen spiegelte sich auf ihrem Gesicht, als sie die Szene beobachtete. Es schien Tumult zu herrschen. Erst Augenblicke später registrierte sie in dem Stimmengewirr und lautem Zählen den lang anhaltenden Piepton, der ihr verriet, dass Olivers Herz aufgehört hatte zu schlagen. Gleich darauf begriff sie, dass es sich keinesfalls um einen Tumult handelte, sondern um das angespannte Bemühen eines eingespielten Teams, jemanden ins Leben zurückzuholen, als sie einen der Ärzte bei einer Herzdruckmassage an Olivers Bett beobachtete, während Dr. Burns die Beatmung vornahm. Zu keiner Reaktion fähig, stand sie hilflos in der Tür und konnte sich nicht von der Stelle rühren, obwohl sich ihr Innerstes danach sehnte. Es war noch sehr früh am Morgen, und obwohl sein Zustand in der Nacht stabil gewesen war, spielte sich nun diese entsetzliche Szene ab. Angsterfüllt hörte sie kurze Sätze und medizinische Begriffe, die das Klinikpersonal hastig austauschte. Als Olivers Herz mit Stromstößen zum Schlagen gebracht werden sollte und sie sah, wie sich sein Körper aufbäumte, lehnte sie zitternd im Türrahmen und schloss die Augen. Sekunden später vernahm sie den vertrauten Piepton, den sie wahrscheinlich nie mehr in ihrem Leben vergessen würde, und hörte offensichtliche Erleichterung bei den Menschen, die sich gerade so um ihn bemüht hatten. Schnell wurde sein Rücktransport auf die Intensivstation vorbereitet. Erst jetzt bemerkte ein Krankenpfleger Sarah, die automatisch beiseite trat, um Platz zu machen. Dr. Burns sah ebenfalls auf und nickte ihr im Vorbeigehen zu. »Wir bringen ihn auf die Intensivstation. Keine Sorge, wir kümmern uns um ihn. Und sobald es geht, komme ich zu Ihnen, ja?«

Sarah nickte nur. Sie war schockiert und fühlte sich hilflos der Situation ausgeliefert. Der Krankenpfleger nahm ihren Arm und führte sie zum Ende des Gangs, wo ein paar Plastikstühle neben niedrigen Tischchen mit Zeitschriften lagen.

»Setzen Sie sich besser. Einen Moment, ich bin gleich zurück.«

Sie hockte still auf der Stuhlkante und sah blicklos vor sich hin. Der Schock des eben Erlebten saß tief, und die Bilder ließen sich nicht so einfach abschütteln.

Der Krankenpfleger kehrte mit einem Becher Tee zurück und setzte sich neben sie. Mechanisch nahm Sarah den Becher entgegen, den er ihr reichte. Er schaute ein wenig betreten drein, denn normalerweise hätten weder Angehörige noch Außenstehende das miterleben dürfen, was Sarah mit angesehen hatte. Er musterte sie, während sie automatisch einen Schluck Tee trank. »Machen Sie sich bitte nicht zu viele Gedanken, hm? Das kommt durchaus öfter nach so schweren Vergiftungen vor, und er hat es doch noch geschafft.«

Sarah schaute auf. Ihr Blick blieb auf seinem Namensschild an der Brusttasche seines Hemdes hängen. David Gates. David – wie ihr Bruder. Unwillkürlich dachte sie an ihre Familie in Deutschland. Sie schien ihr weiter entfernt als je zuvor. Ihr ganzes Leben war aus

dem Gleichgewicht geraten. Scheinbar zusammenhanglos sagte sie: »Sie heißen genauso wie mein Bruder – David.«
Er lächelte. »Was für ein netter Zufall.« Bevor er noch etwas hinzufügen konnte, hörten sie eilige Schritte. Heather kam auf sie zu.
»Sarah. Was ist denn passiert? Wieso ist Olivers Zimmer leer?«
David Gates war aufgestanden.
»Oliver musste wieder auf die Intensivstation verlegt werden, aber es gibt keinen Grund zur Panik. Sicherlich wird gleich ein Arzt kommen und Ihnen mehr sagen können.« Über einem der Krankenzimmer leuchtete eine Lampe auf. »Entschuldigen Sie mich, die Pflicht ruft.«

Sarah hatte keine Ahnung, wie lange sie dort gesessen und was sie mit ihrer Großmutter gesprochen hatte, als der Kollege von Dr. Burns auftauchte und ihnen in knappen Sätzen Olivers Zustand beschrieb. Sie wusste nun zwar, dass es ihm besser ging und er wieder einmal hatte stabilisiert werden können, aber sie hatte keinen Mut mehr, erneut Vertrauen zu fassen, dass jetzt endlich alles gut werden würde. Heather bemerkte ihre Niedergeschlagenheit, doch bevor sie sie irgendwie trösten konnte, hörten sie Schritte. Sarah erschrak, nachdem sie aufgesehen hatte. Olivers Eltern kamen direkt auf sie zu. Vor ihnen her lief seine Tochter. Bei ihr angelangt, blieb sie stehen und musterte Sarah abwartend. Als ihre Großeltern bei ihr ankamen, schmiegte sie sich an ihre Großmutter. Patricia Johnson sah Sarah forschend an. »Wie geht es Oliver? Ist er inzwischen bei Bewusstsein?«

Sarahs Stimme klang leise. »Er hatte heute früh einen Rückfall und musste wiederbelebt werden. Jetzt liegt er erneut auf der Intensivstation. Ich war gerade bei ihm. Der Arzt hat mir versichert, sein Zustand sei stabil.«
Sie brach ab, denn ihr wurde bewusst, wie nüchtern sie klang. Patricia hatte entsetzt eine Hand vor den Mund geschlagen und sah ihren Mann an, der wie versteinert auf das Türschild »Intensivstation« starrte. Olivers Tochter sah von einem zum anderen. »Was ist mit Daddy? Ist er sehr krank? Ich will zu ihm.«
Sarah schauderte, weil sie an all die Schläuche und Kabel dachte, die Oliver beinahe so leblos wie einen defekten Roboter erscheinen ließen. Das wäre sicher kein schöner Anblick für die Kleine. Spontan ging sie in die Hocke und sah das Kind an. »Weißt du, Samantha, dein Daddy schläft jetzt. Er würde dich gar nicht bemerken, denn er ist wirklich sehr krank.«
Das Mädchen sah sie böse an. »Das ist alles deine Schuld. Nur weil er mit dir weggefahren ist, hat ihn diese blöde Schlange gebissen.«
Sie drehte sich um und verbarg ihr Gesicht im Rock ihrer Großmutter, blickte sich dann aber noch einmal um. »Ich wünschte, sie hätte dich gebissen.«
Sekundenlang herrschte Totenstille. Sarah senkte den Kopf und ließ die Arme hängen.
»Ja, Sammy, ich wünschte auch, sie hätte mich gebissen.«
Sie erhob sich, nickte Olivers Eltern zu, drehte sich um und ging den Gang entlang. Heather folgte ihr. Draußen vor der Klinik nahm sie ihre Enkelin wortlos in die Arme. Tränen liefen Sarah über das Gesicht. »Ach,

Großmutter, was ist nur mit meinem Leben los? Alles läuft schief.«

Selbst nach mehreren Tagen hätte Sarah nicht beschreiben können, wie die Möbel in ihrem Zimmer aussahen. Jede freie Minute saß sie an Olivers Bett. Obwohl es ihr gut tat zu sehen, wie rasch er sich erholte, ließ sie die Angst, ihn doch noch zu verlieren, nie ganz los. Die ersten Tage waren sehr kritisch gewesen. Viele Stunden verbrachte sie in seinem Krankenzimmer und wagte es nicht, sich sicher zu fühlen.
Sarah führte dieses Wechselbad aus Angst und Hoffnung an ihre Grenzen. Sie war froh, dass es ihr nach den ersten Tagen doch noch gelungen war, ihre Großmutter auf die Farm zurückzuschicken, denn Heather hatte sie stets durchschaut und hätte bemerkt, wie sehr sie litt. Sarah war psychisch noch nicht so stabil, dass sie in sich selbst ruhte und die Kraft hatte, gut mit allem fertig zu werden. Sie hatte keinen Appetit und fand abends in ihrem Zimmer kaum Ruhe, da ihre Gedanken um Oliver kreisten und sie keine Entspannung finden ließen. Nach außen hin wirkte sie ruhig und gefasst, sodass niemandem auffiel, wie erschöpft und verzweifelt sie in Wirklichkeit war. Darüber hinaus litt sie sehr unter der Unnahbarkeit, die Olivers Eltern ausstrahlten. Samanthas Feindseligkeit trieb ihr immer wieder Tränen in die Augen, was die Kleine mit offensichtlicher Zufriedenheit erfüllte. Dennoch verzieh ihr Sarah jede böse Bemerkung, denn sie wusste, dass die Krankenhaus-

atmosphäre sicherlich schlimme Erinnerungen an den Tod ihrer Mutter in ihr weckte. Sie tat Sarah Leid, obwohl die Kleine in ihr den Grund sah, dass es ihrem Vater jetzt so schlecht ging. Und auch bei Olivers Eltern spürte sie, wenngleich diese nicht viel mit ihr sprachen, unterschwellig eine Distanz, ja, die Neigung dazu, ihr ebenfalls die Schuld an Olivers Zustand zu geben. Besonders seiner Mutter gelang es kaum, eine gewisse Höflichkeit zu wahren. Sarah fühlte förmlich, dass sie ihr das Recht absprach, an seinem Bett zu sitzen. Oliver war in der ersten Zeit nach seinem Rückfall nicht in der Lage, viel zu sagen. Schmerzmittel, Antiserum und Antibiotika betäubten ihn und ließen ihn viel schlafen.

Nach einer unruhigen Nacht, in der Sarah klar geworden war, dass sie diesen Zustand nicht mehr länger würde ertragen können, hatte sie beschlossen, auf die Farm zurückzukehren. Sie wollte jetzt, sehr früh am Morgen, noch einmal zu Oliver, denn zu dieser Zeit würde sie allein an seinem Bett sein. Der Abschied würde ihr so leichter fallen als unter den Augen seiner Eltern und seiner Tochter. Eine halbe Stunde später betrachtete sie still sein Gesicht. Zum ersten Mal nahm sie bewusst wahr, dass er gut aussah. Seine dunkelbraunen Locken passten zu seinem dunklen Teint und gaben ihm zusammen mit seinen Grübchen ein verschmitztes Aussehen. Obwohl sie sich besonders wegen seiner Tochter und seiner Eltern in der Nacht entschlossen hatte, zu ihren Großeltern zurückzukehren, fiel ihr die Vorstellung schwer, ohne ihn fortzugehen. Sie war sich inzwischen sicher, dass sie ihn liebte – und

sie war darüber keineswegs glücklich. Sie wusste, dass es besser für sie gewesen wäre, ihren psychischen Zusammenbruch, den Selbstmordversuch und ihre enttäuschte Liebe zu Wolf erst einmal allein zu verarbeiten. Sie spürte, dass sie innerlich noch sehr verletzbar und unsicher war, eigentlich zu verletzbar, um schon das Risiko eingehen zu können, ihr Herz neu zu verschenken. Dennoch war es einfach passiert. Die Gefühle für Oliver waren ungefragt entstanden und ließen sich nicht mehr beiseite schieben, obwohl Sarah bei dieser neuen Liebe sehr um Kontrolle bemüht war. Nie wieder, das hatte sie sich geschworen, wollte sie so uneingeschränkt lieben, wie sie Wolf geliebt hatte.
Sie seufzte leise und sah nervös auf die Uhr, denn sie wollte seinen Eltern nicht mehr begegnen. Sie fragte sich, wie viel Zeit sie wohl noch hatte, bevor die beiden mit Sammy hier auftauchten. Als hätte er ihre Gedanken gespürt, bewegte Oliver den Kopf, und sie beobachtete gespannt sein Gesicht. Als er die Augen aufmachte und sich einen Moment verwirrt umsah, schlug ihr Herz schneller. Sie griff nach seiner Hand und beugte sich über ihn. »Hallo, Oliver.«
Er zog ihre Hand an seine Wange und schaute ihr in die Augen. »Mir geht's deutlich besser.« Er streckte sich vorsichtig. »Hab ich lange geschlafen?«
»Beinahe eine Woche.« Sarah blickte in seine braunen Augen, in denen sich ungläubiges Staunen abzeichnete, bevor er sich mit einem Ruck aufsetzte.
»Das ist doch nicht dein Ernst, oder, Sarah?«
Sie nickte bekräftigend und musterte ihn glücklich. Er wirkte fast schon wieder gesund. Schließlich sah sie ver-

stohlen auf die Uhr. Er war ihrem Blick gefolgt. »Hast du es eilig? Oder stimmt etwas nicht?«

Sarah überlegte. Es fiel ihr nicht leicht, ihre Entscheidung, abzureisen, in Worte zu fassen. Sie hatte den Kopf gesenkt und betrachtete angestrengt ihre Hände. Nach ein paar Sekunden sah sie zögernd auf. »Weißt du, Oliver … deine Eltern werden sicher gleich mit deiner Tochter hier sein. Ich habe sie vor ein paar Tagen angerufen, als du eingeliefert worden bist. Seitdem sitzen wir hier häufig gemeinsam an deinem Bett. Aber irgendwie habe ich immer das Gefühl, an deinem Unglück schuld zu sein und nicht hier sein zu dürfen. Ich gehöre doch nicht zur Familie. Und ohne mich wäre das alles gar nicht passiert. Es ist bestimmt das Beste, wenn ich jetzt zu meinen Großeltern zurückfahre.«

Sie nagte an ihrer Unterlippe und schien nach Worten zu suchen. Sie wirkte so verloren, dass er sofort nach ihren Händen griff und sie zu sich zog. Obwohl ihr Herz schneller schlug, war sie wie versteinert und hielt den Blick gesenkt. Sie wollte kein Mitleid, und sie war noch nicht selbstsicher genug, um mit dieser Situation gelassen umzugehen. Langsam hob er ihr Kinn und zwang sie so, ihn anzusehen. Seine dunklen Augen ließen sie nicht mehr los, während er sie anlächelte.

»Niemanden wünsche ich mir mehr an meiner Seite als dich, Sarah.« Sie zögerte, und er grinste nun verschmitzt. »Ehrlich. Ich hatte schon alle Hoffnung aufgegeben, jemals gegen deinen Wolf antreten zu können.«

Er beugte sich vor und küsste sie zart und vorsichtig, als hätte er Angst, etwas zu zerstören, bevor es überhaupt begonnen hatte. Dann schlang er glücklich beide Arme

um sie. »Ich habe schon so lange auf diesen Moment gewartet. Bitte bleib.« Die Lachfältchen um seine Augen vertieften sich. »Und ewig werde ich dieser verdammten Schlange dankbar sein müssen.«
Sarah musste lachen. Sie konnte noch nicht glauben, was ihr gerade widerfuhr.

18

Daniel Johnson hatte nach draußen geschaut, um mit den Augen dem Weg seiner Enkelin zu folgen, die eine junge freundliche Hotelangestellte zur Post begleiten wollte. Er lehnte sich auf seinem Stuhl zurück und sah seine Frau über den Frühstückstisch hinweg an. Sie schien vollkommen mit dem Bestreichen ihres Toasts beschäftigt zu sein. Doch Daniel kannte sie so gut wie sonst niemand. Eine nachdenkliche Falte auf ihrer Stirn und ein strenger Zug um ihren Mund zeigten ihm, dass sie in Sorge war. Belustigt beugte er sich vor und lächelte. »Wenn du weiter so viel auf deinem Toast herumstreichst, landest du gleich auf der Tischplatte, Patricia.«

Sie sah auf, seufzte und legte das Messer hin.

»Du hast Recht, Dan«, sagte sie und zwang sich, sein Lächeln zu erwidern. »Ich war ganz in Gedanken.«

Sie betrachtete sein Gesicht. Es verblüffte sie immer wieder aufs Neue, wie ähnlich ihr Sohn seinem Vater sah. Daniel schien einfach eine ältere Ausgabe von Oliver zu sein. Auch nach über fünfunddreißig Jahren Ehe fühlte sie sich noch sehr von ihrem Mann angezogen. Sein dunkles Haar war inzwischen silbergrau geworden, was einen interessanten Kontrast zu seinem dunklen Teint bildete. Die Lachfältchen, die schon früher um seine Augen gewesen waren, hatten sich tief eingegraben und ließen erkennen, dass er ein optimistischer und lebensbejahender Mensch war. Wenn er lächelte, erschienen auch auf seinen Wangen Grübchen, die sie schon bei ihrem ersten Kennenlernen unwiderstehlich gefunden hatte. Sie erinnerte sich noch daran, wie entzückt und aufgeregt sie später gewesen war, als sie diese Grübchen auch an Oliver im Babyalter entdeckt hatte. Ihr Mann lehnte sich jetzt wieder zurück und zog fragend die Augenbrauen hoch.

»Halte ich deiner Prüfung stand, oder habe ich noch Marmelade am Kinn?«

Sie lachte leise und schüttelte den Kopf. »Nein, es ist alles in Ordnung. Ich habe nur gerade festgestellt, dass Sie ein gut aussehender Mann sind, Mr. Johnson.«

Er schmunzelte belustigt, beugte sich erneut vor und griff nach ihrer Hand. »Danke, Mrs. Johnson. Und Sie sind eine wunderschöne Frau.« Er wurde ernst und schaute sie durchdringend an. »Komm schon, Pat, sag, was los ist. Dich beschäftigt doch irgendetwas. Machst du dir noch Sorgen wegen Oliver? Es geht doch schon aufwärts mit ihm, hm?«

Sie schob ihren Teller von sich und zögerte. Ihre Finger spielten mit einer Ecke der Serviette.

»Ja, ich mache mir Sorgen um Oliver. Ich weiß nicht, was ich von dieser Sarah halten soll. Ich habe einfach ein ungutes Gefühl bei der Sache. Sie erscheint mir so verkrampft und unsicher. Dieser Selbstmordversuch hat doch wohl gezeigt, wie labil sie ist. Ich glaube nicht, dass sie ihm gut tut.«

Daniel war ernst geworden. Seine Augen ruhten auf seiner Frau. Ihr welliges kastanienbraunes Haar war locker aufgesteckt und betonte ihre zarte helle Haut. Fasziniert hatte er schon bei ihrem ersten Treffen festgestellt, dass ihre ausdrucksvollen Augen die gleiche

Farbe hatten wie ihr Haar. Sie blickte ihn jetzt ein wenig trotzig an. Seufzend hob er ihre Hand an seine Lippen und küsste sie. »Liebling, wir kennen sie doch überhaupt nicht.«
Patricia zog ihre Hand zurück und griff nach ihrer Teetasse. Nachdem sie einen Schluck getrunken hatte, stellte sie die Tasse ab. Ihr irisches Temperament machte es ihr immer wieder schwer, ruhig zu bleiben.
»Nein, wir kennen sie nicht. Und ich hätte auch nichts dagegen, wenn es so bliebe. Oliver war doch auch vorher glücklich und zufrieden«
»Er war vielleicht zufrieden, aber ganz bestimmt nicht glücklich. Du weißt selbst, wie sehr er unter Kellys Tod gelitten hat. Er hat sich so verändert, dass ich mich oft gefragt habe, ob er überhaupt darüber hinwegkommt. Wenn Sammy ihn nicht so gebraucht hätte, wer weiß, ob er sich je wieder gefangen hätte.«
Patricia atmete heftig aus. »Genau deshalb möchte ich nicht, dass ihm wehgetan wird. Diese junge Deutsche kommt mir so instabil vor. Und wenn sie nach Hause zurückkehrt? Wird ihm das nichts ausmachen? Aber daran hast du natürlich noch nicht gedacht, oder? Hast du dir denn schon einmal Gedanken darüber gemacht, was Sammy davon hält?«
Daniel legte eine Hand an ihre Wange. »Liebling, lass uns nicht streiten. Auch wenn du es nicht hören magst, Oliver ist zweiunddreißig. Es ist ganz allein seine Sache, mit wem er zusammen sein möchte oder mit wem er einmal leben will. Er ist nicht unser Eigentum. Und Sammy auch nicht.« Daniel lehnte sich zurück und sah aus dem Fenster. »Natürlich lieben wir unseren Sohn und wollen

das Beste für ihn. Das ist nur zu verständlich. Auch ist es wunderbar, dass er sich für unser Hotel interessiert und wir das Glück haben, unser Lebenswerk an ihn weitergeben zu können. Das ist ebenfalls ein Gefühl, das nicht allen Menschen in unserem Alter vergönnt ist – sich an den Früchten ihrer Arbeit zu erfreuen. Aber unser Sohn ist erwachsen und hat ein Recht darauf, sein eigenes Leben zu führen.«

Patricia hatte den Kopf gesenkt und blickte auf die Tischdecke. Als sie aufschaute, schien sie doch etwas sehr verlegen.

»Du hast ja Recht, Dan.« Sie zögerte und zupfte wieder an der Serviette. »Es fällt mir nur so schwer, das immer alles so abgeklärt zu sehen wie du. Er ist schließlich mein einziges Kind. Gott allein weiß, wie sehr ich mir weitere Kinder gewünscht hatte. Aber es sollte wohl nicht sein. Und die Kehrseite dieser Medaille ist nun, dass ich eben manchmal mit wahrer Affenliebe an Oliver hänge.«

Daniel küsste sie. »Und er hängt genauso an dir. Ich liebe dich, Pat.«

Sie stand auf. »Ich suche noch ein paar Sachen zusammen, bevor wir in die Klinik fahren, ja?«

Er erhob sich ebenfalls. »Ist gut. Ich hole mir eine Zeitung. Wir treffen uns dann drüben im Supermarkt. Vielleicht können wir noch ein wenig Obst für Oliver kaufen.«

Sie nickte zustimmend. »Bis gleich.«

Nachdenklich überquerte Daniel die Straße. Möglicherweise war das das Geheimnis ihrer langjährigen Ehe. Sie hatten nie verlernt, miteinander zu sprechen. Nie in

all den Jahren war die Bereitschaft verloren gegangen, auf den anderen zu hören, Ratschläge anzunehmen und füreinander da zu sein. Er dachte an einen Satz von Antoine de Saint-Exupéry, der ihn vor langer Zeit so beeindruckt hatte, dass er sich in sein Gedächtnis gegraben hatte: »Die Erfahrung lehrt uns, dass Liebe nicht darin besteht, dass man einander ansieht, sondern, dass man in die gleiche Richtung blickt.«
Schon damals, als er diese Worte gelesen hatte, war ihm klar gewesen, dass er und Patricia ihr ganzes Leben in die gleiche Richtung blicken würden. Zufrieden betrat er jetzt den Supermarkt und schritt den Gang entlang zum Zeitschriftenregal.

Schon ein paar Tage später konnte Oliver das Krankenhaus verlassen. Er sollte sich jedoch noch eine gute Woche schonen. Obgleich seine Eltern verstimmt darüber waren, dass er diese Zeit auf Wintinarah verbringen wollte, ließ er sich nicht die Vorfreude darauf verderben. Sarah war an seiner Seite, und das allein machte ihn glücklich. Alles andere würde sich mit der Zeit schon finden.

Heather und Shane freuten sich aufrichtig, als Oliver nach Sarah aus dem Wagen stieg. Er bezog sein Zimmer so selbstverständlich, als wäre er nie fort gewesen.
Er und Sarah unternahmen in den nächsten Tagen lange Spaziergänge und kamen sich immer näher. Sarah hatte ihre anfängliche Scheu überwunden und sich endlich von dem Gedanken befreit, Oliver kümmere sich nur aus Mitleid um sie. Sie war glücklich und dankbar dafür,

dass die Angst um ihn ihr den Weg in ihr neues Leben gewiesen hatte. Manchmal konnte sie es selbst kaum fassen. Noch vor ein paar Monaten hätte sie jeden als Spinner bezeichnet, der ihr je einen anderen Mann als Wolf an ihrer Seite prophezeit hätte. Und doch war es so gekommen. Nie hätte sie geglaubt, dass die Liebe mit einem anderen Mann so schön sein konnte. Allein Olivers Anblick löste in ihr ein nervöses Kribbeln und eine Anspannung aus, als wäre sie ein verliebter Teenager. Sie war sich bewusst, wie sehr sie sich verliebt hatte. Seine behutsame Zärtlichkeit gab ihr das Gefühl, etwas ganz Besonderes zu sein. Seine fordernde Leidenschaft hingegen versicherte ihr, dass auch er nicht mehr ohne sie sein wollte oder konnte.
Oliver erholte sich rasch. Er verfluchte keineswegs die Schlange, die ihm beinahe sein Leben genommen hätte, im Gegenteil. Alles war gut gegangen. Als unverbesserlicher Optimist sah er in ihr und in ihrem Gift tatsächlich die Tür zu seinem gemeinsamen Leben mit Sarah. Er war sich nicht sicher, ob sie ohne diese »Dramatik« den Weg zu ihm gefunden hätte.

Auch das Verhältnis zu Sarahs Großeltern entwickelte sich freundschaftlich. Oliver war gern mit ihnen zusammen und ließ sich eine Menge über die Schaf- und Pferdezucht erklären. Zusehends erholte er sich und fand zu seiner alten Form zurück.

Nach zehn glücklichen Tagen mit Oliver war auch Sarah förmlich aufgeblüht. Voller Optimismus begleitete sie Oliver nach Warren Creek zurück. Gemeinsam wollten sie etwas gegen die unterkühlte Skepsis von Olivers Eltern tun und Samantha für Sarah einnehmen. Voller Zuversicht sahen sie in die Zukunft. Die Augen der Liebe ließen sie jedoch alle möglichen Hindernisse geringer einschätzen, als diese tatsächlich waren.

19

»Willst du nicht mit mir kommen, Sammy? Wir könnten ein Eis essen gehen, was meinst du?« Oliver beobachtete seine Tochter und registrierte, dass ihr Gesicht eine Mischung aus Unsicherheit und Trotz zeigte. Er folgte ihr ans Fenster und legte versöhnlich einen Arm um ihre Schultern, den sie jedoch unwillig abschüttelte. Er runzelte die Stirn. »He, was ist eigentlich mit dir los, Sammy?« Er lehnte sich gegen die Fensterbank und sah sie abwartend an. »Bist du mir irgendwie böse, weil ich plötzlich ins Krankenhaus eingeliefert werden musste?«
Sie schwieg und sah trotzig nach draußen.
»Komm schon, ich will, dass du mit mir redest.« Als immer noch keine Antwort kam, schaute auch er nach draußen. Eine Weile schwiegen beide. Dann sah Oliver auf seine Tochter hinab. »Du bist mir böse, weil ich gerne Zeit mit Sarah verbringe, hm?«
Sie fuhr mit dem Zeigefinger der rechten Hand die Maserung der Marmorfensterbank nach und sagte nichts.
Oliver seufzte. »Sammy, wir beide gehören zusammen. Daran wird sich auch nichts ändern.« Er machte eine kleine Pause und schien nach den richtigen Worten zu suchen. »Mums Tod hat uns aber vielleicht zu sehr zusammengeschweißt. Ich habe viel zu viel mit dir besprochen und dir vielleicht auch zu viele Eigenheiten durchgehen lassen.« Er setzte sich mit einer schwungvollen Drehung auf die Fensterbank. »Drei Jahre lang habe ich deine Mutter schmerzlich vermisst, und ganz sicher werde ich sie nie vergessen, denn du und dein un-

widerstehliches Lächeln, ihr werdet mich jeden Tag an sie erinnern.« Er betrachtete seine Füße. »Ich habe es nicht geplant, aber es ist passiert. Sarah ist in mein Leben getreten und bedeutet mir sehr viel. Kannst du das denn nicht ein bisschen verstehen?«

Samantha blickte ihn immer noch trotzig an. »Ich will sie nicht bei uns haben! Sie gehört nicht zu uns!« Sie wandte sich abrupt ab. »Es war doch immer so schön mit uns beiden und Grandpa und Grandma …«

»Sammy, du bist ungerecht. Ich soll lieber allein bleiben, damit sich für dich nichts ändert.«

Sie funkelte ihn zornig an. »Du *bist* nicht allein! Du hast schließlich mich!«

Oliver unterdrückte ein Lächeln. »Ich weiß. Und dass ich dich habe, macht mich sehr glücklich. Aber Sarah ist mir jetzt auch wichtig, Sammy. Wenn ich sie nicht mehr sehen dürfte, wäre ich sehr traurig. Ich habe sie lieb. Anders, als ich dich lieb habe, aber ich möchte sie nicht mehr hergeben.«

Er schwieg, denn er ahnte, dass das, was er gesagt hatte, schwer für sie zu ertragen war. Dennoch wollte er ihr nichts vormachen, sie nicht beschwichtigen oder hintergehen. Sie waren immer ehrlich zueinander gewesen und hatten alles miteinander besprechen können. Und er hoffte, dass es so blieb. Aber ein Leben ohne Sarah wollte er sich nicht mehr vorstellen. Nie hätte er geglaubt, sich nach Kelly noch einmal so zu verlieben, und doch war es geschehen. Er brauchte nur an Sarah zu denken, und schon fing sein Herz an schneller zu schlagen. Sie beide hatten so viel miteinander durchgestanden, dass er nun sein Glück kaum fassen konnte. Er liebte ihr Lächeln, ihren Humor, ihr weiches, seidiges Haar und ihre zarte helle Haut. Ohne dass er es groß hätte begründen können, wusste er, dass sie füreinander bestimmt waren. Es machte ihn traurig, mitzuerleben, dass Samantha Sarah so ablehnte. Er liebte seine kleine Tochter über alles, doch inzwischen befürchtete er immer mehr, dass sie Sarah in die Flucht schlagen könnte. Und auch seine Eltern hatten sie nicht gerade freundlich willkommen geheißen. Es ärgerte ihn geradezu, wie wenig sie in letzter Zeit Sammys Launen Einhalt geboten hatten und es außerdem zu tolerieren schienen, dass sie sich abfällig über Sarah äußerte. Er hegte sogar den Verdacht, dass ihnen das Verhalten der Kleinen gefiel. Es wurde ihm bewusst, dass er sich zum ersten Mal in seinem Leben wirklich von seinen Eltern distanzierte, denn es missfiel ihm, dass sie sich eine Meinung über Sarah gebildet hatten, ohne sie richtig kennen gelernt zu haben.

Er fuhr zusammen, als Samantha sich plötzlich umdrehte und aus dem Zimmer lief. Er seufzte tief. Verdammt, warum musste immer alles so kompliziert sein? Enttäuscht machte er sich auf den Weg nach unten und ging hinaus zu seinem Wagen. Er hatte keine Lust auf weitere Diskussionen. Sammys Kickboard lag vor den Treppenstufen des Nachbarhauses, und er war sich sicher, dass sie gerade von seiner Mutter getröstet wurde. Er zögerte einen Moment, bevor er sich doch noch einmal umdrehte, um zum Haus seiner Eltern zu gehen. Der Schlüssel steckte außen in der Tür, und er schloss auf.

»Hallo! Mum? Dad?«

Seine Mutter kam aus dem Wohnzimmer. Die Begrü-

ßung fiel ein wenig unterkühlt aus, und Oliver fühlte sich unbehaglich. Wütend auf sich selbst, riss er sich zusammen. Verdammt, er war schließlich erwachsen und konnte seine eigenen Entscheidungen treffen. Er hob das Kinn und sah seine Mutter fest an. »Sammy ist bei euch, nicht wahr?«
Sie nickte. »Ja, und das sollte dich nicht weiter erstaunen, oder?«
Oliver überhörte die Spitze und ging in die Hocke, um Nelson zu streicheln, der wie ein kleiner Gummiball freudig um ihn herumhopste und winselte.
»Ich fahre noch einmal in den Ort. Sammy wollte nicht mitkommen.«
Patricia musterte ihn. »Kein Wunder, oder?«
Oliver richtete sich jetzt auf. Er war wütend.
»Was soll das eigentlich, Mum? Wieso bist du so grantig? Ich verstehe dich nicht.«
Sie sah kurz über die Schulter ins Wohnzimmer, wo Sammy vor dem Fernseher saß, und zog die Tür hinter sich zu, bevor sie sich wieder ihrem Sohn zuwandte.
»Und ich verstehe nicht, wie du das alles deiner Tochter zumuten kannst. Merkst du denn gar nicht, wie verstört sie ist?«
Oliver atmete tief durch. »Natürlich bemerke ich das. Aber ich versuche auch sie an den Gedanken zu gewöhnen, dass ich vielleicht nicht mein ganzes Leben allein bleiben möchte. Nur weicht sie jedes Mal einem Gespräch aus und läuft zu euch. Ich werde den Verdacht nicht los, dass ihr sie in ihrer Ablehnung unterstützt, Mum.«
Patricia schloss kurz die Augen und sah genervt aus.

»Oliver, Samantha ist das Wichtigste in deinem Leben. Das solltest du dir schon bewusst machen.« Sie zögerte kurz und schaute auf ihre Fußspitzen. »Sie ist schließlich das Einzige, was dir von Kelly geblieben ist.«
Oliver schwieg sekundenlang. Er war zutiefst verletzt, dass seine Mutter nun auch noch an diese Wunde rührte, in der allzu offensichtlichen Absicht, bei ihm Gewissensbisse auszulösen. Beinahe angewidert wandte er den Blick ab und schüttelte den Kopf.
Patricia griff nach seiner Hand. Sie spürte, dass sie zu weit gegangen war. »Oliver, ich meine es doch nur gut mit euch. Deine Tochter und du, ihr seid doch unser ganzes Glück.« Sie wand sich. »Weißt du denn sicher, dass … äh … Sarah es auch ernst meint? Wird sie hier bleiben? Oder wird sie, wenn irgendetwas schief läuft, nicht gleich die Koffer packen und nach Deutschland abreisen?«
Oliver zwang sich dazu, seiner Mutter ins Gesicht zu sehen. »Ich bin zweiunddreißig Jahre alt. Denkst du nicht, es ist an der Zeit, mich mein eigenes Leben leben zu lassen, Mutter?« Er griff nach der Türklinke der Haustür, drehte sich dann aber noch einmal um. »Wenn man dir so beim Reden zuhört, könnte man es Sarah nicht verdenken, wenn sie wirklich lieber wieder fortginge.« Er stürmte nach draußen und knallte die Tür hinter sich zu. Kurz vor seinem Wagen traf er auf seinen Vater, der gerade nach Hause gekommen war. Daniel Johnson schloss sein Auto ab und grinste. »Hallo, mein Sohn.«
Oliver suchte fahrig nach seinen Autoschlüsseln in der Hosentasche. Er war so wütend, dass er nur knapp nickte. »Dad!«

Verblüfft blieb Daniel stehen und registrierte die Wut im Gesicht seines Sohnes. Er sah zu, wie Oliver die Wagentür öffnete, und trat zu ihm. »Ich muss wohl kein Hellseher sein, um zu bemerken, dass es Streit gegeben hat, was? Geht es um Sammy?«

Oliver hatte sich auf den Fahrersitz fallen lassen und schnaubte. »Ja und nein. Ich habe das Gefühl, nicht mehr an sie heranzukommen. Immer wenn ich mit ihr über Sarah reden will oder sie zu einem gemeinsamen Ausflug einlade, flüchtet sie sofort zu euch. Und Mum unterstützt sie sogar noch in ihren Launen gegen Sarah.« Oliver schlug wütend auf das Lenkrad. »Dad, denkst du auch, ich trete die Erinnerung an Kelly mit Füßen, nur weil ich mich neu verliebt habe? Nach drei Jahren?«

Daniel war sehr ernst geworden. Da waren mit Patricia offenbar wieder die Pferde durchgegangen. Er schüttelte beruhigend den Kopf.

»Nein, Oliver. Ganz bestimmt nicht.« Er lächelte aufmunternd. »Aber man sollte doch meinen, dass du in deinem Leben schon oft genug das überschäumende Temperament und die spitze Zunge deiner Mutter kennen gelernt hast, oder nicht, mein Sohn?«

Oliver sah zu ihm auf. »Natürlich, Dad. Aber so zickig wie heute war sie noch nie.«

Daniel grinste wieder. »So ist sie nur, wenn es um ihre Lieblingsmenschen geht. Weißt du noch, dass sie am liebsten jeden verhaften lassen wollte, der dich in der Schule geschubst oder beleidigt hatte?«

Oliver musste unwillkürlich nicken. Daniel legte ihm eine Hand auf die Schulter. »Ich rede mit ihr, okay?«

»Danke, Dad.« Oliver ließ den Motor an, und Daniel schlug die Tür zu.
Grüßend hob er die Hand, während sein Sohn davonfuhr.

Sarah saß in dem kleinen Garten hinter der Pension und schrieb einen Brief. Als sie Oliver kommen sah, legte sie Stift und Block neben ihren Gartenstuhl und lief ihm entgegen. Er lächelte sie an und nahm sie so fest in die Arme, als wollte er sie nie wieder loslassen. Er schloss die Augen und wünschte sich einmal mehr, dass das Leben einfacher wäre. Nach einem langen Kuss löste sie sich von ihm und sah ihn forschend an. »Was ist los? Ich hab noch gar nicht mit dir gerechnet. Du wolltest doch heute Nachmittag etwas mit Sammy machen oder sie vielleicht sogar mitbringen.« Sie beobachtete gespannt seine Miene und seufzte schließlich. »Aha! Es hat also wieder Ärger gegeben, nicht wahr? Und natürlich bin ich der Grund, oder?« Sie waren zurückgeschlendert, und sie setzte sich auf ihren Stuhl, während er sich im Schneidersitz neben ihr auf dem Rasen niederließ. Er riss ein paar Halme aus, die er dann eingehend betrachtete. Er konnte ihr unmöglich von der Auseinandersetzung mit seiner Mutter erzählen. Zu sehr schämte er sich dafür, und außerdem hatte er Angst, Sarah dann erst recht zu verlieren.
Sarah schluckte ihre Enttäuschung zunächst hinunter und wartete ab.
Oliver legte die Halme neben sich und sah zu ihr auf. »Ich weiß auch nicht mehr, was ich mit Sammy anstel-

len soll. Noch nie hat sie sich derartig aufgeführt. Gib du mir einen Rat, du bist doch schließlich Lehrerin.«
Sarah zog eine Grimasse. »Deshalb weiß ich noch lange nicht alles.« Sie zögerte kurz. »Ich weiß nur, dass ich nicht der Grund sein möchte, warum dein Leben hier so schwierig wird, Oliver.« Sie beugte sich zu ihm vor und nahm sein Gesicht in beide Hände. »Du weißt, dass ich dich liebe und so gern mit dir zusammen bin wie mit niemandem sonst, aber du hast Sammy. Und du bist für sie verantwortlich. Du kannst und darfst sie nicht einfach abschieben, selbst wenn sie dir im Moment das Leben schwer macht.« Sie ließ ihn los und lehnte sich wieder zurück. »Natürlich bin ich traurig, dass ich so rigoros abgelehnt werde. Auch deine Eltern sind anscheinend nicht sehr begeistert.« Oliver starrte wortlos auf die Decke, die von ihrem Stuhl herabhing. Sarah beobachtete ihn nachdenklich, bevor sie fortfuhr: »Vielleicht sollten wir allen mehr Zeit geben. Ich habe mir überlegt, dass ich zu meinen Großeltern auf die Farm zurückfahre. Ich habe mich dort so wohl gefühlt, dass ich glaube, es wird mir einfach gut tun. Ich leide unter der Situation hier. Der Unfriede macht mich total unglücklich. Du besuchst mich an den Wochenenden oder wann immer du Zeit findest. Vielleicht will Sammy ja eines Tages mitkommen. Sie liebt doch Tiere, oder? Sie könnte dort reiten lernen. Und wir beide können uns dann auch über alles in Ruhe klar werden, meinst du nicht?«
Oliver war aufgestanden und hatte sich gegen den Baum gelehnt, unter dem Sarahs Stuhl stand. Er fühlte die harte Rinde in seinem Rücken und sah sie betroffen an. Seine schlimmsten Befürchtungen schienen sich zu er-

füllen. »Sarah, bitte, ich muss mir über gar nichts mehr klar werden. Ich weiß, dass wir zusammengehören. Ich will nicht, dass du wegfährst, schon gar nicht so weit, dass wir uns nicht mehr täglich sehen können.« Er trat zu ihr und ging in die Hocke. »Es hat so lange gedauert, bis wir uns gefunden haben. Bitte, geh nicht weg aus Warren Creek.«

Sarah schüttelte langsam den Kopf. »Ich gebe uns doch nicht auf, Oliver, nur weil ich auf die Farm zurückfahre. Ich glaube aber, wir können deine Tochter nicht zwingen, mich auf der Stelle zu akzeptieren. Lassen wir ihr einfach die Zeit, die sie braucht.«

Oliver atmete heftig aus. »Verdammt, ich will mir aber nicht von einer Siebenjährigen mein Leben vorschreiben lassen!«

»Schsch!« Sarah legte ihren Zeigefinger auf seinen Mund und zog ihn zu sich. Vorsichtig und zart küsste sie ihn immer wieder, bis sein Zorn verrauchte und er ihre Küsse zärtlich erwiderte. Er mochte sich nicht vorstellen, dass sie Warren Creek verließ. Sie gehörte jetzt schon zu seinem Leben.

Daniel Johnson schaute seiner Frau nach, wie sie mit einem Teil des Abendbrotgeschirrs in der Küche verschwand. Er seufzte und griff sich die Teller mit Käse und Wurst, um ihr zu folgen. Sie stand am Fenster und beobachtete Sammy, die im Garten Bälle für Nelson warf, der kläffend hinter ihnen herjagte und außer sich vor Freude zu sein schien. Als sie sich umwandte und ihrem Mann ins Gesicht schaute, wurde sie ernst. »Sag am besten gar nichts. Ich habe dich vorhin mit Oliver am

Auto gesehen. Wahrscheinlich bist du schon genauestens im Bilde, oder?«
Daniel trat neben sie und sah auch nach draußen.
Der Hibiskus schien sich endlich erholt zu haben. Zufrieden registrierte er die großen orangefarbenen Blüten, die sich von den sattgrünen Blättern leuchtend abhoben. Hinter der Terrasse streckte sich der Rasen im sanften Licht der Abendsonne aus. Hier tobte Sammy noch mit dem kleinen Hund. Nach einer Weile hatte das junge Tier offenbar genug und ließ sich hechelnd auf dem Grün nieder, während das Mädchen auf ihn einredete. Daniels Blick wanderte weiter in den hinteren Teil des Gartens. Dort wurden die wunderschönen wachsblumenartigen Blüten eines Frangipani, einer Art Pagodenbaum, von den letzten Strahlen der untergehenden Sonne beleuchtet. Zwischen den Ästen entdeckte Daniel einen Gelbkehlenvogel, der misstrauisch Sammy und den Hund beobachtete, die ihr Spiel inzwischen wieder aufgenommen hatten. Der Vogel legte den Kopf schräg, und sein gelber Schnabel und der weiße Bauch hoben sich deutlich von seinem graubraunen Federkleid ab. Als der Ball gefährlich nahe neben dem Frangipani landete, stieß er einen durchdringenden Warnruf aus und flog davon.
»Ich verstehe dich doch, Pat, aber wenn es um Oliver oder Sammy geht, schießt du einfach manchmal übers Ziel hinaus.« Sie schwieg verstockt, und er fuhr fort: »Wir waren uns doch einig, dass Oliver sein eigenes Leben führen soll, oder nicht?«
Sie nickte jetzt grimmig. »Ja, aber nicht auf Kosten von Sammy.«
Daniel runzelte die Stirn. »Ich kann nichts Verwerf-

liches daran finden, dass Oliver sich darum bemüht, Sammy an seine Freundin zu gewöhnen. Er versucht aufrichtig, das fair ablaufen zu lassen. Schließlich findet Sammy Sarah nicht morgens in seinem Bett vor, oder?«

Patricia fuhr herum. »Daniel!«

Er zuckte gleichmütig mit den Schultern. »Stimmt doch. Ich weiß, dass Sammy unser fröhlicher Wirbelwind ist, Patricia. Die Kleine ist unser Lebensinhalt geworden, der Lichtstrahl unserer alten Tage. Aber ich weiß auch, dass sie sich darin sonnt, von allen hier abgöttisch geliebt zu werden. Das hat sie einerseits stark und selbstbewusst gemacht, aber andererseits ist sie dadurch auch manchmal zu einer verwöhnten kleinen Zicke geworden, bei der nur mehr der eigene Wille zählt.«

Patricia starrte ihn zornig an. »Das ist nicht wahr!«

Er nickte bekräftigend und lächelte dabei. »O doch, das ist wahr. Und das kann man durchaus realistisch feststellen und die Kleine trotzdem weiterhin lieb haben.« Er griff nach ihrer Hand, die auf der Arbeitsfläche der Einbauküche lag. »Pat, du kannst doch nicht ernsthaft wollen, dass unser Sohn für immer allein bleibt. Was hat er denn in den letzten Jahren für ein Leben geführt? Was hatte er für ein Schicksal! Witwer zu werden mit neunundzwanzig Jahren! In diesem Alter mit einer vierjährigen Tochter allein dazustehen!« Daniel drückte ihre Hand. »Aber er hat es geschafft. Er ist Sammy ein guter Vater, und endlich hat er auch die Trauer um Kelly überwunden. Endlich kommt er wieder einmal aus seinem Schneckenhaus heraus. Es ist ein großes Glück, dass er sich wieder verliebt hat, Pat. Für mich wäre es kein schönes Gefühl, meinen Sohn allein – ohne eine wirkliche Lebenspartnerin, die alles mit ihm teilt – zurücklassen zu müssen, wenn ich einmal abtrete. In ein paar Jahren wird Sammy ihr eigenes Leben führen, vielleicht fortgehen, vielleicht im Ausland studieren oder arbeiten, wer weiß? Verstehst du, Pat, warum er jetzt diese Chance auf ein neues Glück nicht ausschlagen darf?«

Patricia seufzte tief. Als sie Daniel ins Gesicht sah, lächelte sie zaghaft. »Du hättest in die Politik gehen sollen, Dan.«

Er lachte leise und zog sie an sich. »Du wirst Sammy also nicht mehr immer sofort Asyl gewähren, wenn ihr drüben bei Oliver etwas nicht passt?«

Sie sah betrübt aus. »Aber ich kann der Kleinen doch nicht das Haus verbieten.«

Er grinste vielsagend und schlang beide Arme um sie. »Nein, aber du kannst ja vielleicht einmal keine Zeit haben. Oder du könntest dir anhören, worum es geht, und dich eventuell auch einmal auf Olivers Seite schlagen.«

Sie legte den Kopf an seine Brust. »Ich will es versuchen.«

»Wie wäre es, wenn wir sie am Wochenende alle drei zum Barbecue einladen? Draußen im Garten wird unser Zusammentreffen mit Sarah dann ganz locker und unverkrampft, meinst du nicht?«

Patricia gefiel der Gedanke nicht besonders, aber sie wusste, dass ihr Mann keinen Grund für ein Nein akzeptieren würde, und nickte schließlich.

Sarah schaute ungläubig auf, als Oliver ihr zwei Tage später von der Einladung erzählte. Sie bemerkte seine

Freude darüber und versuchte ihr Unbehagen zu verbergen. Nach den bisherigen Begegnungen mit Olivers Eltern hatte sie keine Sehnsucht danach, öfter als unbedingt nötig Patricias eisiges Gesicht zu sehen. Im Grunde war sie froh gewesen, dass sich der Kontakt nur auf unvermeidbare, zufällige Treffen beschränkt hatte. Sie seufzte unhörbar. Sie liebte Oliver und wollte mit ihm zusammenbleiben. Nun, dann ließ sich der Kontakt zu seinen Eltern wohl kaum vermeiden.

Als Oliver bei ihr eintraf, um sie abzuholen, wünschte sie sich brennend, dass sie beide nicht zu dieser Einladung müssten. Sie hatte schlecht geschlafen und sich in der Nacht immer wieder an die förmlichen Begegnungen mit Olivers Eltern erinnert. Auch die schreckliche Szene im Krankenhaus war in ihren Gedanken dauernd aufgetaucht. Und die Erinnerung an Sammy, die ihr den Schlangenbiss an den Hals gewünscht hatte, ließ sie nicht gerade euphorisch den Morgen beginnen. Nervös hatte sie mehrere Kleidungsstücke anprobiert, die schließlich verstreut auf ihrem Bett herumlagen. Nach einiger Zeit hatte sie sich in einem weit schwingenden Sommerkleid vor dem Spiegel gedreht und beschlossen, es heute zu tragen. Mit den dazu passenden Sandalen und einem dünnen farbigen Seidenschal, mit dem sie ihr Haar zusammengebunden hatte, wäre sie nicht zu fein, aber auch nicht zu leger angezogen. Als sie Oliver die Tür öffnete, freute sie sich über seinen Blick.
»Wow!« Er zog sie an sich und küsste sie. »Du siehst toll aus.«

Sie löste sich von ihm und sah nochmals an sich hinunter. »Ist es auch nicht zu fein?«
Er schüttelte den Kopf. »Nein. Ich find's klasse. Und meinen Eltern wirst du auch gefallen.«
Sie ließ sich auf das Bett sinken. »Hoffentlich. Wenn ich an deine Tochter denke, möchte ich am liebsten hier bleiben.«
Er setzte sich rasch neben sie und legte einen Arm um ihre Schultern. »Bitte, gib nicht auf.« Plötzlich hatte er Angst vor diesem Tag. Er erkannte, dass viel davon abhing. »Ich will nicht, dass du von hier weggehst. Ich will nicht, dass du woanders lebst, hörst du? Wir müssen es einfach schaffen.«
Sie gab ihm einen raschen Kuss auf die Wange und nickte. »Also los! Auf in die Schlacht!«

Als sie wenig später mit einer Flasche Wein und einem Blumenstrauß aus dem Wagen stieg, konnte sie ihre Nervosität kaum verbergen. Am liebsten wäre sie wieder fortgefahren. Und dass eine innere Stimme ihr eindringlich dazu riet, verunsicherte sie noch mehr. Sie folgte Oliver, der an der Garage vorbei nach hinten in den Garten ging. Sein Vater hatte bereits die Grillkohle angezündet und hantierte mit einer Grillzange und Tellern. Bevor irgendjemand Sarah begrüßen konnte, war der kleine Hund bei ihnen und sprang freudig fiepend um sie herum. Sie drückte Oliver die Gastgeschenke in die Hände und ging in die Hocke. »Oh, ist der niedlich.« Sie streichelte das zapplige Tier. »Wie heißt du denn?«
Oliver lächelte. »Er gehört Sammy. Sie hat ihn Nelson getauft.«

Sarah kraulte den tapsigen kleinen Kerl. »Hallo, Nelson.«
Daniel Johnson war nun herangekommen. Er rieb sich ein wenig verlegen die Hände an den Seitennähten seiner Hose ab und lächelte. »Hallo, Sarah. Ich freue mich, dass Sie gekommen sind.«
Sarah richtete sich rasch auf und erwiderte sein Lächeln. »Hallo, Mr. Johnson. Danke für Ihre Einladung.« Sie sah sich um. »Schön haben Sie es hier. Sicher macht der Garten Ihnen viel Arbeit.«
Er ging zur Terrasse, und Oliver und Sarah folgten ihm automatisch.
Daniel wandte sich um. »Ach, das ist halb so wild. Die Gartenarbeit hilft uns dabei, einigermaßen elastisch zu bleiben. Aber nennen Sie mich bitte Daniel.« Er zwinkerte fröhlich. Als Olivers Mutter mit einem Teller auf die Terrasse trat, schluckte Sarah unwillkürlich und zwang sich zu einem Lächeln. Patricia reichte ihr die Hand und begrüßte sie höflich, aber kühl. Sarah registrierte augenblicklich, dass sie offenbar zur Veranstaltung dieses Grillnachmittags überredet worden war. In die nun folgende verlegene kleine Pause hinein wedelte Oliver mit dem Blumenstrauß und schwenkte die Flasche Wein. »Seht mal! Das hat Sarah mitgebracht. Soll ich eine Vase holen, Mum?«
Patricia nahm ihm die Blumen ab. »Nein, das mache ich schon, Oliver.« Sie betrachtete den vollen Strauß und lächelte gezwungen. »Die sind aber schön. Vielen Dank, Sarah.«
Als sie im Haus verschwand, sah Sarah ihr nach. Sie hatte den Gesichtsausdruck von Patricia wahrgenom-

men und wusste schon jetzt, dass sich nichts ändern würde. Mit einem unbehaglichen Gefühl wandte sie sich den üppig blühenden Geranien zu. Oliver kehrte vom Grill zu ihr zurück und legte einen Arm um ihre Schultern. Seine Lippen streiften kurz ihr Ohr. »Das wird schon.«

Sarah hoffte inständig, dass er Recht hatte. Ihr Herz schlug augenblicklich schneller, als Sammy den Gartenweg entlanghopste. Sie musste irgendwo in der Nachbarschaft gewesen sein. Offenbar hatte sie für den heutigen Nachmittag ebenfalls Anweisungen erhalten, denn sie kam artig näher und gab Sarah mit einem kurzen Lächeln die Hand. Mehr als ein »Hi« brachte sie aber nicht hervor. Sarah bemerkte einen bockigen Zug um ihren Mund, der deutlich verriet, dass sie keineswegs beabsichtigte, den alleinigen Anspruch auf ihren Vater zu begraben. Sie sprang gleich herbei, als Patricia mit Tellern und Bestecken zurückkam. »Ich helf dir, Grandma, ja?« Eifrig deckte sie den Tisch und legte Messer und Gabeln neben die Teller. Sarah hatte nicht den Mut, ebenfalls ihre Hilfe anzubieten. Ihr war klar, dass sie ohnehin nur eine freundliche Ablehnung zu hören bekommen hätte. Wahrscheinlich mit dem zuckersüßen Hinweis auf das niedliche Mädchen – Sie sehen ja, was ich für eine großartige Hilfe habe, nicht?

Beklommen beugte sich Sarah im Garten über einen Busch rosafarbener Wandelröschen. Immerhin bot die Natur ihr hier Möglichkeiten, nicht nur dumm in der Gegend herumzustehen. Stumm betete sie, dass es ihr möglich sein werde, etwas von dem Essen hinunterzuschlucken.

Nicht im Geringsten war ihr bewusst, dass sie einen zauberhaften Anblick bot. Ihr Haar glänzte schon fast metallisch in der Sonne, und das dünne Seidentuch darin flatterte in der leichten Brise. Ihre Unsicherheit war ihr nicht anzumerken. Immer wieder kehrten Olivers Blicke zu ihr zurück. Er war so voller Freude, sie endlich inmitten seiner Familie zu sehen, dass er sich bereits am Ziel seiner Wünsche glaubte.

Beim gemeinsamen Essen war Sarah froh, dass wenigstens das laute Gezwitscher der Vögel im Garten dafür sorgte, dass man nicht die Kaugeräusche hörte. Ob aus Angst, womöglich etwas Falsches zu sagen, oder aus anderen Gründen – es war beklemmend ruhig am Tisch. Nur Oliver und Daniel machten ein paar belanglose Bemerkungen über das Wetter und eine anstehende Autoreparatur. Sarah lobte das zarte Fleisch und die leckeren Salate. Patricias Miene entspannte sich nicht. Sie schenkte Sarah zwar ein Lächeln, machte aber keine Anstalten, die Unterhaltung aufzulockern. »Das freut mich, Sarah. Greifen Sie nur zu.«
Sarah hatte nicht gewusst, dass man so unter einer Stimmung leiden konnte. Sehnsüchtig dachte sie an die Grillfeste und Geburtstagsfeiern ihrer eigenen Familie. Wie gerne wäre sie jetzt dort gewesen. Und wenn sie nur ein paar Minuten lang die Wärme und Geborgenheit bei ihren Eltern und Geschwistern spüren dürfte. Stattdessen saß sie hier und fühlte überdeutlich, dass sie nur geduldet wurde.
Nach dem Essen lehnte sie sich zurück und hoffte, dass sie auch den Rest des Nachmittags irgendwie hinter sich

bringen würde. Sie sah auf, als Patricia sich zu Samantha beugte und freundlich sagte: »Sammy, du hast doch so ein schönes Bild für deinen Dad gemalt. Willst du es nicht holen?«
Oliver knüllte die Serviette zusammen und legte sie auf seinen Teller. »Na los, Sammy, lass es uns ansehen.«
Das Mädchen lief ins Haus, und Oliver zwinkerte Sarah zu. Ihr war das ein wenig peinlich, und wieder einmal ließ sie ihren Blick in den Garten schweifen. »Sie wohnen wirklich wunderschön hier«, wandte sie sich an Olivers Eltern. »Es gibt so viele Blumen und Pflanzen, die ich noch gar nicht kenne. Aber mich fasziniert immer wieder die ungeheure Vielfalt der Farben und Blüten.«
Ehe jemand etwas darauf sagen konnte, war Samantha zurück und überreichte ihrem Vater das Bild. Sarah beugte sich interessiert vor, um es ebenfalls anzuschauen. Oliver biss die Zähne zusammen und rang sich ein Lächeln ab. »Das ist schön, Sammy.«
Sarah erkannte, dass das Mädchen ein Paar mit einem kleinen Kind gezeichnet hatte. Es war unverkennbar, wen das Bild darstellte, denn mit leicht schiefen Buchstaben prangte »Mum«, »Dad« und »Sammy« über den lächelnden Personen. Sarah ließ sich nichts anmerken. Sie lobte die Zeichenkunst, obwohl ihr nach einem Blick auf das Mädchen klar war, dass es auf eine andere Reaktion gelauert hatte. Als wäre die Situation nicht schon gespannt genug, ging Patricia ins Wohnzimmer und kehrte kurz darauf mit einem Fotoalbum zurück. »Ich finde wirklich, sie hat Talent. Sieh doch nur, Oliver, wie gut sie nach diesen Bildern Kelly getroffen hat.«

Auf Olivers Stirn erschien eine steile Falte, als sie das Album aufgeschlagen auf den Tisch legte.
Daniel erhob sich verlegen. »Ich kümmere mich mal um den Grill.«
Sarah sah zu Oliver. Sie war doch nett und freundlich gewesen. Warum passierte das jetzt gerade? Doch um nichts in der Welt wollte sie sich anmerken lassen, wie sehr sie die eindeutig absichtlich herbeigeführte Unterhaltung traf. Scheinbar interessiert schaute sie die Bilder an, auf die Patricia zeigte. »Sehen Sie? Hier ist Sammy gerade zwei Jahre alt. Sie war immer so ein fröhliches, aufgeschlossenes Kind.«
Sarahs Blick blieb an einem Bild hängen, auf dem Oliver und Kelly um die Wette zu strahlen schienen. Er hatte einen Arm um sie gelegt, und sie sah voller Glück zu ihm auf. Vor ihnen im Sand saß Sammy als Kleinkind mit einem Babysonnenhut.
Patricia bemerkte, dass Sarah das Foto betrachtete, und seufzte. »Ja, da war sie noch gesund und glücklich. Niemand von uns hätte sich vorstellen können, dass diese Krankheit alles zerstört.«
Oliver klappte das Buch entschlossen zu. »Mum! Ich finde, das sollte heute kein Thema sein.«
Samantha sah mit großen Augen empört von ihrer Großmutter zu ihrem Vater. »Du tust ja auch alles dafür, dass ich sie vergesse!« Ihr Blick ging zu Sarah, und sie legte leicht den Kopf zurück, bevor sie erneut Oliver anschaute. »Du hast sie ja schon vergessen, nicht wahr?«
Sie schnappte sich ihr Bild und lief ins Haus. Sarahs Augen baten Oliver inständig, ihr nicht hinterherzulaufen. Sie hatte plötzlich Angst davor, allein mit Patricia am

Tisch zurückzubleiben. Oliver hatte anscheinend selbst genug. Er brauchte Sarah nicht länger anzusehen, um zu wissen, was sie fühlte und ihm gedanklich zu sagen schien – »Bitte, bring mich hier weg.«
Er stand auf und streckte eine Hand nach Sarah aus. »Tja, Mum, das Essen war hervorragend, aber wir müssen leider aufbrechen. Wir sind noch mit Tim und Laura verabredet.«
Patricia schien äußerst überrascht. »Ihr wollt schon gehen?«
Sarah stand neben Oliver. Sie zählte die Sekunden. Trotzdem reichte sie mit einem freundlichen Gesicht Olivers Mutter die Hand. »Vielen Dank für das leckere Essen, Mrs. Johnson.«
Daniel machte ebenfalls einen erstaunten Eindruck, fing sich aber rasch. »Kommen Sie uns bald wieder besuchen, Sarah!«
Sarah nickte stumm und war froh, als sie im Auto saß. Es würde schon eine Menge geschehen müssen, ehe sie sich das noch einmal antat.

Oliver folgte ihr in ihr Zimmer, schob ein paar Kleidungsstücke beiseite und ließ sich aufs Bett sinken. Als Sarah an ihm vorbeiging, griff er nach ihrem Handgelenk und zog sie auf seinen Schoß. Er sah ehrlich betrübt aus. »Es tut mir so Leid, Liebling.«
Sarah legte eine Hand an seine Wange. »Schon gut. Es kam nicht sehr überraschend.«
Er runzelte die Stirn. »Also ich habe wirklich nicht mehr mit so etwas gerechnet. Ich habe geglaubt, es würde besser laufen.«

Sie knuffte ihn in die Seite. »Du bist eben ein unverbesserlicher Optimist.« Sie stand auf und ging zum Fenster. Draußen betrachtete sie einen Moment lang die lilafarbenen Blüten eines Jacaranda-Baums. Genau solche Bäume gab es auch auf Wintinarah. Sie drehte sich zu Oliver um. »Oliver, ich fahre morgen zu meinen Großeltern zurück.«
Er sprang auf und ging zu ihr. »Du gibst uns also nur diesen einen Versuch.« Er fuhr sich durchs Haar. »Mein Gott, Sarah, sie ist doch ein Kind! Kann man da sofortige Einsicht in eine so neue Situation erwarten?«
Sarah hatte mit ihrem dünnen goldenen Armband gespielt und sah ihn spöttisch an. »Deine Mutter ist keineswegs ein Kind. Mir scheint, sie und die Kleine bilden ein gutes Team.«
Oliver kniff verärgert die Lippen zusammen und schwieg. Konnte man sich seine Eltern aussuchen? War man für ihr Benehmen verantwortlich?
Sarah wollte die Stimmung nicht noch mehr verderben und schlug einen versöhnlicheren Ton an. »Ach Oliver«, sie nahm seine Hand und hielt sie fest, »ich will doch nicht, dass wir uns trennen. Du kannst mich jederzeit auf der Farm besuchen. Ich möchte mich nur wieder einmal richtig wohl fühlen, und das kann ich hier in Warren Creek nicht. Außer dir ist hier niemand, der mich hält, verstehst du?«

20

Hans Berndes hielt mit dem Einkaufswagen hinter seiner Frau, die vor einem Regal mit verschiedenen Nudelsorten stehen geblieben war. Er hatte die Stirn gerunzelt und sah zu, wie Julia sich bückte, um zwei Tüten Tortiglioni aus dem Regal zu nehmen.
»Was soll das heißen, du willst Sarah wiedersehen?« Er schüttelte den Kopf. »Sie kommt bald zurück, da bin ich mir sicher. Sie hat es inzwischen bestimmt bedauert, dass sie auf ihre tolle neue Stelle verzichtet hat. Da brauchst du doch jetzt nicht nach Australien zu fliegen, glaub mir.«
Julia legte die Nudeltüten in den Einkaufswagen und sah ihren Mann angriffslustig an. »Willst du damit sagen, der Flug sei unnötig, Hans?« Sie hielt seinem Blick stand, bis er wegschaute. »Weißt du, wie lange ich meine Eltern nicht mehr gesehen habe?« Sie wusste, dass sie ihn mit dieser Frage in Verlegenheit brachte, fügte aber dennoch spöttisch hinzu: »Ich bin mir sicher, dass wir uns mittlerweile ein wenig Heimweh meinerseits leisten können, oder nicht? Außerdem würden sich meine Eltern sehr freuen, uns beide endlich einmal wiederzusehen. Wer weiß, wie lange es ihnen noch gut geht.«
Hans atmete hörbar aus. Schon jetzt erkannte er, dass es mehr als schwierig werden würde, aus dieser Situation herauszukommen. Er versuchte einzulenken, während sie auf die Gemüseabteilung des Supermarkts zusteuerten. »Du hast ja Recht. Und selbstverständlich steht dir

die Reise zu. Nur, ich kann hier im Moment beim besten Willen nicht weg. Das neue Projekt kann ich unmöglich dem Schumann überlassen. Ich hab viel zu viel Zeit investiert, als dass ich ihm nun die Präsentation der ersten Ergebnisse überlasse. Das musst du einfach verstehen, Julia.«

Julia verbarg ihren Zorn und tat ein paar Strauchtomaten in einen Beutel. Immer hatte sie zurückgestanden, immer hatte sie Verständnis für alle gehabt. Mechanisch verschloss sie den Beutel mit einem Knoten und legte ihn auf die Gemüsewaage, um das Preisetikett ausdrucken zu können. Nachdem sie das Etikett auf den Beutel geklebt und diesen in den Einkaufswagen gelegt hatte, streifte sie ihren Mann mit einem kühlen Blick.

»Das heißt also, dass du auf keinen Fall mitfliegen würdest, oder?«

Hans zuckte mit den Schultern und schüttelte ernst den Kopf. »Im Moment geht es nicht.«

Julia blieb stehen und sah ihn an. »Wann geht es denn dann? Wenn du pensioniert bist? In zehn Jahren? Was passiert eigentlich mit dem Projekt, wenn dir morgen ein Dachziegel auf den Kopf fällt?«

Dieses Mal wich Hans ihrem Blick nicht aus. »Julia, was soll das? Warum bist du so aggressiv? Was ist denn los?«

Sie biss sich auf die Unterlippe und betrachtete die Einkäufe im Wagen. »Ich hab einfach das Gefühl, dass es richtig wäre, nach Australien zu fliegen. Ich glaube, dass Sarah uns braucht.«

Hans schwieg sekundenlang, bevor er ihre Hand mit seiner umschloss. »Ich denke, in drei Wochen sieht es

etwas besser aus. Was meinst du? Hältst du es noch so lange aus? Oder willst du vorausfliegen?«
Julia schwieg noch einen Moment, bevor sie sich den Bananen zuwandte. »Ach, ich weiß noch nicht. Ich muss darüber nachdenken.«

21

Ein paar Wochen nachdem Sarah auf die Farm zurückgekehrt war, war Samantha mit einer Mischung aus Trotz und Verlegenheit hinter ihrem Vater aus dem Wagen gestiegen. Es missfiel ihr, dass er Sarah sofort an sich zog und zärtlich küsste. Sarah hatte sich ein wenig verlegen von ihm gelöst und zu Samantha umgedreht. »Hallo, Sammy. Das ist aber schön, dass du dieses Mal mitgekommen bist.«

Das Mädchen wich ihrem Blick aus und schwieg.

Oliver wurde wütend und zog sie am Arm beiseite. Er beugte sich hinunter und zischte entnervt: »Wenn du schon nicht freundlich sein kannst, Sammy, dann sei wenigstens höflich. Ich hoffe wirklich, wir haben uns jetzt verstanden.«

Sarah hatte sich in den Wagen gebeugt und eine Reisetasche herausgehoben. Sie sah Oliver an und schüttelte unmerklich den Kopf. Dann ging sie voraus, drehte sich um und sagte: »Komm, Sammy, ich zeige dir dein Zimmer.«

Missmutig trottete die Kleine hinter ihr her. Die Verandatür quietschte, und Heather erschien.

»Hallo, ich bin Heather, Sarahs Großmutter. Wir haben uns schon einmal kurz im Krankenhaus gesehen, Sammy, als dein Vater so krank war.«

Oliver warf seiner Tochter einen Blick zu, der Bände sprach. Schließlich brachte sie eine kurze Erwiderung hervor. »Hallo. Ich erinnere mich.«

Heather strahlte Oliver an. »Oliver! Ich freue mich ja so,

dass es Ihnen besser geht, und dass Sie uns wieder besuchen. Immer wenn Sie abfahren, fehlt uns hier einfach etwas.«
Oliver erwiderte ihr Lächeln. Auch er freute sich aufrichtig über das Wiedersehen.

Nach dem Abendessen wollte Shane Olivers Tochter das jüngste Fohlen zeigen, das gerade eine Woche alt geworden war. Sammy sollte bei der Namensgebung helfen. Dieses Angebot war einfach zu verlockend für die Kleine. Sie zeigte seit ihrer Ankunft das erste Lächeln, das eine breite Zahnlücke entblößte, die sie unwiderstehlich pfiffig aussehen ließ. Oliver und Sarah entschlossen sich, einen Spaziergang zum Fluss hinunter zu machen. Heather, die Shane und Sammy gefolgt war, schaute ihnen versonnen nach.

Hand in Hand gingen Oliver und Sarah schweigend ein gutes Stück, bis sie außer Sichtweite waren. Dann tauschten sie nur einen intensiven Blick und küssten sich zärtlich. Oliver zog sie an sich, während seine Hände fordernd über ihren Körper glitten und sie sich eng an ihn drückte. Zwischen leidenschaftlichen Küssen murmelte er an ihrem Hals: »O Gott, du hast mir so gefehlt.«
Sie erwiderte seine Zärtlichkeiten und genoss seine Nähe. »Bestimmt nicht so, wie du mir.«
Als er entschlossen begann ihr kariertes Arbeitshemd aufzuknöpfen, griff sie nach seiner Hand und zog ihn weiter. »Nein, nicht hier. Womöglich taucht Sammy hier noch auf.« Sie sah ihn an und lächelte ver-

schmitzt. »Ein wenig Geduld müssen Sie noch haben, Mr. Johnson.«
Er ließ gespielt leidend den Kopf sinken. Sein Puls ging schneller. Er fühlte ein solches Verlangen in sich, dass er es kaum ertragen konnte, sie nicht gleich wieder an sich zu ziehen. Auch Sarahs Herz schlug heftig. Sie hatte geglaubt, Wolf sei die große Liebe ihres Lebens gewesen, aber sie konnte sich nicht daran erinnern, je eine solche Sehnsucht in sich gefühlt zu haben, ihn körperlich zu spüren, wie jetzt bei Oliver. Der Fluss war noch ein gutes Stück entfernt, als sie ihn zu einer Gruppe mächtiger Eukalyptusbäume zog, in deren Schatten sie eintauchten. Sarah lehnte sich gegen einen Baumstamm und sah Oliver erwartungsvoll an. Die Sonne warf ihre letzten Strahlen auf die Gräser und zauberte einen sanften Schimmer auf Sarahs Gesicht. Sie erkannte in Olivers dunklen Augen ihre eigene Sehnsucht und schmiegte sich in seine Arme. Langsam fuhren ihre Hände über seine Hüften. Er knöpfte ihr Hemd auf und sog den Duft ihrer Haut ein. Sie liebten sich zärtlich, leidenschaftlich und ohne Grenzen. Sie vergaßen alles, was sonst ihren Alltag und ihr Leben beeinträchtigte. Schnell atmend lagen sie schließlich nebeneinander. Sarah registrierte, dass bereits die ersten Sterne am Himmel funkelten. Olivers Hand fuhr von ihrer Hüfte über die Taille nach oben, und Sarah erschauderte. Sie seufzte wohlig.
»Am liebsten würde ich mit dir hier bleiben.«
Er küsste zart ihre Schulter und fuhr mit den Lippen ihren Hals hinauf. »Können wir das nicht?«
Sie sah ihm kurz in die Augen und richtete sich dann

auf. Während sie nach ihrem Hemd griff, schüttelte sie den Kopf. »Du weißt ganz genau, dass das nicht geht.« Sie schaute zum Himmel auf. »Erstens wegen Sammy, zweitens wird es gleich dunkel, und drittens brechen wir uns dann auf dem Heimweg den Hals.«
Leise lachend stieg er in seine Hosen. »Was für ein Tod. Nach heißer Liebe wankten sie durch die Dunkelheit und brachen sich den Hals.« Er schloss seinen Gürtel und zog Sarah an sich. »Im Ernst, ich will, dass du bei mir bleibst.«
Ihre Hände strichen über seinen nackten Oberkörper und verschränkten sich schließlich hinter seinem Hals. Sie küssten sich wieder, und Oliver genoss es, durch den dünnen Stoff die Wärme ihrer Haut zu spüren.
Als sie sich eine halbe Stunde später dem Farmhaus näherten, blieb Sarah stehen und fuhr sich nervös durchs Haar. »Wie sehe ich aus?«
Oliver lachte unbekümmert. »So, als wärst du gerade wild auf einer Wiese geliebt worden.«
Sarah zog eine Grimasse. »Oliver! Ich will nicht, dass man mir das ansieht. Und du solltest das Sammys wegen erst recht nicht wollen.«
Er zupfte ihr ein paar Halme aus dem Haar und gab ihr einen raschen Kuss. »Schon gut.« Er musterte sie. »Nein, ich denke wirklich, es ist okay so.« Seine Grübchen vertieften sich, als er hinzufügte: »Obwohl ich davon überzeugt bin, dass deine Großeltern nicht blöd sind. Die leben schließlich auch nicht auf dem Baum.«
Sarah knuffte ihn in die Seite. »Du bist unmöglich.« Sie ließ ihn stehen und ging auf den Stall zu. »Du kannst jetzt erst einmal allein reingehen. Sag einfach, dass ich

noch nach Sandy und ihrem Fohlen schaue. Wenn ich drinnen mit dir gemeinsam auftauche, sieht man es mir bestimmt doch an.«

Am nächsten Morgen lernte Samantha von Heather und Sarah, wie man ein Pferd striegelt, und sie erfuhr, dass man dies vor jedem Reiten tun musste. Sie schien aufgeregt, doch Sarah registrierte bekümmert, dass sie alle Fragen immer nur an Heather richtete. Wenn es sich nicht vermeiden ließ, sprach sie zwar auch mit ihr, doch war sie meist nicht sehr aufgeschlossen und blieb kurz angebunden, und ihr Gesichtsausdruck war abweisend. Seufzend räumte Sarah das Putzzeug weg und machte sich auf den Weg in die Sattelkammer. Heather war ihr gefolgt. Unauffällig sah sie über die Schulter, doch Samantha war bei der gestriegelten Stute geblieben.
»Ihre erste Reitstunde wirst du ihr geben, Sarah.«
Sarah hatte den Sattel über dem Arm und wandte sich um. Ihr Gesicht verriet Resignation. »Ach Großmutter, hast du nicht bemerkt, dass sie nur mit dir spricht? Sie wird sich viel lieber von dir alles erklären lassen.«
Heather versperrte ihr den Ausgang. »Und gerade den Gefallen tue ich ihr nicht. Sie muss lernen zu akzeptieren, dass du dazugehörst und dass ihr Vater dich liebt.«
»Großmutter!« Sarah war verlegen. »Was redest du denn da?«
Heather lachte. »Nun stell dich nicht so an. Das sieht doch ein Blinder mit dem Krückstock.« Sie knuffte Sarah in die Seite. »Also lass dich von der süßen Kröte nicht unterkriegen. Du schaffst das schon. Aber nimm Estella erst mal an die Longe.«

Sarah ging mit dem Sattel an ihr vorbei. »Ja, sicher, Großmutter.«
Samantha schien enttäuscht, als Heather in Richtung Haus verschwand. Doch ihre Neugier auf die erste Reitstunde siegte schließlich. Sie lernte, wie sie die Zügel in der Hand halten, dass sie die Schultern zurücknehmen und die Absätze tief halten musste. Als Oliver an das Gatter trat, um zuzuschauen, strahlte sie über das ganze Gesicht.

Die Tage auf der Farm vergingen rasend schnell wie auch die darauf folgenden Wochenenden. Samantha interessierte sich neben den Pferden auch für alle anderen Tiere. Einziger Wermutstropfen war für sie die Tatsache, dass sie nicht mit den Hütehunden spielen durfte. Als reine Arbeitshunde hatten die Border-Collies feste Aufgaben und waren nicht an das Spiel mit Kindern gewöhnt. Sarah und Oliver genossen stets die gemeinsame Zeit. Doch während er die Hoffnung nicht aufgab, Sammy werde Sarah noch in ihr Herz schließen, machte sich Sarah immer wieder Gedanken darüber, dass Olivers Tochter ihr gegenüber reserviert blieb.

22

Oliver hatte sich über leise knarrende Dielenbretter geschlichen und war atemlos vor Sarahs Zimmertür stehen geblieben. Vorsichtig drehte er den Türknauf und sah in die Dunkelheit des Zimmers. Als sich seine Augen daran gewöhnt hatten, erkannte er ihre Silhouette. Sie saß auf der Fensterbank und hatte nach draußen geschaut. Jetzt wandte sie sich um und blickte ihm entgegen. »Na, du Einbrecher?«

Er ahnte ihr Lächeln mehr, als dass er es tatsächlich erkennen konnte. Seine Hände umfassten ihr Gesicht, und er küsste sie zärtlich.

»Von wegen Einbrecher.« Er fuhr sich durchs Haar. »Ich sage dir, diese knarrenden Dielen kosten mich fünf Jahre meines Lebens.« Er lachte leise und beugte sich wieder zu ihr hinunter. »Meine Güte, ich bin doch kein Teenager mehr, der seine Freundin heimlich aufs Zimmer schmuggeln muss.«

Sie legte den Kopf zurück und schaute ihn gespielt aufmerksam an. »Aha. Interessante Dinge, die du schon hinter dir hast, das muss ich sagen. Gibt es noch etwas, was ich wissen sollte?«

Seine Augen funkelten, als er sie ganz an sich heranzog. »Nichts, was ich dir nicht auch ohne Worte sagen könnte.«

Er küsste sie nun fordernd, während seine Hände über den glatten Stoff ihres Pyjamas glitten. Die Wärme ihrer Haut durch die dünne Seide zu spüren, elektrisierte ihn genauso wie die Tatsache, dass sie sich eng an ihn

schmiegte und seine Nähe offenbar ebenso herbeisehnte wie er die ihre.
Diese gestohlenen Nächte voller Liebe und Zärtlichkeit, aber auch voller ungestörter geflüsterter Gespräche bis zum Morgengrauen gehörten allein ihnen. Sie waren es, die Sarah die Erinnerungen schenkten, die ihr über die Trennung hinweghalfen, wenn Oliver mit seiner Tochter wieder nach Hause zurückkehrte.
Auch jetzt lag sie glücklich in seinem Arm und lauschte seinem Herzschlag. Olivers Hand spielte mit einer ihrer Haarsträhnen, bis er schließlich vorsichtig daran zupfte. »Wann kommst du nach Warren Creek zurück, Sarah?« Er rollte sich auf die Seite und stützte sich auf den Ellbogen. »Ich möchte dich in meiner Nähe haben. Du fehlst mir die ganze Woche über.«
Sie seufzte. »Ach Oliver, wie oft hatten wir diese Diskussion schon?« Sie starrte an die Decke. »Was soll ich denn dort? Zu dir ziehen kann ich nicht wegen Sammy und deiner Eltern. Außerdem wird es mir als Ausländerin mit einem richtigen Job sehr schwer gemacht. Australien ist mit Neuzugängen wirklich streng, weißt du? Wenn meine Großeltern nicht für mich gebürgt hätten, müsste ich sogar meine Koffer packen. Es deprimiert mich, wenn ich nur irgendwie den Tag herumbringen muss. Ich komme mir dort in der Pension so nutzlos vor. Hier auf der Farm habe ich eine Aufgabe. Und ich bin mit Menschen zusammen, die ich liebe und die mich lieben. Verstehst du, Oliver? Es tut mir einfach gut, hier zu sein.«
Eine Weile redeten sie noch miteinander, ohne eine perfekte Lösung für ihr Problem zu finden. Schließlich siegte die Müdigkeit, und sie schliefen ein.

Als Sammy am Morgen aufwachte, ging gerade die Sonne auf. Sie freute sich wieder auf ihre Reitstunde und zog sich leise an. Einen Moment stand sie noch am Fenster und betrachtete die grasenden Pferde auf der Koppel. Dann siegte ihre Vorfreude auf den Reitunterricht, und sie beschloss, ihr Pferd schon zu striegeln, so wie sie es von Sarah und Heather gelernt hatte. Hastig kritzelte sie eine Notiz auf einen Zettel, den sie ihrem Vater ins Zimmer legen wollte, damit er sich keine Sorgen machte, wenn sie fort war.
Auf Socken schlich sie über den Flur und hielt unwillkürlich den Atem an, als sie den Knauf seiner Zimmertür drehte. Erstaunt sah sie Sekunden später auf sein leeres, unbenutztes Bett. Viele Gedanken schossen ihr durch den Kopf, doch der naheliegendste gefiel ihr am wenigsten. Vorsichtig ging sie weiter den Gang entlang und blieb zögernd vor Sarahs Zimmer stehen. Mit einem trotzigen Zug um den Mund öffnete sie leise die Tür. Wie gelähmt starrte sie auf ihren Vater und Sarah, die nackt aneinander geschmiegt friedlich schliefen. Der Zettel in Sammys Hand segelte geräuschlos zu Boden. Sekundenlang rührte sie sich nicht von der Stelle, bis sie sich schließlich zusammenriss und nach unten lief. In der Küche schnappte sie sich ein paar Lebensmittel und rannte nach draußen. Sie war völlig durcheinander, und sie wollte nur noch fort, denn hier war offensichtlich kein Platz mehr für sie. Immer wieder verbarg sie sich auf dem Weg zum Pferdestall hinter irgendwelchen Büschen oder Sträuchern, wenn sie die Schritte der Arbeiter oder Shanes sonore Stimme in einem der Stallgebäude vernahm. Sie wollte niemandem

begegnen. All diese Erwachsenen würden sie doch nur zu beschwichtigen versuchen und ihr zureden, wie man einem Kleinkind zuredete, das bockig ein zweites Eis verlangte. Trotzig schob sich ihre Unterlippe vor. Nein, sie war kein Kleinkind mehr, aber das wollte hier offenbar niemand wahrhaben. Mit leisen Schritten ging sie die Stallgasse entlang, immer darauf gefasst, sich in einer der Boxen verstecken zu müssen, falls jemand auftauchte. Endlich hatte sie die Box der Stute erreicht, auf der sie das Reiten erlernt hatte. Fast geräuschlos schob sie den Riegel zurück und öffnete die Holztür. Das Pferd wandte den Kopf nach hinten und schnaubte leise. Sammy strich sanft über den Pferderücken und sprach beruhigend auf das Tier ein.

»Ruhig, Estella, ruhig. Ich bin's nur.« Einen Moment lehnte sie die Stirn an den warmen Pferdehals und fragte sich unsicher, was sie nur tun könnte. Dann aber siegte ihr Dickkopf. Sie würde nicht artig daneben stehen, wenn ihr Vater ihr diese Frau als neue Mutter präsentierte. Sie brauchte keine neue Mutter. Leise lief sie hin und her, um die Trense, die Satteldecke und den Sattel zu holen. Konzentriert rief sie sich in Erinnerung, welche Riemen wohin gehörten. Mit einer gewissen Portion Stolz musterte sie dann das fertig gesattelte Pferd und führte es langsam, sich immer wieder prüfend umsehend, aus dem Stall. Das Herz pochte heftig in ihrer Brust, als sie auf eine Holzbank stieg und einen Fuß in den Steigbügel setzte, um sich von dort in den Sattel zu schwingen. Sie war noch nie allein ausgeritten, und sie wusste ganz genau, dass das nicht ungefährlich war. Gerade Reitanfänger ritten immer zu zweit aus, damit im

Notfall einer Hilfe holen konnte. Sie machte sich selbst Mut, während sie Estella antrieb. Es würde schon nichts geschehen. Sie konnte schließlich schon gut reiten, das hatte Sarah gestern selbst gesagt. Sammy schlug den Weg zum Fluss hinunter ein, denn dort würden Büsche und Bäume sie am ehesten vor neugierigen Blicken verbergen. Erleichtert atmete sie auf, als sie außer Sichtweite war, und ließ die Stute wieder in Schritt fallen. Plötzlich konnte sie ihren Ausflug sogar genießen. Sie lauschte dem seltsam lachenden Ruf eines Kookaburras und fühlte die Morgensonne warm auf ihrem Gesicht. Es war alles in Ordnung. Sie wollte nur eine Weile allein sein. Vielleicht auch ein wenig länger, dachte sie trotzig. Zunehmend gefiel ihr die Vorstellung, dass ihr Vater sie voller Sorge suchen würde. Vielleicht würde er sogar einsehen, dass alles seine Schuld war. Seine – und Sarahs.

Wohlig streckte sich Sarah unter der Bettdecke und genoss Olivers warme Nähe. Es war noch sehr früh am Morgen, und sie bedauerte, dass es für ihn an der Zeit war, ihr Zimmer zu verlassen, damit Samanthas Welt in Ordnung blieb. Vorsichtig drehte sie sich auf die Seite und pustete leicht in sein Ohr, bevor sie flüsterte: »He, du Langschläfer. Es wird Zeit für dich, diesen gastlichen Ort zu verlassen.«
Ohne die Augen zu öffnen, gähnte er und murmelte: »Schon?«
Sarah hatte sich halb aufgerichtet, um einen Blick aus dem Fenster zu werfen. Als sie sich wieder umwandte, entdeckte sie die weit offen stehende Zimmertür. Er-

schrocken stieß sie Oliver in die Seite. »Wieso steht die Tür offen? Hast du die gestern Nacht nicht zugemacht?«
Er setzte sich abrupt auf. Plötzlich schien er hellwach. »Selbstverständlich habe ich sie geschlossen. Wieso sollte ich mich wohl immer so hier anschleichen, wenn ich dann einfach die Tür offen ließe, hm?« Stirnrunzelnd war er aus dem Bett gesprungen, um sie zu schließen. Neben dem Türrahmen bückte er sich und hob einen Zettel auf. In ihrer noch nicht flüssigen Handschrift teilte ihm Sammy darauf mit, dass sie ihr Pferd striegeln wollte. »Verdammt!« Er hielt das Papier hoch. »Der hier ist von Sammy! Sie war heute früh hier.« Hektisch zog er seine Hosen an und ließ sich dann ratlos auf die Bettkante sinken. »Was soll ich ihr denn bloß sagen? Sie ist so schon noch immer kompliziert, wenn es um dich geht. Ich war richtig froh, dass sich das mit deinem Reitunterricht für sie so gut angelassen hatte.«
Sarah sah besorgt aus. Sie strich Oliver über die Schulter. »Ach, vielleicht sieht sie das Ganze schon nicht mehr so eng. Was meinst du?«
»Da kennst du meine Tochter aber schlecht. Ich wette, sie ist zu Tode beleidigt.« Er griff nach seinem T-Shirt und zog es über den Kopf. »Immerhin kann sie hier nicht so schnell zu ihren Großeltern flüchten; das tut sie zu Hause nämlich, wenn's brenzlig wird.« Er beugte sich zu ihr und küsste sie flüchtig. »Wir sehen uns draußen.«
Sarah blieb noch einen Moment unschlüssig im Bett sitzen und lehnte den Kopf gegen die Wand. Sie seufzte. Warum musste das Leben so kompliziert sein? Sie hatten doch nichts Verbotenes getan. Wieso musste Sammy

es ihnen beiden denn so schwer machen? Resigniert suchte sie ihre Sachen zusammen und machte sich hastig fertig. Sie kam gerade aus dem Bad, als sie eilige Schritte auf der Treppe hörte. Oliver blieb atemlos vor ihr stehen. Er war in heller Aufregung. »Sie ist weg!«
Sarah spürte so etwas wie Ungeduld in sich aufsteigen. Dieses ewige Theater mit Sammy begann ihr auf die Nerven zu gehen. »Wieso weg? Sie wird hier irgendwo auf der Farm sein. Wie kommst du denn darauf, dass sie …«
Oliver unterbrach sie ungeduldig. »Verdammt, sie ist weg! Und das Pferd, auf dem sie immer reitet, ebenfalls!«
Sarahs Mund öffnete sich ungläubig, aber sie schwieg sekundenlang in sprachlosem Erstaunen. Das konnte doch nicht wahr sein. Oliver trat von einem Bein auf das andere. »Was machen wir denn jetzt? Wir müssen sie doch suchen.«
Sarah hatte sich rasch gefangen und nickte, während sie vorausging. »Natürlich suchen wir sie. Zuerst geben wir Heather und Shane Bescheid. Bestimmt suchen sie mit, und sicher auch einige der Arbeiter. Komm!«
Dem ersten Schrecken über das Verschwinden des kleinen Mädchens folgte rasch eine routinierte Betriebsamkeit. Es wurden verschiedene Arbeiter in kleine Suchtrupps eingeteilt, zu denen auch Sarah und Shane gehörten, die ebenfalls zu Pferd suchen wollten. Sie versprachen sich einfach mehr davon. Schließlich würden sie versuchen Sammys Spuren zu folgen. Während Wasserflaschen gefüllt wurden, hatten sich zwei Aborigines, die sich noch aufs Fährtenlesen verstanden, um das

Stallgebäude herum umgesehen. Schon nach kurzer Zeit kamen sie zurück. »Sie ist zum Fluss hinuntergeritten.«

Oliver sah mit bangen Blicken von den Männern zu Shane und den anderen. Er hatte keine Ahnung, ob das eine eher gute oder eher schlechte Nachricht war. Im Grunde neigte er nicht zu übertriebener Sorge, aber nach seiner eigenen Erfahrung mit der Schlange im Outback fühlte er einen eiskalten Schauer über seinen Rücken laufen. Seine Tochter! Sie war ganz allein da draußen! Die unwillkürlich aufkommenden Schuldgefühle schienen ihn sekundenlang zu lähmen.

Sarah nahm seine Hand. »Oliver, wir finden sie.«

Unruhig glitten seine Augen über ihr Gesicht. Sie bemerkte, dass er Mühe hatte, dem organisatorischen Ablauf der Suchaktion zu folgen. Alles musste neu für ihn sein. Während sie bedingungsloses Vertrauen in ihre Großeltern und die Farmarbeiter setzte und sicher sein konnte, dass alles Notwendige wie selbstverständlich unternommen wurde, musste es Oliver – insbesondere nach den Erfahrungen, die er selbst in jüngster Zeit gemacht hatte – schwer fallen, Zuversicht zu zeigen. Außerdem ging es hier um *sein* Kind. Sie riss sich aus ihren Gedanken und drückte nochmals seine Hand. Ihre Blicke trafen sich, und sie nickte ihm unmerklich zu.

»Du bekommst sie zurück, bestimmt, Oliver. Sie kann noch gar nicht weit sein, glaub mir.«

Er war blass im Gesicht und sah abgespannt aus, als er sich schließlich unruhig umsah. »Ich will mitsuchen.« Dann bemerkte er, dass viele Pferde gesattelt wurden. Er

konnte nicht reiten. Hilflosigkeit und Ärger breiteten sich auf seinem Gesicht aus. »Verdammt, ich werde nicht hier herumsitzen und darauf warten, dass irgendwer meine Tochter findet.«
Sarah zog den Sattelgurt nach und wandte sich zu ihm um. »Das sollst du ja auch nicht.« Sie deutete auf einen Pick-up, der neben dem Stallgebäude geparkt war. »Am besten nimmst du den da und fährst die kleinen Weidewege zwischen den Koppeln zum Fluss hinunter ab. Vielleicht entdeckst du sie ja von dort aus, hm?«
Oliver musterte sie, doch seine angespannten Nerven ließen ihn nicht erkennen, ob der Vorschlag wirklich ernst gemeint war oder nur eine Beschäftigungstherapie für ihn darstellen sollte. Nachdem er stumm genickt hatte und zum Wagen gegangen war, beschloss er, dass alles besser war als einfach nur abzuwarten.
Als er wenig später in dem alten Auto den unbefestigten Weg entlangholperte, war er allein mit seinen Gedanken und Sorgen um sein Kind. Er war froh, dass ihn niemand sehen konnte, denn alle Gefühle spiegelten sich in seinem Gesicht wider, während seine Augen suchend über die nicht enden wollenden Weiden mit unzähligen Schafen wanderten. Er machte sich Vorwürfe, dass er womöglich zu viel von seiner Tochter erwartet hatte. Obwohl sein Innerstes ganz genau wusste, dass es nicht so war, ließen die Angst und die Sorge um Sammy ihn keinen klaren Gedanken fassen und bestraften ihn mit allen möglichen Schreckensvisionen. Die Vorstellung, dass ihr etwas geschehen sein mochte, ja, dass er sie vielleicht verlieren könnte, ließ ihn halb wahnsinnig werden.

Sarah folgte Barney Mandijarra, dem Vorarbeiter ihres Großvaters. Sie kamen nur langsam voran, denn Barney beugte sich immer wieder im Sattel vor oder stieg sogar ab, um Sammys Spur nicht aus den Augen zu verlieren. Sarah tröstete sich damit, exakt der Fährte des Mädchens zu folgen, was ihr immerhin vernünftiger erschien, als ziellos in der Gegend herumzureiten. Die Sonne stand inzwischen hoch am Himmel, und die Fliegen umsurrten sie mit hartnäckiger Ausdauer. Das helle Farmerhemd klebte ihr bereits am Rücken, und sie spielte mit dem Gedanken, es auszuziehen und nur im Top weiterzureiten. Aber die Vorstellung, dass zahllose Fliegenschwärme auf ihrer ungeschützten Haut herumkrabbelten, hielt sie davon ab. Sie pustete sich eine Locke aus der Stirn und schob den Hut in den Nacken, während sie zusah, wie der Vorarbeiter wieder in den Sattel stieg und auf einen fast unsichtbaren Pfad deutete, der vom ausgetretenen Weg abzweigte. »Da entlang, Sarah!«
Sie nickte und trieb ihr Pferd an, um ihm zu folgen.

Sammy war beklommen zumute gewesen, als der Pfad immer unübersichtlicher wurde. Ein Blick über die Schulter zurück verriet ihr mit Bestimmtheit, dass sie die Orientierung verloren hatte. Dichte Farne überwucherten immer mehr den Weg, und das Pferd war unruhig geworden, denn ab und an raschelte es hinter einzelnen Steinen und Felsen und eine Maus oder eine Eidechse huschte an ihnen vorüber. Nervös warf die Stute den Kopf zurück und tänzelte auf der Stelle. Sammy hielt erschrocken die Zügel fester und versuchte das

Pferd zu beruhigen, indem sie sanft auf die Stute einsprach. »Ruhig, Estella. Ganz ruhig.«
Die Ohren des Pferdes bewegten sich aufmerksam vor und zurück. Sammy klopfte Estella den Hals und überlegte. Vielleicht wäre es das Beste, wenn sie absteigen und Estella eine Weile führen würde? Sie zögerte einen Moment, dann ließ sie sich aus dem Sattel gleiten. Als sie neben dem Pferd stand, hielt sie die Zügel in der einen Hand, während sie mit der anderen das Tier streichelte. Einen Moment lang schmiegte sie ihre Wange an den Pferdehals. Zum ersten Mal an diesem Tag stieg Angst in ihr auf, als sie sich bewusst machte, wie allein sie hier war. Sie schluckte die aufsteigenden Tränen hinunter, zog ihr Sweatshirt aus und stopfte es in die Satteltasche. Dann schnalzte sie zweimal kurz und ging mit Estella weiter.

Oliver warf einen Blick in den Rückspiegel und registrierte die Staubwolke, die sein Pick-up aufwirbelte. Er wischte sich den Schweiß von der Stirn und bog in einen neuen holprigen Weideweg ein. Die Uhr an seinem Handgelenk zeigte ihm, dass er bereits seit zwei Stunden unterwegs war. Er biss die Zähne zusammen, denn er hatte das Gefühl, dass in dieser Zeit sein ganzes Leben an ihm vorübergezogen war. Die Jahre mit Kelly, Sammys Geburt, ihr gemeinsames Glück, Kellys Tod, seine damalige Verzweiflung …
Oliver schluckte. Schlaflose Nächte waren gefolgt, in denen Sammy weinend aufgewacht und ihre Mutter vermisst hatte. Später kamen dann aufgeschlagene Knie und Kinderkrankheiten, Kindergartenfeste und die Ein-

schulungsfeier, Zahnlücken und endlose Erzählungen seiner kleinen Tochter immer dann, wenn sie eigentlich schlafen sollte. Er sah sie vor sich, ihre dunklen Locken und die großen Augen, ihren bittenden Blick, wenn sie etwas durchsetzen wollte… Abrupt trat Oliver auf die Bremse und stand gleich darauf förmlich in einer Staubwolke mitten im Nirgendwo zwischen endlosen grünen Weiden, deren Gräser im gleißenden Licht der Mittagssonne zu flimmern begannen. Oliver schlug die Hände vors Gesicht und fühlte die Angst plötzlich so real, als hätte sie neben ihm auf dem Beifahrersitz Platz genommen. Sammy durfte nichts geschehen sein. Sie war doch der einzige Grund gewesen, der ihn nach Kellys Tod noch am Leben gehalten hatte. Nur für sie hatte er weitermachen können. Wütend auf sich selbst, wischte er sich Tränen vom Gesicht.
Und jetzt war er sogar der Grund dafür, dass sie fortgelaufen war. Sie hatte es mit ihm nicht mehr ausgehalten. Seine Liebe zu Sarah musste ihr das Gefühl gegeben haben, ihm nicht mehr wichtig zu sein. Er hatte offenbar als Vater ganz banal versagt. Wie um sich abzulenken, griff er nach der Wasserflasche. Während er trank, schloss er die Augen und betete. Wenn Sammy nichts geschehen war, wenn er sie unversehrt zurückbekäme, dann würde er auf seine Liebe zu Sarah verzichten. Er schraubte die Flasche zu und warf sie auf den Sitz zurück. Einen Moment lang legte er den Kopf auf das Lenkrad und fühlte, wie neue Tränen in seinen Augen brannten. Verdammt noch mal! Ihm war nicht bewusst, wie oft er in den letzten Stunden geflucht hatte. Er lehnte sich wieder zurück und starrte in die flim-

mernde Hitze hinaus. In der Ferne hatte sich eine Herde Schafe in den spärlichen Schatten einer dünn belaubten Baumgruppe zurückgezogen. Seine Kleidung klebte ihm am Körper, und er wünschte sich sekundenlang nichts mehr, als mit den Hitzewellen, die vor ihm in der Luft flirrten, zu verschmelzen und sich aufzulösen – in Nichts. Er konnte weder den Gedanken ertragen, seine Tochter zu verlieren, noch die Vorstellung, ein Leben ohne Sarah führen zu müssen. Enttäuscht drehte er den Zündschlüssel, lauschte einen Moment dem Brummen des Motors und gab Gas.

Sammy hielt den Zügel fest und blieb stehen. Die Stute wieherte kurz und strebte vorwärts. Sammy zog am Zügel. »Ho, Estella, ho! Bleib stehen!«
Das Pferd schnaubte und hob den Kopf unruhig witternd in die Höhe. Sie beobachtete das Tier und lauschte angestrengt. Sekunden später strahlte sie, als sie das Rauschen des Flusses in der Ferne vernahm. Freudig klopfte sie der Stute den Hals.
»Du hast den Fluss schon viel eher bemerkt als ich, nicht wahr, Estella? Du bist ein feines Pferd. Sicher hast du auch Durst, nicht? Na komm. Jetzt gibt's was zu trinken.«
Einige Zeit später erreichten sie das Ufer des Flusses. Der Wasserstand war um diese Jahreszeit schon niedrig, aber das störte sie wenig. Sie entledigte sich ihrer Schuhe und Söckchen, zog die Klettverschlüsse am unteren Hosenbein ihrer Reithose auseinander, sodass sie die Hose bis zu den Knien hochschieben konnte, und führte das Pferd einfach in das Flussbett. Beide schienen

das kühle Wasser zu genießen, das Sammy bis zur Wade reichte. Sie wartete, bis die Stute genug Wasser getrunken hatte, und führte sie dann ans Ufer zurück. Sie suchte in der Satteltasche nach einem Seil, hakte den Karabiner, der sich an der einen Seite befand, in eine Schlaufe am Halfter, während sie das andere Ende des Seils um einen dünnen Baum schlang. Dann befreite sie das Tier von der Trense und klopfte ihm wieder den Hals. »So, Estella, jetzt kannst du in Ruhe etwas fressen. Wir machen beide eine Pause, hm?«

Als hätte die Stute sie verstanden, schnaubte sie leise und senkte den Kopf, um vom saftigen Gras an der Böschung einige Büschel abzureißen. Sammy sah ihr kurz zu und nickte zufrieden. Sie nahm die mit Leder bezogene Wasserflasche, die an einer Satteltasche befestigt war, und watete damit erneut ins Wasser. Nachdem sie sie gefüllt hatte, trank sie daraus und brachte sie ans Ufer zurück. Dort zog sie sich aus und planschte im munter plätschernden Fluss. Erfrischt rubbelte sie sich mit ihrem Sweatshirt trocken und kleidete sich wieder an. Sie war hungrig geworden und kramte in den Satteltaschen, bis sie die Dinge fand, die sie morgens aus der Küchenvorratskammer mitgenommen hatte, bevor sie zum Stall gegangen war. Mit einem Stück Brot, einer Tüte voller Kekse und einem Apfel setzte sie sich in den Schatten und begann zu essen. Eifrig kauend beobachtete sie die Stute und bedauerte zutiefst, dass sie ihr hier nicht für eine Weile den Sattel abnehmen konnte. Im Stall war sie zum Satteln auf die Holztür in der halb hohen Seitenwand geklettert, aber hier gab es nicht einmal einen Baumstumpf, auf den sie sich hätte stellen können, um den Sattel auf den Pferderücken zu bekommen. Als ihr Hunger gestillt war, saß sie gegen einen Baum gelehnt da und blinzelte träge auf das glitzernde Wasser, das unaufhörlich an ihr vorüberströmte und sich rauschend einen Weg an einzelnen Felsen und Steinen vorbei suchte. Müde schloss Sammy die Augen und nickte ein.

Unwillig verscheuchte Sarah einige Fliegen, die mit aller Macht beschlossen hatten, ihr in die Nase und die Ohren zu krabbeln. Barney Mandijarra war wohl zum zwanzigsten Mal in den letzten Stunden abgestiegen und untersuchte wieder den Boden vor seinem Pferd. Sarah saß ebenfalls ab und klopfte ihrem Pferd den Hals. Sie seufzte. Dafür, dass der Frühsommer gerade erst begonnen hatte, war die Hitze heute schier unerträglich. Besorgt legte sie eine Hand schützend vor die Augen und sah zwischen den Bäumen hindurch in die Ferne. Der Himmel verdunkelte sich über den Hügeln am Horizont, und schwüle Gewitterluft mit angriffslustigen Fliegenschwärmen kündigte ein Unwetter an. Sie wandte den Blick ab und beobachtete wieder den Mann.
»Und, Barney? Kannst du feststellen, in welche Richtung sie geritten ist?«
Der schwarze Lockenkopf legte sich bedächtig von einer Seite auf die andere. Dunkle Augen sahen vom Boden zu Sarah auf. »Sie ist schon seit einer ganzen Weile nicht mehr geritten.«
Sarah schaute ihn verblüfft an. »Wieso das nicht? Ist etwas mit dem Pferd?« Sie sah plötzlich alarmiert aus. »Oder ist sie abgeworfen worden?«

Barney schüttelte den Kopf. »Nein. So weit ich das erkennen konnte, ist sie nicht gefallen. Sie ist einfach abgestiegen und hat das Pferd geführt.«
»Aber warum? Sie wäre auf Estella doch viel schneller.«
In Barneys unergründlichen Augen versteckte sich ein Lächeln. »Vielleicht hat sie es einfach nicht eilig. Immerhin scheint es ihr gut zu gehen. Die Spuren sind gleichmäßig.«
Sarah blieb mit ihrem Pferd direkt neben ihm stehen und schaute auf den Boden. »Es ist mir ein Rätsel, was du dort alles erkennen kannst.« Sie sah wieder in sein lächelndes Gesicht. »Aber ich bewundere dich maßlos dafür. Ich wünschte, ich könnte so etwas auch. Neben dir komme ich mir hier so nutzlos vor.«
»Man braucht dafür nur Geduld und den Blick für die Natur. Wenn du willst, kann ich dir später einiges zeigen.« Sie nickte, während er sein Pferd weiterzog. »Aber jetzt müssen wir erst einmal die Kleine finden.« Er deutete nun ebenfalls in die Ferne. »Dahinten kommt nämlich ein Gewitter auf uns zu.«

23

Erschrocken fuhr Sammy aus dem Schlaf hoch, als ihr der Regen bereits ins Gesicht klatschte. Verwirrt sah sie sich um und wusste einen Augenblick lang nicht, was sie hier machte. Dann entdeckte sie Estella, die unruhig an dem Seil ruckte, das Sammy an den Baum gebunden hatte. In der Ferne zuckten Blitze, und das Donnergrollen schien beiden Furcht einzuflössen. Sammy sprang auf und redete beruhigend auf das Tier ein, während sie überlegte, was sie jetzt tun sollte. Hinter ihnen lag der lichte Wald, der wenig Schutz bot. Sie sah sich suchend um und zögerte. Am anderen Ufer gab es viele Felsen, die sich auch weiter von der Böschung entfernt aneinander reihten. Einige waren beinahe so hoch wie ihr Haus in Warren Creek. Sammy schluckte, als sie an ihr Zuhause dachte. Dann betrachtete sie nachdenklich den Fluss. Er kam ihr plötzlich überhaupt nicht mehr so friedlich vor wie im funkelnden Licht der Mittagssonne. Dunkle Wolken türmten sich über ihm zusammen und ließen reißende Wassermassen herabregnen, die ein böiger Wind in das Flussbett trieb. Sammy legte der Stute die Trense an, band sie los und führte sie vorsichtig zum Ufer. Das spritzende Wasser und die drohenden Geräusche des Unwetters ließen Estella unruhig wiehern und den Kopf nach oben werfen. Sie rollte ängstlich mit den Augen und wollte nicht ins Wasser. In Sammy stieg Angst auf. Sie fühlte zum ersten Mal bewusst, um wie vieles sie kleiner war als das Pferd, das sich nun so ungewohnt benahm und mit jeder Bewegung zu vermitteln

schien, dass ihnen Gefahr drohte. Sie sprach erneut beruhigend auf das Tier ein, das nun zögernd die ersten Schritte ins Wasser tat. Sie ließ das Seil etwas länger, um den unruhigen Hufen ausweichen zu können, und ging weiter. Etwa in der Mitte des Flusses reichte ihr das Wasser bis zu den Oberschenkeln, und sie hatte Mühe, das Gleichgewicht zu halten. Sie fühlte überraschend viele Steine unter den Füßen, und der Wind hatte deutlich zugenommen. Die Stute kam einige Male auf dem holprigen Untergrund ins Straucheln und wieherte wieder, doch Sammy konzentrierte sich darauf, das Seil nicht loszulassen. Sie fühlte die Verantwortung für das Tier. Sie hatte Estella schließlich in diese Lage gebracht. Sie musste sie hier auch wieder herausbringen.
Als sie das andere Ufer erreichten, atmete Sammy tief durch und sah sich um. Sie führte die Stute die Böschung hinauf und umrundete einige kleinere Felsen, bis sie zu den großen kam, in deren Mitte sie einen breiten Vorsprung entdeckte, unter den sie sich setzte. Sie zog das Seil dicht zu sich heran, sodass Estella auch ein wenig geschützt an der Felswand stehen konnte. Um sie herum tobte der Sturm. Der Himmel war noch dunkler geworden. Wassermassen unglaublichen Ausmaßes entluden sich auf die Erde und ließen den Fluss innerhalb kurzer Zeit reißend anschwellen. Sammy zitterte. Mit klammen Fingern hielt sie das Seil fest, während ihr Tränen in die Augen traten. Noch nie in ihrem Leben hatte sie sich so allein und schutzlos gefühlt. Krachend schlug der Blitz in einen Baum in der Nähe ein, und Sammy hörte Holz splittern. Zähneklappernd duckte sie sich unter den Felsvorsprung. Sie war nass bis auf die

Haut und fror entsetzlich. Sie hatte nichts außer einem nassen Pferd, das sie hätte wärmen können. Mit ängstlichen Augen bemerkte sie, dass sich die Dämmerung herabsenkte. Die Vorstellung, hier die Nacht verbringen zu müssen, ließ sie bitterlich weinen – doch niemand hörte ihr Schluchzen.

Barney und Sarah ritten durch den strömenden Regen. Waren sie vor einigen Stunden noch schwitzend unterwegs gewesen, klebte ihre Kleidung nun vor Regennässe an ihnen. Sarah blinzelte, denn Wassertropfen rollten von dem durchgeweichten Hut und aus ihrem Haar immer wieder in die Augen. Barney ritt vor ihr. Schon vor einer Stunde hatte der Sturm begonnen, und sie waren gezwungen gewesen, zur Farm zurückzukehren. Widerstrebend hatte sich Sarah Barneys Erfahrung gebeugt. Und als der Regen innerhalb von Minuten den Boden aufgeweicht hatte, war ihr klar gewesen, dass sie keine weiteren Spuren mehr würden erkennen können. Viele Gedanken schossen ihr durch den Kopf, und obwohl ihr Olivers Tochter das Leben wahrhaftig nicht leicht gemacht hatte, betete sie immer wieder stumm darum, dass sie einen Unterschlupf gefunden hatte und es ihr gut ging. Der Funkkontakt zur Farm war mit dem einsetzenden Sturm abgebrochen, und sie hatte keine Ahnung, ob die anderen Suchtrupps vielleicht erfolgreicher gewesen waren und Sammy in der Umgebung entdeckt hatten. Sarah seufzte. Ihr Instinkt sagte ihr, dass es nicht so war. Ihr graute vor Olivers Sorge und vor der Stimmung, die auf der Farm herrschen würde. Sie fröstelte bei dem Gedanken daran, dass sie der Auslöser für

Sammys Flucht gewesen sein mochte. Der Regen rann ihr den Rücken hinunter. Sarah blinzelte neue Regentropfen weg und hob den Blick. Ein böiger Wind peitschte Wolken vor sich her, deren Inhalt sich über die Erde ergoss. Blitze zeichneten unwirkliche, futuristische Linien an den Himmel, die so gar nicht in das sonst so friedliche weite Outback zu passen schienen, und plötzlich hatte Sarah eine Vorstellung davon, wie sich Sammy jetzt fühlen musste.

Oliver hatte alle Funkwarnungen in den Wind geschlagen und war weitergefahren. Es ging hier schließlich um seine Tochter, die da draußen herumirrte. Als die Scheibenwischer im Höchsttempo quietschend über die Windschutzscheibe glitten, hatte sich Heather nochmals über Funk bei ihm gemeldet. »Oliver, bitte. Der Sturm nimmt zu. Kehren Sie um. So sind Sie Ihrer Tochter garantiert keine Hilfe.«
Oliver schwieg. Er wollte nicht reden. Mit niemandem. Es knackte wieder in der Leitung, als sich Heather erneut meldete. »Oliver! Was sollen wir denn Ihrer Tochter sagen, falls sie gefunden wird? Dass ihr Vater verschwunden ist? Ich verspreche Ihnen, dass wir gleich morgen früh bei Tagesanbruch die Suche fortsetzen werden.«
Oliver starrte in das trübe Grau vor sich. Der Wagen schien in den Wassermassen zu schwimmen. Selbst wenn Sammy in fünfzehn Metern Entfernung vorbeiritte, würde er sie vermutlich nicht sehen können. Er hielt an und betrachtete mit gesenktem Kopf das Funkgerät. Resigniert drückte er schließlich die Sprechtaste. »Gut, ich komme zurück.«

»Gott sei Dank, Oliver! Fahren Sie vorsichtig.«
Er meldete sich ab, und legte auf. Er startete den Wagen und gab vorsichtig Gas. Trotzdem geriet das Auto auf dem aufgeweichten Weg ins Schlingern. Oliver musste sich auf das Fahren und den Feldweg vor sich konzentrieren. Die Dämmerung, Sturm und Regen ließen plötzlich alles gleich aussehen. Er war Stunde um Stunde die kleinen unscheinbaren Koppelwege abgefahren, die sich nur geringfügig unterschieden. Jetzt hatte er Mühe, den Heimweg zu finden. Er war froh, als er nach einer Stunde auf einen besseren Weg kam. Erleichtert nahm er die Hinweistafel WINTINARAH STATION zur Kenntnis und bog einige Minuten später erneut in einen Koppelpfad ein, der zum Farmhaus führte. Der Sturm hatte noch nicht nachgelassen und peitschte hohe Gräser und Büsche im Wind. Unwillkürlich zuckte Oliver zusammen und trat reflexartig auf die Bremse, als ein großer knorriger Busch krachend auf seiner Windschutzscheibe landete. Das Sicherheitsglas platzte und bildete ein Muster, das jedoch die Scheibe noch zusammenhielt. Sekundenlang beobachtete Oliver die Frontscheibe, die sich knarrend leicht bewegte, und beugte sich vor, um zu prüfen, wie viel er noch an dem Muster vorbei vom Weg vor sich erkennen konnte. Dann öffnete er die Tür und stieg aus. Seine Turnschuhe versanken sofort schmatzend im Schlamm, und fluchend hangelte er sich um die Tür herum zur Motorhaube, um den Busch beiseite zu zerren. Regen klatschte ihm ins Gesicht, und der Wind fegte schneidend durch sein dünnes T-Shirt. Als der Weg frei war, ließ er sich wieder hinter das Steuer sinken und startete den Motor. Beim Anfah-

ren drehten jaulend und quietschend die Reifen durch. Er kurbelte das Seitenfenster hinunter und beugte sich nach draußen. Schlamm spritzte auf. Der Wagen saß fest. »Verdammt!« Er schlug auf das Lenkrad. Alles, aber auch wirklich alles musste schief gehen. Angespannt starrte er nach draußen. Die Dämmerung wurde inzwischen von der Dunkelheit abgelöst. Wo mochte Sammy jetzt sein? Er spürte, dass sie nicht auf der Farm in Sicherheit war. Bei der Vorstellung, dass sie womöglich verletzt allein irgendwo im Sturm und Regen hockte, schloss er die Augen und legte einen Moment lang den Kopf auf die Hände, die noch auf dem Lenkrad waren. Wenig später riss er sich zusammen, fuhr sich über die Augen und überlegte kurz. Er schätzte den Weg zur Farm auf etwa fünf Kilometer. Nun, dann müsste er es eben zu Fuß schaffen. Entschlossen stieg er aus und stemmte sich gegen den Wind.

Völlig durchnässt trafen Sarah und Barney auf der Farm ein. Zwei Arbeiter kamen ihnen im Stall entgegen und nahmen ihnen die Pferde ab. Barney nickte ihr zu und machte sich auf den Weg zu seiner Unterkunft. Sarah stieg unsicher die Stufen zur Veranda hinauf. Sie merkte erst jetzt, wie erschöpft sie war. Als Shane die Tür öffnete und ihren fragenden Blick wahrnahm, schüttelte er nur den Kopf. Heather war ebenfalls herbeigeeilt und sah besorgt aus. »Sarah, ich bin ja so froh, dass ihr wieder da seid.«
Sarah zog die Stiefel aus und betrachtete mit hängenden Schultern den kleinen See, der sich um sie herum bildete. Shane legte einen Arm um sie und schob sie zur

Treppe. »Sieh erst mal zu, dass du aus den nassen Sachen kommst. Dann gibt es etwas zu essen.«
Sarah schüttelte müde den Kopf. »Ich hab keinen Hunger.« Sie schaute von ihrer Großmutter zu ihrem Großvater. »Wie trägt es Oliver?«
Shane zuckte vage mit den Schultern. »Er ist noch unterwegs. Wir hatten große Mühe, ihn zum Zurückkommen zu bewegen.« Als er Sarahs besorgten Gesichtsausdruck wahrnahm, fügte er rasch hinzu: »Er müsste aber in der nächsten halben Stunde hier eintreffen. Mach dir also keine Sorgen.«
Sarah nickte noch einmal und ging die Treppe hinauf. Im Bad ließ sie heißes Wasser in die Wanne laufen, gab etwas Badeöl hinzu und kämpfte sich dann aus ihren nassen Kleidern. Sie legte sich ihren Bademantel zurecht und stieg in das warme, duftende Wasser. Als sie sich zurücklehnte und die Augen schloss, spürte sie, wie die Wärme sie einhüllte und ihr half, sich langsam zu entspannen. Morgen, gleich morgen früh würde sie weitersuchen.

Sammy wusste nicht, wie lange sie unter dem Felsvorsprung gehockt hatte. Der Wind hatte nachgelassen, und das Gewitter war weitergezogen. Nur ein leiser Regen fiel noch und plätscherte an den Felswänden hinunter. Sammy fühlte sich unbehaglich in ihren nassen Sachen, doch die Vorstellung, ohne Kleidung in der Nachtkühle zu sitzen, war noch unangenehmer. Ihr Blick fiel auf Estella, und sie stellte zufrieden fest, dass die Stute sich völlig beruhigt hatte. Sie stand mit müde hängendem Kopf still da und döste. Sammy hätte sich gerne an ihr gewärmt, doch sie hatte keine Ahnung, wie man ein Pferd dazu bringen konnte, sich hinzulegen. Sie stand auf und streckte sich vorsichtig. Dann löste sie die Sattelgurte und schob den Sattel vom Pferderücken. Sie streichelte Estella und teilte ein paar Kekse mit ihr, die in der Tüte einigermaßen trocken geblieben waren. Das Seil band sie an den schweren Sattel, den sie nur mit Mühe unter den Felsvorsprung schleppen konnte, um sich dann darauf zu setzen. Er war zwar nass, aber nass war eigentlich alles um sie herum. Bei dem Gedanken an ihren Vater und ihr Zuhause traten ihr Tränen in die Augen. Längst war ihr Trotz verflogen, und sie sehnte sich danach, dass alles wieder in Ordnung käme. Sie fror und wischte sich zähneklappernd die Tränen weg, die jetzt über ihr Gesicht liefen.

Oliver kämpfte sich vorwärts. Immer wieder versanken seine Knöchel im Schlamm des aufgeweichten Weges. Er wusste nicht mehr, wie oft er das Gleichgewicht verloren hatte und gestürzt war. Er hatte aufgehört sich den Regen aus dem Gesicht zu wischen. Mit zusammengebissenen Zähnen legte er Schritt für Schritt zurück. Etwa zwei Kilometer vor dem Farmhaus rutschte er erneut auf dem glitschigen Untergrund aus und fiel der Länge nach hin. Er hob kurz den Kopf an und legte ihn dann auf seinen Unterarm. Der Sturm hatte nachgelassen, doch Oliver fühlte nur noch Kälte und Nässe – und ohnmächtigen Zorn. Zorn auf alles, was in seinem Leben schief lief, Zorn auf sich selbst, weil er offenbar nicht in der Lage war, sein Leben in den Griff zu bekommen. Sekundenlang blieb er liegen und wünschte sich, von den endlos in seinem Kopf kreisenden Gedanken befreit zu werden. Seit Stunden quälten sie ihn, ohne auch nur den Ansatz einer Lösung zu offenbaren. Er zog plötzlich einen seltsamen Trost daraus, hier womöglich genauso allein draußen zu sein wie seine kleine Tochter. Doch wieder siegte sein Verantwortungsgefühl.

»Sammy«, flüsterte er, »Sammy, wo bist du nur?«

Dann rappelte er sich hoch und machte sich wieder auf den Weg.

Sammy war müde geworden, doch die nasse Kühle der Nacht ließ sie nicht einschlafen. Ihre Hände waren klamm, und ihre Füße kribbelten. Als der Regen aufgehört hatte, kam der Mond zum Vorschein, und sie beschloss, sich in seinem Licht noch einmal umzusehen. Die Bewegung würde sie vielleicht auch ein wenig aufwärmen. Vorsichtig stand sie auf und ging an Estella vorbei auf die niedrigeren Felsen zu. Wenn sie von dort auf die höheren klettern würde, könnte sie vielleicht eher erkennen, wo sie hier gelandet war und ob sie den Weg über den Fluss zurück noch einmal schaffte. Sie achtete sorgfältig darauf, wie sie ihre Füße setzte, und stand schließlich auf einem hohen Felsen, um sich umzusehen. Hinter ihr lag außer weiteren Steinen und Felsbrocken derselbe scheinbar nicht enden wollende lichte Wald, den sie am Nachmittag verlassen hatte. Vor ihr befanden sich noch mehr Geröll und Felsen und das Flussufer. Sammy erschrak, als sie sah, dass der Fluss reißend angeschwollen war. Dort würde sie nicht mehr durchwaten können. Sie ließ ihren Blick ratlos weiterwandern. Ihr Herz schlug schneller, als sie plötzlich seitlich von sich im Gebüsch ein Rascheln vernahm. Unwillkürlich hielt sie den Atem an und hätte beinahe einen Schrei von sich gegeben, als sie ein Paar leuchtende Augen entdeckte. Neugierig verließ ein Dingo die schützenden Sträucher und hob witternd den Kopf. Samanthas Herz hämmerte, während sie fieberhaft überlegte. Sie wusste, dass die Wildhunde manchmal Schafe rissen. Waren Dingos für Menschen gefährlich? Lebten sie nicht im Rudel? Würden mehrere Tiere sie oder Estella angreifen? Ihre Augen waren weit aufgerissen, ihre Zunge klebte vor Anspannung ganz trocken am Gaumen. Der Wildhund blickte jetzt zum Felsen hinauf. Sammy erschrak und kam ins Straucheln. Sie rutschte auf der einen Seite einen Felsbogen tiefer und hielt sich dort fest. Ihre andere Hand tastete in loses Geröll, das in der Felsspalte lag. Der Dingo war hechelnd näher gekommen und beobachtete sie. Noch war er ein gutes Stück unter ihr. Sammy überwand ihre Angst und überlegte. Dann fühlte sie einen größeren Stein, den sie gerade so eben mit ihrer Hand umfassen konnte. Sie holte aus und schleuderte ihn in Richtung des Wildhundes. Er machte erschrocken einen Satz und lief ein paar Schritte zurück, behielt sie aber abwartend im Auge. Sammy erkannte ihre Chance und nahm den nächsten Stein. Dieses Mal war sie mutiger und zielte genauer. Der Dingo gab einen quiekenden Laut von sich und verschwand im Gebüsch. Wie gelähmt kauerte Sammy auf dem Felsen und lauschte angespannt den Geräuschen der Natur. Ihre Furcht, der Dingo könne wieder auftauchen und womöglich seine Familie mitbringen, hielt sie davon ab, hinunterzuklettern und zu Estella zurückzukehren. Der überstandene Schock ließ sie zittern, und als Tränen über ihr Gesicht liefen und sie leise schluchzend nach ihrem Vater weinte, hatte sie das Gefühl, vollkommen allein auf der Welt zu sein.

Sarah war durchgewärmt und frisch angezogen nach unten gegangen und wartete bei ihren Großeltern im Wohnzimmer auf Oliver. Sie stand am Fenster und starrte nach draußen. Doch so sehr sie sich auch bemühte, etwas zu erkennen, ihre Augen konnten nur so weit sehen, wie es die Verandabeleuchtung gestattete. Der Regen hatte aufgehört, und der Innenhof zwischen Farmhaus und Stallgebäuden schien aus einer einzigen großen Pfütze zu bestehen. Sarahs Finger umschlossen eine Teetasse, aus der sie gedankenverloren dann und wann einen Schluck nahm. Ihre Großmutter war neben sie getreten und reichte ihr ein Sandwich. »Du musst etwas essen, Sarah, sonst kannst du morgen nicht bei der Suche helfen.«
Sarah griff nach dem Sandwich und biss hinein. Eine steile Sorgenfalte stand zwischen ihren Augenbrauen.
»Wann, sagtest du, wollte Oliver umkehren?«
Heather wand sich unbehaglich. »Das war so am frühen Abend.«
Sarah fuhr herum. »Aber, das ist ja Stunden her! Er kann doch unmöglich so lange mit dem Wagen brauchen.«
Shane griff nach seinen Zigaretten und stand auf.
»Das muss nichts bedeuten. Er kann eine Panne gehabt haben und im Auto warten. Da hat er es einigermaßen warm und vor allem trocken.«
Sarah sah ungläubig von einem zum anderen. »Wollt ihr

mir allen Ernstes sagen, dass er im Falle einer Panne die Nacht da draußen verbringt?«
Sie schüttelte den Kopf. »Das glaube ich nicht.« Verstockt starrte sie hinaus. »Ich kenne Oliver. Seine Tochter ist verschwunden, da sitzt er nicht einfach eine ganze Nacht im Auto herum!« Etwas heftig stellte sie die Teetasse auf der Fensterbank ab und legte das angebissene Sandwich daneben. »Und wenn er eine Panne hatte und zu Fuß weitergegangen ist?«
Shane drehte sein Zigarettenpäckchen in den Händen und sah auf. »Das ist eher unwahrscheinlich. Niemand, der halbwegs bei Verstand ist, macht sich in diesem Sturm und bei der Dunkelheit zu Fuß auf den Weg.«
Sarah standen Tränen in den Augen. »Oliver *ist* nicht bei Verstand, Großvater! Seine Tochter ist sieben Jahre alt und ganz allein da draußen!«
Shane sah zu Boden. »Das haben wir schon verstanden, Sarah. Und wir haben auch alles Menschenmögliche getan, um sie zu finden. Aber die Dunkelheit und der Sturm zwingen uns dazu, jetzt bis morgen früh zu warten.« Er machte eine Pause und fuhr sich durchs Haar. »Ich habe das Kind ebenfalls ins Herz geschlossen, und es ist mir und deiner Großmutter keineswegs egal, wie es ihm geht. Ich meine aber, dass sie ein pfiffiges kleines Ding ist. Deshalb habe ich die Hoffnung, dass sie sich irgendwo verkrochen und den Sturm einfach abgewartet hat.«
Sarah senkte den Kopf und nickte. »Aber Oliver …«
Heather legte einen Arm um ihre Schultern. »Er antwortet im Moment nicht auf die Funkrufe. Wir warten noch ein Weilchen, vielleicht meldet er sich ja, jetzt, wo der Sturm weitergezogen ist.«

Shane McMillan ging an den beiden vorbei auf die Veranda und zündete sich eine Zigarette an. Während er den Rauch tief inhalierte, sah er zu den Sternen auf. Sarah folgte ihm nach draußen und stellte sich neben ihn. Sie schwiegen beide eine Weile. Gerade als die Stille anfing unbehaglich zu werden, sah Sarah auf und starrte in die Richtung der ersten Pferdekoppel. Sie hatte ein schmatzendes Geräusch vernommen. Sie zögerte nur einige Sekunden, bevor sie in die Dunkelheit darauf zulief.

»Oliver?« Sie achtete nicht darauf, dass sie mit ihren Turnschuhen in den Pfützen versank.

Oliver hatte sich beim Erreichen der Gatter auf einem Pfosten abgestützt und aufatmend zum hell erleuchteten Farmhaus gesehen. Er hatte es tatsächlich geschafft. Gurgelnd und schmatzend zogen sich seine Füße wieder aus dem aufgeweichten Boden. Er biss die Zähne zusammen. Dieses Geräusch, das auf seinem Weg hierher sein ständiger Begleiter gewesen war, würde er bis an sein Ende hassen.

»Oliver!«

Sein Kopf fuhr herum. »Sarah. Ich bin hier.«

Sie hatte ihn erreicht und stürzte in seine Arme. »Wo hast du nur gesteckt? Warum kommst du zu Fuß?«

Er schob sie auf Armeslänge von sich und sah sie fragend an. »Habt ihr Sammy gefunden?«

Sie schüttelte den Kopf. »Noch nicht.« Als sie sein enttäuschtes Gesicht sah, fügte sie rasch hinzu: »Aber Barney und ich waren ihr ganz dicht auf den Fersen, als das Gewitter losbrach. Wir suchen gleich morgen früh dort weiter.«

Er ließ die Arme und den Kopf hängen und schloss die Augen. Shane war inzwischen herangekommen und legte Oliver eine Hand auf die Schulter. »Oliver, kommen Sie herein. Sie müssen sich erst einmal aufwärmen.«
Niedergeschlagen stolperte Oliver zwischen ihnen zum Haus.

Sammy hatte die Nacht auf dem Felsen verbracht. Immerhin war es trocken geblieben, und ab und zu war sie sogar kurz eingenickt. Sie machte sich Vorwürfe, dass sie Estella ganz allein gelassen hatte. Die Stute war schließlich angebunden und konnte bei Gefahr nicht einmal flüchten. Aber ihre Angst vor einer Wiederkehr des Dingos hielt sie davon ab, in ihr Versteck zurückzugehen. Mit der Morgendämmerung wurde sie mutiger und kletterte, sich aufmerksam umschauend, die Felsen hinunter. Estella schnaubte, als sie herankam. Sie streichelte das Tier, bückte sich dann nach der Kekstüte, aß selbst ein paar Kekse und gab auch der Stute einige davon. Dann rieb sie sich fröstelnd die Oberarme und sah sich erneut um. Sie hatte keine Ahnung, was sie jetzt tun sollte. Ihr Blick fiel auf ihr ausgebreitetes Sweatshirt unter dem Felsvorsprung. Hoffentlich war es trocken. Sie sehnte sich danach, etwas Warmes überzuziehen.

Minutenlang stand Oliver unter der Dusche und ließ mit geschlossenen Augen das heiße Wasser auf Kopf und Schultern prasseln. Obwohl die Wärme und Sauberkeit ihm halfen, in die Realität zurückzukehren, war er weit davon entfernt, sich wohl zu fühlen. Er hasste die Vorstellung, gleich ins Wohnzimmer gehen zu müssen. Er wollte nur noch allein sein. Niemand dort unten wäre in der Lage, nachzuempfinden, wie es ihm momentan ging. Er erschrak über die Härte seiner Gedanken. Selbst Sarah wollte er nicht an sich heranlassen. Er konnte es nicht ertragen, sie zu sehen oder zu berühren. Allein seine Liebe zu ihr war der Grund gewesen, dass seine Tochter fortgelaufen war.

Unter dem Felsvorsprung zusammengerollt, hatte Sammy noch ein wenig neben ihrem Pferd geschlafen. Als sie am Vormittag erwachte, sah sie sich fröstelnd um. Verzweifelt dachte sie über einen Ausweg aus ihrer verfahrenen Situation nach. Bestimmt hatte man nach ihr gesucht. Aber würde man sie hier draußen auf der anderen Seite des Flusses vermuten? Das rauschende Gewässer wälzte sich inzwischen mit naturgegebener Macht über Steine und Felsen und bedeckte mit schwappender Gier die breiten Ufergebiete, an denen sie sich gestern noch mit Estella ausgeruht hatte. Der starke Strom ließ nicht einmal mehr erahnen, dass nur einen Tag zuvor die Möglichkeit bestanden hatte, ihn zu Fuß zu bewältigen und darin zu planschen. Sammy zitterte. Ihr Magen knurrte. Sie sah zu dem Pferd. Sicher hatte auch Estella Hunger. Sie würde die Stute später zur Uferböschung führen müssen, wo Gräser und Büsche wuchsen. Der Hunger ließ ihr keine Ruhe. Sie stand auf und durchwühlte die Satteltaschen. Vielleicht fand sich ja noch etwas Essbares darin. In der hintersten Ecke ertastete sie eine rechteckige Schachtel – und starrte Sekunden später enttäuscht auf ein Päckchen Zigaretten. Das war wirklich das Letzte, worauf sie gehofft hatte. Ratlos lehnte sie sich gegen einen Felsen und sah in die Ferne. Was konnte sie nur tun? Nervös spielten ihre Finger mit der Zigarettenpackung und schoben den Deckel immer wieder auf und zu. Schließlich hielt sie inne, den Blick auf die Pappschachtel gerichtet, deren Deckel nun offen stand. Verblüfft entdeckte sie in der Schachtel ein Feuerzeug. Schon oft hatte sie bei ihren Großeltern die Kerzen auf dem Esstisch anzünden dürfen. Sie griff nach dem Feuerzeug und hoffte inständig, dass es nach all dem Regen noch funktionierte. Erfreut betrachtete sie gleich darauf die kleine unscheinbare Flamme. Jetzt wusste sie, was sie zu tun hatte.

Barney Mandijarra und Sarah waren gleich nach einem hastig eingenommenen Frühstück aufgebrochen. In zügigem Tempo ritten sie wieder genau dorthin, wo sie am Tag zuvor die Suche hatten abbrechen müssen. Sarah war nervös. Der gestrige Platzregen hatte vermutlich alle Spuren verwischt. Auch Barney war heute ungewöhnlich einsilbig. Sarah schüttelte beinahe unmerklich den Kopf, als müsste sie sich gewaltsam von diesen negativen Vorzeichen befreien. Sie mussten Samantha einfach finden. Instinktiv hatte Sarah gespürt, dass Oliver sich von ihr entfernte. Die Angst um seine Tochter schien ihn versteinert zu haben. Sie war so in Gedanken versunken, dass sie nicht bemerkt hatte, wie Barney angehalten hatte. Fast wäre sie mit ihrer Stute auf sein Pferd geprallt. »Was ist los?«
Er sah sie verwundert an. »Na, hier haben wir doch gestern aufgehört zu suchen. Erinnerst du dich denn nicht

mehr?« Er war abgestiegen und ging, sich aufmerksam umschauend, hin und her.
Sarah saß ebenfalls ab. »Ich hab nicht aufgepasst.« Sie beobachtete Barney bei der Arbeit und stutzte, als er sich plötzlich aufrichtete und in eine bestimmte Richtung wies. »Riechst du nichts?«
Sarah hob schnuppernd die Nase. »Rauch, oder?« Sie sah ratlos aus. »Ein Buschfeuer? Nach all dem Regen?«
Barney schüttelte den Kopf. »Ich denke, das ist die Kleine. Los, komm mit!«
Als sie das Flussufer erreichten, entdeckten sie Sammys qualmendes kleines Feuer sofort auf der anderen Flussseite. Sarah sprang begeistert von einem Fuß auf den anderen. Ihre Stimme klang vor Aufregung durchdringend, als sie versuchte das Rauschen des Wassers zu übertönen. »Sammy! Sammy, kannst du uns hören?« Sie wedelte aufgeregt mit den Armen, und Barney tat es ihr nach. »Hier! Hier sind wir!«
Sammy hüpfte ebenfalls auf und ab. »Ja! Ich bin hier!« Angestrengt versuchte sie herauszufinden, ob ihr Vater bei den Reitern war. Als sie ihn nicht entdeckte, schluckte sie eine Sekunde lang ihre Enttäuschung hinunter. Dann aber winkte sie wieder heftig. Hauptsache, man hatte sie gefunden. Jetzt würde sie bald wieder zu Hause sein. Ihre Erleichterung war so groß, dass sie sich zum ersten Mal wirklich darüber freute, Sarah zu sehen.
Barney und Sarah hatten ihre Pferde an einem Baum angebunden und standen dicht an der Uferböschung. Sarahs Hände formten einen Trichter, als sie rief: »Geht es dir gut, Sammy? Ist alles in Ordnung?«

Sammy nickte und schrie zurück: »Ja, ich bin okay!« Ein wenig schaudernd betrachtete sie die reißenden Wassermassen. Hoffentlich musste sie dort nicht hindurch. Gespannt beobachtete sie die beiden am anderen Ufer.
Barney beratschlagte sich mit Sarah. Sie erfuhr, dass es etwa zwei Kilometer flussaufwärts eine alte Holzbrücke gab. Von dort aus wollten sie Samantha erreichen. Während Barney die Pferde wieder losband, durchdrang Sarahs Stimme nochmals das rauschende Wasser.
»Sammy? Bleib, wo du bist! Wir reiten über eine Brücke in der Nähe und holen dich, ja?« Sie sah, dass die Kleine nickte. Trotzdem fügte sie eindringlich hinzu: »Du wartest auf uns!«
Wieder nickte sie heftig und rief: »Ja, bestimmt! Ich hab Hunger!«
Sarah lachte erleichtert, als sie Barney erreichte. »Sie wartet auf uns – und sie hat Hunger.«
Er grinste breit. »Na, dann scheint sie ja okay zu sein.«
Während sie weiterritten, zog sie ihr Funkgerät aus der Satteltasche und rief die Farm. »Großmutter? Ich bin's, Sarah.« Sie klang aufgekratzt. »Barney und ich haben Sammy gefunden. Es geht ihr gut. Sie ist auf der anderen Flussseite. Wir reiten jetzt zur alten Holzbrücke bei Samson's Creek und holen sie ab.«
Heather war unendlich erleichtert. »Gott sei Dank, Sarah! Ist sie bestimmt in Ordnung?«
Sarah konnte sie beruhigen. »Sie hüpfte wie ein kleiner Gummiball auf und ab, um sich bemerkbar zu machen. Außerdem hat sie mich wissen lassen, dass sie hungrig ist.«

Heather freute sich. »Das ist eine richtig gute Nachricht. Ich sage sofort Oliver Bescheid.«
Eine halbe Stunde später erreichten die beiden Sammys Lagerplatz. Sie schien ein wenig verlegen. Offensichtlich erwartete sie eine Gardinenpredigt. Umso größer war ihre Erleichterung, als Sarah absaß und sie ohne viele Worte kurz an sich drückte. Barney kam mit einer Thermosflasche Tee und einem Proviantpäckchen herbei. Er grinste über das ganze Gesicht. »Hat hier vielleicht jemand Hunger?«

24

Olivers Gefühle ließen sich kaum in Worte fassen. Er lief den Reitern entgegen und zog Samantha in seine Arme. Barney beugte sich im Sattel vor und übernahm Estellas hängende Zügel. Sarahs Großeltern waren inzwischen auch bei ihnen angekommen. Es folgten Farmarbeiter, die sich ebenfalls an der Suche beteiligt hatten. Oliver bemerkte nichts mehr um sich herum. »Sammy!« Er drückte seine Tochter an sich, während die Tränen über sein Gesicht liefen, und hielt sie ganz fest. Gefühle der Angst und Verzweiflung, denen er ausgesetzt gewesen war, bedrückten ihn auch jetzt noch. Konnte je wieder alles so werden wie zuvor?

Sammy stützte sich auf seiner Schulter ab und wischte sich über die Augen. Sie war tief betrübt über die Tränen ihres Vaters. »Dad, es tut mir so Leid.«

Er schüttelte den Kopf und drückte sie wieder an sich. »Schon gut, Sammy.« Oliver mied die Blicke aller Anwesenden und wandte sich wortlos mit seiner Tochter auf dem Arm um, um sie ins Haus zu tragen. Sarah sah ihm traurig nach. Er hatte ihr nicht einen Blick geschenkt. Heather klopfte mit der flachen Hand auf Sarahs Reitstiefel. »Die beiden brauchen jetzt erst mal Zeit und Ruhe.«

Shane nickte Barney anerkennend zu. »Das habt ihr wirklich gut gemacht.«

Als könnte er es nicht glauben, dass seine Tochter wieder bei ihm war, saß Oliver noch eine ganze Weile an ihrem Bett und betrachtete das entspannt schlafende Kind. Er war glücklich, dass ihr nichts zugestoßen war. Doch der Schock wegen ihres Verschwindens und die verzweifelte Sorge während der Suche nach ihr hatten ihn derartig aus der Bahn geworfen, dass er nicht in der Lage war, sofort in die Normalität zurückzukehren. Seine Gefühle für Sarah waren in den Hintergrund getreten, und unbewusst hatte er sich von ihr distanziert. Er stand auf und ging leise ans Fenster, um die Vorhänge zuzuziehen. Aber er ließ seine bereits ausgestreckte Hand wieder sinken, als er nach draußen schaute und Sarah entdeckte. Sie war über den Zaun in die Pferdekoppel gestiegen und stand nun zwischen den Stuten und ihren Fohlen, eifrig darum bemüht, ihre Streicheleinheiten gerecht unter den Pferden zu verteilen, die neugierig herangekommen waren. Selbst auf die große Entfernung konnte Oliver ihr Lächeln erkennen. Er verharrte unwillkürlich einen Moment und war in dieses Bild aus Natürlichkeit und Anmut versunken. Er spürte einen dumpfen Schmerz in sich, als er erkannte, dass er keine Kraft mehr aufbringen konnte, um sie zu kämpfen, ja, dass er in seinem Inneren bereits Abschied nahm. Niedergeschlagen zog er nun doch die Vorhänge zu, warf noch einen Blick auf die friedlich schlafende Sammy und ging leise nach unten. Als er die Veranda erreicht hatte, blieb er einen Augenblick stehen. Bewusst nahm er das abendliche Vogelgezwitscher und das laute Zirpen der Zikaden wahr. Neben der Veranda stand ein Jarcaranda-Baum, dessen violette Blüten einen zarten Duft verströmten. Das schreckliche Unwetter schien längst vergessen und hatte mit den sintflutartigen Was-

sermassen, die auf die Erde niedergegangen waren, blitzschnell ein leuchtendes, saftiges Grün auf die Weiden gezaubert. Das warme rote Licht des Abendhimmels kündigte gerade den Sonnenuntergang an. Oliver wusste plötzlich, wie sehr ihm das alles fehlen würde. Als er sich der Koppel näherte, sprangen zwei Fohlen übermütig in wilden Bocksprüngen davon. Er sah ihnen nach und legte die Unterarme auf den Koppelzaun. »Ich habe immer irgendwie Angst, dass ihnen diese langen, dünnen Beine abbrechen, wenn sie so davonspringen.«
Sarah lachte. »Das kommt dir nur so vor. Du müsstest einmal sehen, wie rasch sie sicherer und kräftiger werden. Das geht ja so schnell.« Sie sah fast ein wenig wehmütig aus.
Oliver räusperte sich sichtlich verlegen. »Sarah?«
Sie drehte sich um und schaute ihn an. Enttäuschung lag auf ihrem Gesicht, denn sie spürte, was er ihr sagen wollte.
Oliver konnte ihren Blick nicht ertragen und sah in die Ferne. »Ich werde morgen früh mit Sammy nach Warren Creek zurückfahren.« Als sie nur stumm nickte, fügte er lahm hinzu: »Wir müssen nach Hause zurück, weißt du?«
»So schnell schon? Ihr könntet noch ein paar Tage bleiben; Sammy hat doch Ferien.« Sie merkte, wie hilflos sie klang, und hasste sich dafür. Also schwieg sie lieber wieder. Sie konnte seine vertraute Nähe in Verbindung mit dieser ungewohnten Distanz, die er ihr gegenüber wahrte, seit Sammy fortgelaufen war, nicht mehr ertragen und drehte ihm den Rücken zu, um sich einem Fohlen zuzuwenden, das sie gestupst hatte. Sie strich dem

Tier immer wieder mechanisch über das weiche Fell und merkte, wie ihr langsam die Tränen in die Augen stiegen. Instinktiv fühlte sie, dass dies kein normaler Abschied für ein paar Tage war. Minuten schienen zu verstreichen. Keiner sagte ein Wort. Schließlich trat Oliver hinter sie und legte seine Hände auf ihre Schultern. Langsam drehte sie sich um und fuhr sich mit einer Hand über die Augen. Als Oliver sie an sich zog, war er genauso verzweifelt wie sie. »Ich will nicht gehen, Sarah. Glaub mir doch. Aber ich kann nicht zulassen, dass so etwas noch mal geschieht. Ich bin für Sammy verantwortlich. Ich könnte mir nie verzeihen, wenn ihr etwas zustieße.« Sarah hatte ihren Kopf an seine Brust gelegt und sagte nichts. Sie mochte sich nicht vorstellen, ihn zu verlieren. Zu sehr gehörte er bereits zu ihrem Leben. Ihre eigenen Worte kamen ihr in den Sinn: »Nie wieder will ich jemanden so bedingungslos lieben …« Das hatte sie sich nach ihrer Enttäuschung mit Wolf geschworen, und doch war es jetzt so, dass sie erneut das Gefühl hatte, auseinander zu brechen. Sicher, sie liebte ihr Leben auf Wintinarah, aber trotzdem hatte sie jede Minute der Woche in der Vorfreude auf die Stunden mit Oliver gelebt. Bei jeder Aufgabe und Beschäftigung war ihr Innerstes erfüllt gewesen von dem Gedanken an ihn und seinen Besuch. Sie hatte zugelassen, dass er es war, der ihrem Leben einen Sinn gab. Jetzt musste sie sehen, wie sie damit klarkam. Sie löste sich von ihm, drehte sich zu den Pferden um und wischte sich mit den Handrücken einigermaßen entschlossen über die Wangen.
Oliver empfand einen fast körperlichen Schmerz, als er sie so gleichermaßen verloren wie trotzig dort stehen

sah. Auch er fühlte sich von einem Leben betrogen, das ihm eine Entscheidung zwischen seiner Tochter und der Frau, die er liebte, abverlangte. Erneut war er Sarah gefolgt und legte seine Arme um sie. »Mir geht es genauso wie dir.« Als sie nichts erwiderte, fügte er hinzu: »Bitte, Sarah, sei nicht so enttäuscht.«

Sie schüttelte seine Arme ab und hob den Kopf. Ihre Stimme klang plötzlich scharf. »Nein, ich bin ganz fröhlich. Warum sollte ich auch traurig sein, hm? Ich bin doch selbst schuld.«

Oliver schüttelte den Kopf. »Sarah! Was soll das denn? Ich … ich bitte dich doch nur um Zeit. Wenn Sammy dein Kind wäre …«

Er brach ab, als sie ihn anfunkelte. »Sie ist aber nicht mein Kind. Und das lässt sie mich tagaus, tagein spüren. Ich habe wahrhaftig alles an Zeit und Geduld aufgebracht, was möglich war, Oliver. Hier und in Warren Creek. Ich … ich kann einfach nicht mehr. Ich habe es satt, das fünfte Rad am Wagen zu sein, die böse Frau, die euer schönes Dasein durcheinander bringt. Du hast mich so deutlich aus deinem Leben und aus deinen Gefühlen ausgeschlossen, als Sammy weggelaufen war, dass mir ziemlich rasch klar geworden ist, wo ich stehe.«

Oliver ließ hilflos die Arme sinken. »Sag das nicht, Sarah. Bitte!« Er sah angespannt und müde zugleich aus. »Du hast ja keine Ahnung, wie lange ich darauf gewartet habe, dass du deinen Kummer vergisst und wieder frei für das Leben bist – frei für mich.« Er sah sie traurig an. »Ich liebe dich doch.«

»Du hast eine merkwürdige Art, das zu zeigen. Kaum treibt Sammy quer, werde ich aufs Abstellgleis gescho-

ben.« Sie spürte, wie ihre Stimme anfing zu zittern, und drehte sich wieder um. »Oliver, ich kann das nicht mehr wegstecken. Ich kann dieses ewige Hin und Her nicht mehr ertragen. Fahrt einfach und lasst mich in Ruhe.« Sie lief zum Haus. Sie wollte nicht noch einmal vor ihm in Tränen ausbrechen.
Oliver sah ihr enttäuscht nach und trat dann wütend gegen ein Grasbüschel vor seinen Füßen. Er legte die Arme wieder auf die Koppelumzäunung und starrte den rot leuchtenden Horizont an. Verdammt, was war nur mit seinem Leben los? Er hatte das Gefühl, es niemandem mehr recht machen zu können. In Gedanken versunken stand er auf den Zaun gestützt da und bemerkte nicht, dass es langsam dunkel wurde. Erst als er in der Ferne die Verandatür quietschen hörte und Heather ihn zum Abendessen rief, wandte er sich um und ging zum Haus zurück.

Heather und Shane gaben sich, was die Unterhaltung bei Tisch betraf, alle Mühe. Natürlich war ihnen aufgefallen, dass die fröhlichen Neckereien zwischen Oliver und Sarah ausblieben und wie still die beiden waren. Sie hatten dies jedoch zunächst auf die Sorgen um Sammy geschoben. Oliver hielt die angespannte Atmosphäre schließlich nicht mehr aus und sah in die Runde.
»Heather? Shane? Ich möchte mich jetzt schon für Ihre Gastfreundschaft bedanken. Auch für die Hilfe bei der Suche nach Sammy stehe ich tief in Ihrer Schuld. Trotzdem habe ich beschlossen, morgen früh mit meiner Tochter nach Warren Creek zurückzufahren.« Heather ließ erstaunt das Besteck sinken, doch Oliver fuhr fort:

»Ich habe mich hier immer sehr wohl gefühlt.« Seine Augen ruhten einen Moment lang auf Sarah, die jedoch nur auf ihren Teller starrte. »Aber ich glaube, ich habe zu viel von Sammy erwartet. Ich hoffe sehr, Sie verstehen, warum ich so plötzlich aufbrechen muss.« Er verstummte verlegen. Heather kam ihm zu Hilfe.

»Wie schade, Oliver. Wir haben Sie und Sammy so gern hier. Wissen Sie, Kinder reagieren manchmal so impulsiv. Sie sollten das nicht überbewerten. Und es ist doch auch alles gut ausgegangen.«

Als Shane bemerkte, wie Oliver sich wand, unterbrach er seine Frau. »Heather, ich glaube, er weiß schon, dass er hier willkommen ist, nicht wahr, Oliver? Fahren Sie nach Hause. Wenn sich alles beruhigt hat, freuen wir uns wieder auf Ihren Besuch.«

Sarah war aufgestanden, murmelte eine Entschuldigung und lief nach oben. Sie hätte es keine Minute länger neben Oliver ausgehalten. Sie wollte nur noch allein sein und hatte automatisch die Zimmertür abgeschlossen. Sie rieb sich die Schläfen, als könnte sie damit ihre Anspannung abstreifen. In ihr kämpften Trauer und Enttäuschung gegen aufsteigende Wut. Sie setzte sich auf die Fensterbank und umschlang ihre Knie mit den Armen, als müsste sie sich selbst Halt geben. Das Gefühl, wieder einmal an zweiter Stelle zu stehen, verletzte sie. Verdammt, was hatte sie falsch gemacht, dass sie so behandelt wurde? Als sie Schritte auf der Treppe hörte, lehnte sie angespannt den Kopf zurück und lauschte. Der Knauf ihrer Zimmertür wurde gedreht, und sie war froh, abgeschlossen zu haben. Leise hörte sie Olivers dunkle

Stimme. »Bitte, Sarah, mach auf und lass uns noch einmal reden.«
Sie ballte die Hände derart zu Fäusten, dass sich ihre Fingernägel ins Fleisch gruben. Mit dem letzten bisschen Stolz, das sie aufbringen konnte, rutschte sie leise aus der Fensterbank und ging zur Tür. »Lass mich einfach in Ruhe, Oliver. Es ist bereits alles gesagt worden. Ich wünsche euch eine gute Heimfahrt.« Das Herz klopfte ihr bis zum Hals. Am liebsten hätte sie die Tür aufgerissen und sich in seine Arme gestürzt. Mit großen Augen starrte sie das Holz der Tür an, als sie seine Stimme noch einmal hörte.
»Lass uns nicht so auseinander gehen, Sarah.«
Doch obwohl sich alles in ihr danach sehnte, seine Nähe zu spüren und bei ihm zu sein, widerstand sie auch jetzt der Versuchung, die Tür zu öffnen. Nein, sie würde ihm nicht noch einmal so nahe sein, nur um ihm dann morgen hinterherzuwinken, wenn er abfuhr. Sie schloss die Augen und lehnte lautlos den Kopf gegen die Tür. Sie fühlte förmlich seine Nähe auf der anderen Seite. Olivers Hand fuhr mit einem wischenden Geräusch über das glatte Holz. »Ich weiß genau, dass du dort hinter der Tür stehst, Sarah. Aber mehr als dich zu bitten, mit mir zu reden, kann ich nicht. Mach's gut.«
Seine Schritte entfernten sich, und Sarah hörte, wie er in seinem Zimmer verschwand, um dort sicherlich zu packen. Sie schluckte, und wieder rollten Tränen über ihr Gesicht, als sie sich auf ihr Bett warf und den Kopf in ihrer Armbeuge vergrub. Sie weinte lautlos und schlief die ganze Nacht nicht.
Gegen fünf Uhr in der Frühe ging sie leise ins Bad, um

zu duschen. Dann zog sie sich an und schlich mit angehaltenem Atem nach draußen in den Stall. Sie würde einfach ausreiten und erst wiederkommen, wenn Oliver und Sammy fort wären. Sie wollte ihnen nicht mehr begegnen, sie nicht sehen lassen, wie weh ihr dieser Abschied tat.

Entschlossen reckte sie das Kinn vor und ging die Stallgasse entlang. Die frische Luft würde ihr gut tun. Unschlüssig blieb sie einen Augenblick stehen, um zu überlegen, welches Pferd sie nehmen sollte. Als wollte er ihr bei der Entscheidung auf die Sprünge helfen, streckte ein schneeweißer Hengst seinen Kopf aus der Box und schnaubte leise. Sie ging zu ihm, strich ihm sanft über die Nüstern und kraulte ihn unter der Stirnlocke. »Na, Ghost? Du bist ja auch schon munter. Hast du Lust auf einen Ausritt?« Nachdem sie ihn gestriegelt und gesattelt hatte, saß sie auf und ritt im leichten Trab den Pfad zum Fluss hinunter. Der Morgennebel verschwand gerade aus den saftigen Weiden, und die ersten Sonnenstrahlen kämpften sich durch eine lockere Bewölkung. Sarah lauschte dem melodiösen Gesang einiger Elstern, dann trieb sie den großen Hengst an, der daraufhin in einen raumgreifenden Galopp fiel.

Das Pferd schien Freude an der Bewegung zu haben, denn es lief beinahe von selbst. Sie verstand plötzlich, warum ihre Großmutter das prachtvolle Tier so liebte. Es war nicht nur einfach schön, sondern darüber hinaus auf natürliche Art und Weise edel und anmutig in seinen Bewegungen. Sarah preschte am Ufer entlang. Ein paar Wildenten erschraken, flatterten auf und landeten empört schnatternd auf dem Fluss. Etwa nach einem Kilometer zügelte Sarah den Hengst und ließ ihn eine Weile traben und schließlich Schritt gehen. Lobend klopfte sie seinen Hals, während ihre Augen von einem mächtigen Fluss-Eukalyptus in die Weite der Hügelkette wanderten. Ganze Felder schimmerten blauviolett, weil dort Pattersons Curse blühte. Sarah liebte diese Pflanze, die die Landschaft in der Ferne so unwirklich blau färbte, obwohl sie wusste, dass es sich dabei eigentlich um ein Unkraut handelte. An einigen Stellen wechselte die blaue Farbe auch schon in Gelb über, denn die gelben Blumen des Cape Weed, die sie schon oft an deutsche Butterblumen erinnert hatten, lösten die blauen Pflanzen bei der Blüte ab. Manchmal kam es ihr direkt unwirklich vor, wie sehr sie sich hier bei ihren Großeltern inzwischen zu Hause fühlte und wie viel sie schon von ihnen gelernt hatte. Nie hätte sie sich vorstellen können, so einfach aus Deutschland fortzugehen und ganz neu anzufangen. Sie seufzte unwillkürlich, denn mit diesen Gedanken war sie wieder bei ihrem ursprünglichen Problem angelangt.

Oliver lehnte sich aus dem Fenster, um Sarah und dem weißen Pferd möglichst weit mit den Augen folgen zu können. Dann verschwanden die beiden unter dem dichten grünen Blätterdach der mächtigen Bäume, die den Weg zum Fluss säumten. Er starrte ein wenig ratlos in den erwachenden Morgen. Das also würde seine letzte Erinnerung an Sarah sein, bevor er mit Sammy nach Hause zurückkehrte. Müde fuhr er sich durch die ungekämmten Locken. Er hatte kaum geschlafen und war sofort hellwach gewesen, als er Sarah im Bad gehört hatte.

Er war versucht gewesen, aufzustehen und nochmals die Begegnung mit ihr zu suchen, doch er hatte sich schließlich dagegen entschieden. Mit ihren hartnäckigen Weigerungen, als er mit ihr reden wollte, hatte sie ihn verletzt. Er mochte sich nicht noch eine Abfuhr holen.

25

Julia Berndes wanderte nervös im Wohnzimmer auf und ab. Sie war froh, dass Hans nicht zu Hause war. Das eben beendete Telefongespräch mit Sarah hatte sie beunruhigt. Die scheinbar unbekümmerte Heiterkeit ihrer Tochter war ihr aufgesetzt vorgekommen. Und der Frage nach Oliver war sie geschickt ausgewichen und hatte das Thema gewechselt. Julia machte sich Sorgen, dass Sarah womöglich noch einmal enttäuscht worden war. Sie hatte keine Ahnung, ob sie sich auf der Farm wirklich wohl fühlte, deren Tagesablauf doch so gar nichts mit dem städtischen Lehreralltag ihrer Tochter gemeinsam hatte. Was war dort los? Wolf konnte nicht mehr das Problem sein. Er war schon lange wieder hier in Deutschland. Sie fühlte sich »ihrem Mädchen« so tief verbunden, dass sie glaubte spüren zu können, dass sie unter irgendetwas litt. Wieder einmal hasste Julia die Entfernung, die zwischen Australien und ihrer neuen Heimat lag. In den ersten Jahren hatte sie manchmal geglaubt, an ihrem Heimweh und der Enge Deutschlands ersticken zu müssen. Doch die Liebe zu ihrem Mann und ihren Kindern hatte stets verhindert, dass sie nach Hause geflohen war. Ja, sie hatte ihren Kummer immer zu verbergen gewusst. Julia blieb vor dem Fenster stehen. Ihr Blick fiel auf die gerahmten Familienfotos, die zwischen den Grünpflanzen auf der Fensterbank verteilt waren. Unwillkürlich griff sie nach dem silbernen Bilderrahmen, der Sarah mit der kleinen Rebecca zeigte. Es war im letzten Sommer im Garten aufgenommen worden. Sarah hatte die Arme um das Mädchen geschlungen, das auf der Schaukel saß, und beide strahlten übermütig. Julia holte tief Luft. Sie würde herausfinden, was Sarah belastete.

26

Samantha saß an ihrem Schreibtisch und schob missmutig die eben benutzten Buntstifte ins Etui zurück. Dann stützte sie die Ellbogen auf und stemmte die Hände unter das Kinn. Was zum Kuckuck war nur mit Dad los? Ganz gleich, was sie auch versuchte oder wie sehr sie sich bemühte, es gelang ihr nicht, die frühere Unbekümmertheit zwischen ihnen wieder herbeizulocken. Wenn sie es recht bedachte, war er richtig ernst und still geworden. Sammy grübelte. War er immer noch sauer darüber, dass sie weggelaufen war? Sie schüttelte den Kopf. Nein, dafür war er zu erleichtert und glücklich gewesen, als sie wieder aufgetaucht war. Er hatte sogar geweint. Sie war ehrlich erschrocken gewesen, als sie es bemerkt hatte. Sammy konnte sich nicht daran erinnern, dass ihr Vater je geweint hatte. Sie legte die Stirn in Falten. Sicherlich hatte er das getan, als ihre Mum gestorben war, aber daran konnte sie sich kaum noch erinnern. Ohne dass sie es wollte, stand ihr das Wochenende auf der Farm wieder vor Augen. Obwohl sie die überstürzte Abreise zunächst wie einen kleinen Triumph über Sarah empfunden hatte, musste sie sich eingestehen, dass es ihr dort sehr gefallen hatte. Genau genommen hatte sie schon lange keine Freude mehr an diesem Sieg.

Es waren bestimmt sieben Wochen vergangen, aber so sehr sie sich gewünscht hatte, dass ihr Leben einfach so werden würde wie zuvor, so wenig war es eingetreten. Grandma und Grandpa bemühten sich zwar eifrig, so zu tun, als wäre nichts geschehen, aber Sammy ließ sich nicht täuschen. Die beiden waren irgendwie betreten. Dad schien das nicht zu bemerken. Nach der Arbeit ging er kaum noch aus und war oft mit seinen Gedanken weit weg. Wenn er mit einem Buch oder der Zeitung auf der Veranda oder im Garten saß, konnte sie häufig sehen, dass er überhaupt nicht las, sondern nur auf die Zeilen starrte. Er wurde nicht einmal mehr wütend, wenn sie Mist gebaut hatte oder zum fünften Mal am selben Abend wieder aus dem Bett kam. Genauso wenig freute er sich über gute Leistungen oder Erfolge, die sie erzielte. Für die Party zu ihrem achten Geburtstag hatte er keine Kosten und Mühen gescheut. Und doch hatte vieles künstlich gewirkt. Sammy hatte die warme Herzlichkeit vergangener Kindergeburtstage vermisst, an denen er seine Späßchen getrieben und sich mit den Kindern über den Rasen gekugelt hatte. Wenn sie es recht bedachte, »funktionierte« er nur noch. Sammy fegte wütend ihr Etui vom Schreibtisch und stand auf, um aus dem Fenster zu sehen. Nelson war fiepend aufgesprungen, als das Etui neben ihm gelandet war, und kam unsicher wedelnd auf sie zu. Sammy nahm ihn auf den Arm und drückte ihr Gesicht in sein weiches Fell. »Ach Nelson, wenn man so wird, wenn man verliebt ist, dann will ich mich nie, nie, nie verlieben.«

Oliver hatte sich resigniert in seine Arbeit gestürzt. Sie war mehr oder weniger das Einzige, was ihn von seinen Gedanken an Sarah befreite. Wenn er nicht beschäftigt war, dachte er fast immer an sie. Nach der Enttäuschung, die er ihr mit seiner überstürzten Abreise zugefügt haben musste, hatte er es nicht einmal mehr gewagt, sie anzurufen. Verbittert mied er inzwischen sogar die Gesellschaft seiner Eltern, denn insgeheim machte er auch sie für die Entwicklung der Dinge verantwortlich. Sicher hätten sie Sammy in ihrer Haltung ein wenig beeinflussen können. Müde rieb sich Oliver die Augen, dann sah er auf die Uhr. Gleich war sein Dienst im Hotel zu Ende. Was erwartete ihn? Ein weiterer viel zu stiller Abend? Niedergeschlagen räumte er seinen Arbeitsplatz und machte sich auf den Heimweg.

Sarah hatte die vergangenen Wochen ebenfalls nur mit Hilfe der Arbeit auf der Farm bewältigt. Sie ging voll und ganz in ihren neuen Aufgaben auf und war stolz darauf, Fortschritte zu machen. Gemeinsam mit ihren Großeltern hatte sie drei weiteren Fohlen auf die Welt geholfen und war von diesen Ereignissen tief berührt gewesen. Auch wenn sie wusste, dass es sich um einen in Züchterkreisen geradezu alltäglichen Vorgang handelte, war es für sie etwas ganz Besonderes gewesen. Darüber hinaus half ihr die Nähe zu den Tieren, die sie so liebte, dabei, langsam über die Trennung von Oliver hinwegzukommen. Trotzig sagte sie sich, wenn er es so einfach schaffte, musste auch sie es schaffen. Insgeheim jedoch vermisste sie ihn schmerzlich, und das Taktgefühl ihrer Großeltern, die ihn mit kaum einer Silbe erwähnten, erinnerte sie häufig daran, wie sehr er ihr fehlte.

Oliver saß an diesem Freitagabend in seinem Arbeitszimmer und versuchte Ordnung in einen Stapel aus

Kontoauszügen, Rechnungen und Steuerunterlagen zu bringen. Er wollte sich mit dieser Tätigkeit zwingen, wieder in die Normalität zurückzukehren, in sein normales Leben mit seiner kleinen Tochter. Wie immer schweiften seine Gedanken nach einiger Zeit ab, und er zog unter seiner Schreibtischauflage ein Foto von Sarah hervor und betrachtete das Gesicht, das ihn nicht mehr losließ. Er bemerkte nicht, dass Sammy in der halb offenen Tür stand. Erst als Nelson mit seiner Schnauze die Tür ganz aufstieß, schaute er auf.

»Ach, Sammy. Was hält dich denn dieses Mal vom Schlafen ab, hm?« Er legte das Foto beiseite.

Sammy kam zu ihm, griff nach dem Foto und ließ sich damit in einen kleinen Korbsessel fallen, der in einer Ecke des Zimmers stand. Sie betrachtete das Bild eine Weile und sah dann auf. »Sie fehlt dir, nicht?«

Oliver stützte den Kopf auf eine Hand und nickte. Er sah keinen Grund, sich zu verstellen. »Ja, sie fehlt mir sogar sehr, Sammy.«

»Und wenn wir mal wieder zu ihr fahren?«

Oliver schüttelte leicht den Kopf. »Ach Sammy, das bringt doch nichts. Du hast mehr als deutlich gezeigt, dass du Sarah nicht akzeptieren willst. Sie leidet unter dem Hin und Her, und ich auch. Also lassen wir es besser. Du hast doch deinen Willen bekommen. Alles ist jetzt so wie früher, nicht?«

Samantha schluckte. »Nein. Es ist überhaupt nicht mehr so wie früher. Du bist ganz anders … und immer so ernst.«

Oliver seufzte leise. »Das tut mir Leid, Sammy. Aber ich vermisse Sarah, auch wenn du das nicht gern hörst. Man kann jemanden, den man lieb hat, nicht einfach so aus seinem Leben und seinen Gedanken streichen. Vielleicht wirst du das auch irgendwann einmal verstehen.«

Sammy hatte den Kopf gesenkt und sah auf das Foto. »Ich hatte einfach Angst, dass ich nicht mehr wichtig für dich bin, wenn sie da ist.«

»Ach Sammy.« Oliver war aufgestanden und vor ihrem Sessel in die Hocke gegangen. »Du solltest doch wissen, wie wichtig du für mich bist.«

Sie reichte ihm das Foto und schluckte einen letzten Rest von Stolz hinunter. »Eigentlich war sie ja ganz nett, und den Reitunterricht vermisse ich auch.«

Oliver musterte sie unsicher. »Was soll das, Sammy?« Er fühlte Unwillen in sich aufsteigen. War das nur wieder eine Laune? »Hast du gerade mal Lust auf eine Reitstunde, und wenn dir wieder etwas nicht in den Kram passt, haust du ab und stürzt alle in Sorge?«

Sammys Wangen waren knallrot geworden, und Oliver bedauerte schon seine deutlichen Worte. Sie sah an ihm vorbei zum Fenster.

»Vielleicht hab ich ja auch nachgedacht, Dad. Und ich hab schon vor Wochen gesagt, dass es mir Leid tut, dass ich weggelaufen bin.«

»Schon gut. Ich weiß.« Er stand auf.

Sie löste ihren Blick vom Fenster und schaute ihn an. »Ich … ich würde mir dieses Mal mehr Mühe geben.«

Oliver runzelte die Stirn und sah auf sie hinunter. War sie nach all den Wochen doch noch zur Einsicht gekommen, oder heckte sie nur einen neuen Plan aus, Sarah endgültig zu vergraulen? Konnte er Sarah noch einen

weiteren Versuch zumuten? Vielleicht wollte sie ihn inzwischen gar nicht mehr sehen? Er war sichtlich verunsichert. Samantha bemerkte es und stand auf. Sie umarmte ihn kurz. »Gute Nacht, Dad. Du kannst ja mal drüber nachdenken.«
»Gute Nacht, Sammy.« Gedankenverloren blickte er ihr nach.

Das Frühstück verlief zunächst ungewöhnlich ruhig. Sammy wartete darauf, dass ihr Vater das Thema anschnitt, und Oliver wusste nicht, wie er das Gespräch auf Sarah bringen sollte. Nachdem sie beide eine Weile schweigend auf ihrem Toast herumgestrichen hatten, sah er schließlich auf. »Also, was sollte das gestern Abend? Meinst du es ernst, gibst du Sarah eine wirkliche Chance?«
Sammy spürte die erwartungsvolle Freude hinter seiner Frage und nickte unwillkürlich. »Ja.«
Oliver strahlte. »Wollen wir zusammen hinfahren und sie fragen, ob sie uns noch will?«

Als sie Stunden später auf das Farmhaus zufuhren, schlug Oliver das Herz bis zum Hals. Seine unbändige Vorfreude hatte sich mit Angst gemischt. Was, wenn Sarah nichts mehr von ihm wissen wollte, ihm klar machte, dass sie nicht wochenlang auf sein gnädiges Erscheinen gewartet hatte? Sammy legte ihre kleine feste Hand auf seine. »Sie freut sich bestimmt.«
»Hoffentlich.«

Nachdem sie ausgestiegen waren, sahen sie sich suchend um. Aus einem Stallgebäude kam Sarah mit einer Schubkarre voller Pferdemist. Ihr Haar war zerzaust, und ihre Wangen waren gerötet. Sie trug ein weites Hemd, verwaschene Jeans und schmutzige Reitstiefel. Ihr Mund öffnete sich in sprachlosem Erstaunen, als sie die beiden entdeckte. Nie war sie Oliver hübscher vorgekommen. Er sehnte sich danach, sie in die Arme zu nehmen. Stattdessen stand er verlegen da und fuhr sich mit den Handflächen über die Hosennähte. »Hallo, Sarah.«

Sammy lehnte sich gegen ihn und hob grüßend die Hand. »Hi, Sarah, da sind wir wieder.«

Sarah wischte sich mit dem Unterarm über die Stirn. Sie brachte nur ein »Hallo« hervor und ging dann an den beiden vorbei ins Haus. In der Diele wäre sie fast mit ihrer Großmutter zusammengestoßen.

»Du hast es aber eilig, Sarah. Ist Besuch gekommen? Ich hab ein Auto gehört.«

Sarahs Wangen waren gerötet. »Oliver und Sammy sind hier.«

Heather strahlte. »Ach, das ist aber nett. Hast du gewusst, dass sie kommen wollten?«

Sarah schnaubte wütend. »Nein, Großmutter. Und nach all den Wochen könnte ich jetzt auch gut darauf verzichten. Er steht doch auf der Seite dieser verwöhnten kleinen Zicke. Das hat er mir deutlich gezeigt.«

Heather legte einen Arm um ihre Enkelin. »Ach Sarah, hör ihn wenigstens an. Vielleicht brauchte die verwöhnte kleine Zicke so viel Zeit, um einzusehen, dass sie sich falsch benommen hat.«

Sarah wandte sich um und lief die Treppe hinauf. »Macht doch, was ihr wollt! Ich gehe duschen.«

Heather fand Oliver und Sammy im Pferdestall. Das Mädchen stand an der Box von Estella und fütterte die Stute mit frischen Möhren.
»Oliver, das ist aber eine schöne Überraschung. Hallo, Sammy! Hast du Estella vermisst?«
Oliver sah verlegen aus. »Heather, es freut mich sehr, Sie wiederzusehen. Hoffentlich sind Sie nicht böse, dass wir hier so unangemeldet hereinplatzen.«
»Aber Oliver. Sie wissen doch, dass wir uns sehr über Ihren Besuch freuen.«
Beide blickten einen Moment Sammy nach, die die Stallgasse entlangging und neugierig in jede Box spähte. Oliver versenkte seine Hände in den Hosentaschen und schaute Heather unsicher an. »Sarah hat sich, wie es schien, weniger gefreut … Ich hoffe, es ist noch nicht zu spät.«
»Sie braucht ein wenig Zeit. Ich glaube, sie hat nicht mehr mit Ihnen gerechnet. Haben Sie Geduld.«
Beide wandten sich um, als Shane hereinkam.
»Hallo, wen haben wir denn da?« Er beugte sich zu Sammy. »Willst du unser neuestes Fohlen sehen?«
Sie nickte und legte erwartungsvoll ihre Hand in seine. Shane winkte Oliver zu und ging mit dem Mädchen davon.

Sarah ließ sich so viel Zeit beim Duschen wie noch nie zuvor in ihrem Leben. Während das warme Wasser auf ihren Kopf und ihre Schultern prasselte, hoffte sie auf

eine Lösung, wie sie aus dieser Situation herauskommen konnte. Verdammt noch mal, was fiel ihm bloß ein? Fast zwei Monate lang hüllte er sich in Schweigen, kein Brief, keine Karte, kein Anruf – und dann stand er einfach vor ihr. »Hallo, Sarah.« Wütend seifte sie sich ein und shampoonierte ihr Haar. Was dachte er sich nur? Dass sie ihm freudestrahlend um den Hals fiel? Dass sie bei seinem Anblick einfach vergessen würde, wie sehr sie in den letzten Wochen gelitten hatte? Während das Wasser ganze Schaummassen im Abfluss verschwinden ließ, richtete sie sich auf. Mit mir nicht! Sie trat aus der Duschkabine und griff nach ihrem Bademantel. Nachdem sie noch ein Handtuch um den Kopf geschlungen hatte, ging sie über den Flur in ihr Zimmer. Vor dem Kleiderschrank stehend, wählte sie einen schlichten weißen Body, eine dunkelblaue Jeans und ein rot kariertes Flanellhemd. Anschließend kehrte sie ins Bad zurück, föhnte sich das Haar und überprüfte ihr Aussehen. Je näher der Zeitpunkt rückte, zu dem sie nach unten zurückkehren musste, umso nervöser wurde sie. Als sie schließlich die Treppe hinunterstieg, spürte sie, wie ihr Herz schlug. Draußen entdeckte sie Shane und Sammy vor der Box von Victoria und ihrem neugeborenen Fohlen. Sie beschloss, erst einmal dorthin zu gehen.
»Na, Sammy, gefällt dir das Fohlen von Victoria?«
Diese nickte und betrachtete das kleine Pferd im Stroh. »Ja, sehr. Es ist so niedlich. Ist es ein Junge oder ein Mädchen?«
Sarah lächelte. »Es ist ein Junge. Ein Hengstfohlen.«
Shane tippte Sammy auf die Schulter. »Sarah darf ihm einen Namen geben, denn sie hat ihm auf die Welt ge-

holfen. Vielleicht kannst du ihr ja bei der Suche nach einem passenden Namen helfen?« Er grinste und ging dann über den Hof davon.
Sammys Blick huschte von dem Fohlen zu Sarah und wieder zurück. Unsicherheit nagte an ihr, aber sie hatte das enttäuschte Gesicht ihres Vaters in Erinnerung, als Sarah vorhin an ihnen vorbeigestürmt war. Dieses Mal sollte es nicht an ihr liegen. »Sarah? Ich … ich war nicht so nett zu dir.«
Sarah musterte sie sekundenlang überrascht und legte dann eine Hand auf ihre Schulter. »Schon gut, Sammy. Meinst du, wir finden einen schönen Namen für den Kleinen da?«
Beide wandten sich um, als Heather nach Sammy rief. Das Mädchen lief zu ihr, und Sarah schaute ihr nach. Als sie Oliver auf sich zukommen sah, verspürte sie eine nervöse Anspannung, über die sie sich ärgerte. Rasch drehte sie sich wieder um und legte die Unterarme auf die Boxtür, als wollte sie die Mutterstute und das Fohlen betrachten. Sie fühlte jeden einzelnen ihrer Herzschläge und hoffte, dass er ihre Nervosität nicht bemerkte. Auch Oliver war innerlich unruhig und darum bemüht, die richtigen Worte zu finden. Seit er Sarah wiedergesehen hatte, wünschte er sich nichts mehr, als sie zurückzugewinnen. Wieder einmal war ihm bewusst geworden, wie sehr sie ihm gefehlt hatte. Er stützte sich neben ihr auf der Boxtür ab.
»Es ist so schön, dich wiederzusehen, Sarah.« Sie sagte nichts, doch er spürte ihre Ablehnung. Oliver schaute sie an. »Du hast mir so gefehlt, Sarah. Das kannst du dir gar nicht vorstellen.«

Sie legte den Kopf in den Nacken und betrachtete mit einem spöttischen Grinsen die Fliegen an der Stalldecke. »Ja, sicher. Deshalb hattest du es ja auch so eilig, wieder herzukommen, nicht wahr? Kaum sind zwei Monate herum, schon bist du wieder da, nicht?«

Oliver senkte den Kopf und schwieg einen Moment. Er hatte Angst, erneut etwas Falsches zu sagen. Doch wenn er nichts sagte, konnte er auch nichts in Ordnung bringen. Wie um sich selbst Mut zu machen, atmete er tief durch. »Glaub nicht, dass es mir leicht gefallen ist, nicht mit dir zu sprechen oder dich zu sehen. Aber du warst so enttäuscht von mir und Sammy, du hattest so die Nase voll, dass ich nicht mehr geglaubt habe, dass wir es schaffen können. Ich weiß, Sammy hat sich unmöglich benommen, und ich hätte jedes Mal im Boden versinken mögen, aber sie ist mein Kind, und sie hat viel durchstehen müssen. Wie dem auch sei, ich habe nicht gewagt, dir nach unserer Abreise weitere Versuche zuzumuten.«

Es herrschte ein beklemmendes Schweigen zwischen ihnen. Sarah fühlte sich nicht wohl. Auf der einen Seite hatte sie Oliver schmerzlich vermisst. Als er abgereist war, war sie wieder einmal an einem Punkt gewesen, an dem sie meinte, ihr Leben müsste stillstehen oder gar aufhören. Auf der anderen Seite hatten ihr in der Beziehung zu Oliver gerade die ständigen Reibereien, das ewige Hin und Her zwischen Glück, Erwartung und Enttäuschung sehr zu schaffen gemacht. Doch wenn sie ehrlich war, hatte dies schließlich nicht an Oliver, sondern an seiner Familie gelegen.

»Ich weiß wirklich nicht, was du erwartest oder warum du nach allem, was du gerade gesagt hast, überhaupt

hergekommen bist.« Sie mochte ihn noch immer nicht ansehen und war dankbar dafür, dass die Stute zu ihr an die Boxtür kam. Sie lehnte kurz ihre Stirn gegen die Stirn des Pferdes und streichelte es.
Oliver war automatisch etwas beiseite getreten, als sich der Hals der in seinen Augen riesigen Stute über die Boxtür schob. Mit einem Anflug von Unwillen nahm er die Vertrautheit zwischen dem Tier und Sarah wahr.
»Ich bin hergekommen, weil zum ersten Mal die Initiative von Sammy ausgegangen ist.« Er zuckte mit den Schultern, als er Sarahs fragenden Blick sah. »Frag nicht, wieso. Es ist so. Ich hatte schon jede Hoffnung aufgegeben, aber irgendwie muss sie gemerkt haben, dass ich nicht glücklich war. Sie hat eingesehen, was sie falsch gemacht hat, und von sich aus vorgeschlagen, zu dir zu fahren.« Er schaute sie flehentlich an. »Bitte, Sarah, sag jetzt nicht, dass wir wieder verschwinden sollen.«
Sarah hatte ihren Blick rasch abgewendet und zupfte dem Pferd ein paar Halme aus der Mähne. »Ach Oliver, ich weiß überhaupt nicht mehr, was ich sagen soll. Ich weiß nur, dass ich nicht mehr auf dich gehofft habe. Ich glaube nicht, dass ich noch mal Vertrauen in diese Beziehung investieren kann, um dann wieder zurückgestoßen zu werden, wenn es nicht glatt läuft. Dass ich mir das nicht mehr zumuten kann, solltest gerade du am besten wissen.«
Oliver hatte erneut den Kopf gesenkt. Sie hatte ihn verletzt, doch er unterdrückte den Impuls, sich beleidigt umzudrehen und davonzumachen. Sie beide hatten nur noch diese Chance, und er beabsichtigte

nicht, sie ungenutzt vorübergehen zu lassen. Dennoch schwieg er. Hatte er nicht schon alles gesagt?
Sarah war heiß und kalt geworden. Sie hatte sehr wohl bemerkt, dass sie über das Ziel hinausgeschossen war. Schließlich konnte Oliver am allerwenigsten für ihre negativen Erfahrungen mit Wolf. Warum nur fiel es ihr so schwer, einzulenken? Verletzter Stolz. Sie wollte es nicht noch einmal riskieren, zurückgewiesen zu werden.
Oliver hatte sich wieder neben sie gestellt. Er nahm seinen letzten Mut zusammen und griff nach ihrer Hand. »Bitte gib uns noch diese eine Chance, Sarah. Wenn Sammy jetzt mitspielt, schaffen wir es bestimmt.«
Sarah hatte ihm ihre Hand nicht entzogen. »Gib mir ein wenig Zeit, Oliver. Dieses Mal brauche *ich* sie.« Sie zuckte mit den Schultern. »Das heute hier kommt einfach zu plötzlich.«
Oliver war nicht enttäuscht. Er nickte. »Du hast Recht. Es war beinahe ein Überfall«, meinte er grinsend, doch dann wurde er wieder ernst. »Sollen wir lieber zurückfahren? Sag es ruhig.«
Sie schüttelte den Kopf. »Nein, nein.« Er registrierte ein vorsichtiges Lächeln. »Ich soll mich ja wieder an euch gewöhnen, oder?«

Sammy zeigte sich tatsächlich von ihrer liebenswerten Seite. Sie war aufgeschlossen und sehr interessiert. Zum ersten Mal ließ sie diese Eigenschaften auch Sarah uneingeschränkt zuteil werden. Innerlich angespannt, beobachtete Sarah das Mädchen und verbot sich, allzu frühe Schlüsse daraus zu ziehen. Zu oft waren ihren Hoffnungen Enttäuschungen gefolgt.

An diesem Wochenende gingen auch Oliver und Sarah noch vorsichtig und distanziert miteinander um. Er wollte sie nicht mit allzu persönlichen Gesprächen bedrängen und erkundigte sich eingehend nach ihren Aufgaben auf der Farm. Er war ehrlich beeindruckt, wie viel Wissen sie sich hinsichtlich der Pferdezucht angeeignet hatte und mit welcher Leidenschaft sie sich dieser neuen Aufgabe widmete.
Als er mit seiner Tochter abfuhr, stand Sarah neben Heather und sah ihnen nach.

Es sollten noch einige weitere Wochenenden vergehen, ehe sie und Oliver zu ihrer früheren Vertrautheit zurückfanden. Doch später erkannte Sarah rückblickend, dass auch diese Zeit für ihre Beziehung zu Oliver und ganz besonders für die Bindung an Samantha wichtig gewesen war. Sie hatte ihnen dreien die Chance gegeben, gemeinsam einen neuen Anfang zu machen. Aber immer noch hatte Sarah sich standhaft geweigert, nach Warren Creek zurückzukehren. Sie scheute nach wie vor die Nähe zu Olivers Eltern. Und tief in ihrem Unterbewusstsein hatte sich auch ihr Schwur verankert, sich nie wieder völlig wehrlos in die Abhängigkeit der Liebe zu begeben. Sie wollte weder Oliver noch Sammy zu ihrem alleinigen Sinn im Leben machen. Auch wenn sie sich jetzt wieder sicher war, dass Oliver sie nicht enttäuschen würde, hatte sie in den Zeiten der Unsicherheit und Traurigkeit Wintinarah als Zuflucht und bald darauf als Zuhause empfunden. Sie liebte ihre Großeltern, und sie liebte das Land. Oft stand sie abends in einiger Entfernung vom Farmhaus an einem der Koppelzäune und sah zu, wie die Sonne sich vom Tag verabschiedete. Ein gnädiges, warmes Rotorange hatte das unbarmherzige, gleißende Flutlicht eines heißen Tages verschwinden lassen. Es ließ die Sehnsucht der Natur nach Regen in den gedämpften Farben der herannahenden Nacht untergehen und schien Mensch und Tier mit einer leichten Abendbrise besänftigen zu wollen. Sarah spürte dann mit allen Sinnen, wie der Wind über die Gräser der endlosen Weiden strich und in ihr Haar fuhr. In diesen magischen Momenten fühlte sie sich als Teil eines Ganzen. Auf seltsame Weise hatte sie ihr Weg genau hierher geführt. Aber immer schloss sich ihr abendlicher Gedankenkreis mit Oliver. Sie lächelte. Auch er gehörte zu ihrem Leben und machte ihr Glück aus. Deutschland schien weiter entfernt zu sein als jemals zuvor.

27

In der darauf folgenden Zeit entdeckten Oliver und Sarah ihre Liebe neu. Sammy freute sich inzwischen genauso wie ihr Vater auf die Wochenenden, die sie auf Wintinarah verbringen konnte. Sie hatte ihren Reitunterricht bei Sarah und Heather wieder aufgenommen und dabei so viel Ehrgeiz und Ausdauer entwickelt, dass sie geradezu erstaunliche Fortschritte machte. Sarah hatte immer wieder beinahe ängstlich beobachtet, ob Sammy in ihre alte Ablehnung und Bockigkeit zurückfallen würde, doch die Stimmung blieb entspannt und wurde immer vertrauter und unbeschwerter. Sarah konnte ihr Glück kaum fassen. Sie hatte alles, was sie sich gewünscht hatte.

Und so zögerte sie auch nicht mehr, als Oliver sie bat, ihn zu heiraten. Sie war gerührt gewesen, dass Sammy bei seiner Frage anwesend war und aufgeregt nickte, als wollte sie den Antrag ihres Vaters bestätigen. Mit glänzenden Augen sah sie von der Kleinen zu Oliver. Er hatte ihr anscheinend alle Sicherheiten geben wollen, dass es ihrer beider Wunsch war. Alles, was sie sonst noch hätte wissen wollen, konnte sie in seinen Augen lesen, und so stellte sie sich auf die Zehenspitzen und küsste ihn zärtlich, bis Sammy an ihrem Sweatshirt zupfte.

»Heißt das ja?«

Sarah löste sich von Oliver und lachte. Sie ging in die Hocke und nickte. »Ja, Sammy. Ich will deinen Dad heiraten. Und ich freue mich sehr, dass du einverstanden bist.«

Sammy grinste. »Ich bin auch froh, dass Dad und ich das noch hingekriegt haben.«

Julia Berndes legte das Telefon auf die Ladestation zurück und trat ans Wohnzimmerfenster. Der Garten zeigte sich winterlich. Eine fahle Vormittagssonne ließ den Raureif an den kahlen Büschen beinahe festlich glitzern. Der Teich war zugefroren, und Luna jagte bellend ein paar Krähen davon, die sich gerade auf dem Futterhaus niedergelassen hatten. Obwohl noch alles so blass und kalt aussah, zeigten auf den Beeten die ersten Schneeglöckchen ihre Köpfe und schienen die Hoffnung auf den Frühling schüren zu wollen. Julias Herz schlug schneller. Sarah würde heiraten. Obwohl sie sich als Mutter sehr freute, nagten auch Zweifel an ihr. Ihre Tochter würde ihr Leben genauso verändern müssen, wie sie selbst es damals getan hatte. Sie als Australierin war ihrem Mann der Liebe wegen nach Deutschland gefolgt. Sarah würde nun einen Australier heiraten und dort bleiben.
Julia verspürte einen winzigen Stich in ihrem Herzen. Ihre einzige Tochter, »ihre Kleine«, würde so weit entfernt von ihrem Zuhause leben. Julia schluckte, als ihr bewusst wurde, dass es ihren Eltern damals ähnlich ergangen sein musste. Gleich darauf straffte sie die Schultern und hob den Kopf. Die Zeiten hatten sich geändert. Sie und Hans mussten nicht mehr länger jeden Cent umdrehen. Sie würde ihre alte Heimat einfach öfter besuchen. Noch während sie diesen Gedanken nachhing, fühlte sie schon das Heimweh und die Sehnsucht. Beides hatte sie mit Macht gepackt und ließ sie in aufgereg-

tes Planen verfallen. Sie musste Hans anrufen und David und Philip. Es wäre zu schön, wenn sie alle gemeinsam nach Australien fliegen könnten. Schließlich gab es jetzt einen echten Anlass.

Sarah war in der nächsten Zeit kaum zur Besinnung gekommen. Zwischen ihrer Arbeit auf der Farm und den immer wieder herbeigesehnten Wochenenden mit Oliver und Sammy vergingen die Wochen mit den Planungen für die bevorstehende Hochzeit. Es gab zwischen ihnen keine Unstimmigkeiten wie bei so vielen anderen Paaren, die sich über die Art der Feier nicht einigen konnten. Oliver hatte sofort zugestimmt, als sie ihm zögernd gestand, dass sie am liebsten auf Wintinarah heiraten würde. Sie wünschte sich eine kleine, heimelige Feier, und keine pompöse Hochzeit. Sarah hatte ihn fast ungläubig angeschaut, als er keinerlei Einwände erhob. Oliver hatte beide Arme um sie geschlungen und ihr belustigt zugezwinkert. »Was ist? Hast du nicht damit gerechnet, dass ich einverstanden sein würde?«
Sarah hatte den Kopf geschüttelt. »Ach, ich weiß auch nicht. Vielleicht hatte ich angenommen, du müsstest irgendwelchen Verpflichtungen im Hotel nachkommen. Du weißt schon, wichtige Kunden oder Gäste, alte Freunde deiner Eltern, die unbedingt zu unserer Hochzeit eingeladen werden müssten, oder so.«
Er schwieg einen Moment. »Sicher wird es solche Erwartungen geben. Aber es ist schließlich *unsere* Hochzeit, und die sollten wir so feiern, wie es uns gefällt.«
Sarah mochte kaum glauben, was sie hörte. Sie erwiderte zunächst nichts. Auf der einen Seite freute sie sich darü-

ber, dass alles so sein würde, wie sie es sich wünschte, auf der anderen Seite wollte sie auch nicht Olivers Ansehen in Warren Creek schaden. Schließlich fragte sie: »Und deine Eltern? Was werden die dazu sagen?«
Er schien ihr Zögern richtig zu deuten, beugte sich zu ihr hinunter und küsste sie rasch. »Das warten wir einfach ab.« Mit einem neuen Lächeln erschienen wieder seine Grübchen. »Wir werden doch später einen kleinen Empfang im Hotel geben. Wetten, dass sich dann die Wogen glätten werden?«

Zwei Wochen später stand Sarah aufgeregt auf dem Flughafen von Mildura, um nach langer Zeit ihre Familie wiederzusehen. Oliver beobachtete sie amüsiert. Ihre großen Augen glänzten, während sie unruhig hierhin und dorthin huschten und immer wieder suchend zum Himmel gingen. Nervös trat sie von einem Bein auf das andere und sah alle paar Minuten auf die Uhr. Oliver nahm schließlich ihre Hand und drückte sie. »Gut, dass die Pferde dich hier nicht erleben. Die würden allesamt durchgehen.«
Sarah lachte und schmiegte sich an ihn. »Vermutlich hast du Recht. Ach, schade, dass Philip nicht kommen kann.« Sie musterte ihn nun neugierig. »Bist du denn gar nicht aufgeregt? Schließlich wirst du gleich zum ersten Mal deine Schwiegereltern kennen lernen und deinen einen Schwager mit Frau und Kind.«
Oliver grinste. »Mach mir nur keine Angst.«

Die letzte Woche vor der Hochzeit verging wie im Flug. Sarah verlebte sie in dem Hochgefühl, ihre Familie um sich zu haben. Erst mit dem Wiedersehen war ihr wirklich bewusst geworden, wie sehr ihr alle gefehlt hatten. Ihr freundlich-ruhiger Vater, ihre Brüder, ihre Schwägerin, mit der sie sich wie mit einer Freundin verstand, die kleine Rebecca, die so unglaublich gewachsen war und nun begeistert die Farm erkundete. Aber am meisten von allen hatte Sarah ihre Mutter vermisst. Stets hatte sie sich dieses Gefühl verboten, schließlich war sie kein kleines Kind mehr, das kläglich nach der Mama rief, wenn etwas schief lief. Aber die Bindung an ihre Mutter ging über das Übliche hinaus. Erst jetzt, während sie hier Zeit miteinander verbrachten, wurde dies Sarah bewusst. Sie beide verband auch die Liebe zu diesem Land, zu diesem Ort. Julia Berndes war unter der australischen Sonne förmlich aufgeblüht. Die Aussicht, mehrere Wochen auf Wintinarah bleiben zu können, beflügelte sie. Und Sarah freute sich, dass sie auch nach ihrer Rückkehr aus den Flitterwochen ihre Mutter auf der Farm antreffen würde. Ihr Vater und der Rest der Familie würde schon eher nach Deutschland zurückfliegen müssen.

28

Zwei Wochen später saß Sarah entspannt neben Oliver im Flugzeug und lehnte ihren Kopf gegen seine Schulter. Die Aufregung und Anspannung nach der Trauung hatten sich gelegt, und sie rief sich die kleine, in ihren Augen aber absolut perfekte Feier noch einmal in Erinnerung.
Die Menschen, die sie liebte, waren bis auf ihren jüngeren Bruder bei ihr gewesen. Ihre Großeltern hatten alles dafür getan, dass sie Wintinarah in unvergesslicher Erinnerung behalten würde. Die Wiese hinter dem Farmhaus war wenige Tage vor der Feier gemäht und anschließend gewässert worden, sodass sie ein gepflegtes sattes Grün zeigte, als sich die kleine Festgesellschaft dort versammelte. Olivers Eltern waren nicht erschienen. Offenbar hatte es sie sehr getroffen, dass die Trauung nicht in ihrem Hotel stattfinden sollte. Insgeheim war Sarah sogar froh gewesen, an diesem Tag nicht der falschen Freundlichkeit von Patricia Johnson ausgesetzt zu sein.
Da sie gegen jedes Aufsehen war, hatte sie sich für ein schlichtes weißes Sommerkleid entschieden. Ihre Mutter hatte ihr das Haar locker aufgesteckt und weiße Bänder eingeflochten. Unwillkürlich ging Sarahs Hand zu ihrer Halskette. Ihre Finger umschlossen den kleinen funkelnden, in Gold eingefassten Diamanten, der daran hing. Sie hatte ihn von ihren Eltern zur Hochzeit geschenkt bekommen und war völlig fasziniert gewesen, als sie erfuhr, dass ihre Mutter den Stein von ihrer Großmutter erhalten hatte. Sie hatte den etwas altertümlichen

Ring jetzt, viele Jahre später, extra für diesen Anlass in einen Anhänger umarbeiten lassen. Gerade dieser Aufwand, ihr etwas Altes und etwas Neues zugleich für ihren Start in die Zukunft schenken zu wollen, machte diese Kette für Sarah kostbar.

Ihre Großeltern hatten sich daran erinnert, wie sehr sie den Jacaranda liebte. Zwei junge Bäumchen standen in großen terrakottafarbenen Kübeln auf der Wiese und waren mit weißen Bändern verziert. Sie waren der einzige Schmuck auf der Wiese und hatten gleichzeitig Olivers und ihren Platz markiert.

Sarah hob den Kopf, als Oliver nach ihrer Hand griff und zufrieden lächelnd über den schmalen goldenen Ring mit dem flachen, schlicht eingefassten Brillanten strich. Er sah ihr in die Augen. »Na, Mrs. Johnson? Wie fühlen Sie sich?«

Sie drückte seine Hand und lachte leise. »Es war ein wunderschöner Tag, und ich fühle mich hervorragend. Aber an das Mrs. Johnson muss ich mich erst noch gewöhnen.« Sie schmiegte sich an ihn. »Ich freue mich so darauf, die nächsten zwei Wochen ganz allein mit dir zu verbringen! Es war damals so unglaublich schön in Queensland, dass ich es kaum erwarten kann, das Great Barrier Reef wiederzusehen. Diese kleinen Inseln dort sind ein Traum.«

Oliver legte ihre Hand in seine Hände. Nach langer Zeit war er richtig glücklich und sah voller Zuversicht in die Zukunft. Sarah hatte sich für ihn entschieden und ihm damit das Gefühl gegeben, dass niemand sie ihm würde wegnehmen können.

Nachdem sie in Proserpine gelandet waren, dauerte es

nicht mehr lange, ehe sie von Shute Harbour nach Hamilton Island übersetzen konnten. Die Insel empfing sie bei Einbruch der Dämmerung. Sarah konnte es kaum fassen, dass sie nun alles wiedersehen würde, was ihr bei ihrem letzten Besuch so gut gefallen hatte.

Einige Tage später schob Oliver zufrieden seinen Teller von sich und lehnte sich in dem gemütlichen kleinen Korbsessel zurück. Das Restaurant bot eine wunderschöne Aussicht auf das Treiben am Hafen von Hamilton Island, und blinzelnd verfolgte er das abendliche Anlegen eines Ausflugsbootes. Sarah beobachtete ihn lächelnd, und als er den Blick wieder ihr zuwandte, zog er fragend die Augenbrauen hoch. »Was ist?«

Sie legte nun ebenfalls ihr Besteck auf dem Teller ab. »Es macht mir einfach Spaß, dich zu beobachten. Wir haben alle Zeit der Welt, und du bist so entspannt hier.«

Er grinste. »Danke, gleichfalls. Trotzdem freue ich mich auch auf unser Zuhause.« Plötzlich lächelte er bedeutungsvoll. »Weißt du, eigentlich sollte es eine Überraschung sein, wenn wir wieder zurückkommen, aber ich kann es dir auch genauso gut hier schon sagen.«

»Da bin ich aber gespannt.« Unwillkürlich schmunzelte sie. Oliver erinnerte sie im Moment an einen zufriedenen Kater. Er hatte ihre Hand genommen und spielte jetzt mit dem goldenen Ring. Schließlich schaute er auf.

»Sarah, ich weiß, dass du darunter leidest, hier in Australien noch nicht in deinem Beruf arbeiten zu können. Hast du vielleicht schon einmal darüber nachgedacht, etwas anderes zu machen? Ich meine, wäre es nicht toll,

wenn wir gemeinsam im Hotel arbeiten würden?« Seine Augen strahlten. »Wir beide! Was sagst du dazu?«
Sarah fiel nichts ein, was sie hätte antworten können. »Ich weiß nicht, Oliver. Und deine Eltern …«
Er unterbrach sie. »Meine Mutter hat sogar den Vorschlag gemacht.«
Sarah schwieg und betrachtete angespannt ihre Serviette.
»Was ist denn los mit dir? Ich dachte, du würdest dich freuen.«
Sarah schaute auf. »Ich bin auch froh darüber, dass ihr an mich gedacht habt. Es ist nur so, dass ich mir schon meine eigenen Gedanken gemacht habe.«
Oliver sah sie verblüfft an. »Und warum weiß ich nichts davon?«
Sie zögerte einen Moment. »Weil ich mir ziemlich sicher bin, dass es dir nicht gefallen wird.« Sie pustete sich eine Haarsträhne aus den Augen. »Ich habe lange darüber nachgedacht, das kannst du mir glauben, aber ich habe in der Zeit bei meinen Großeltern mein Herz für die Farm entdeckt. Nirgendwo in Australien habe ich mich so wohl und frei gefühlt wie dort. Zugegeben, ich muss noch viel lernen. Was die Schafe angeht, werde ich wohl immer auf erfahrene Kräfte angewiesen sein. Aber ich würde gerne die Pferdezucht meiner Großmutter weiterführen. Jetzt ist sie noch fit und munter. Sie kann mir in den nächsten Jahren noch sehr viel beibringen, Oliver. Das ist meine Chance, hier etwas Eigenes aufzubauen.«
Oliver hatte ihre Hand losgelassen und starrte schweigend auf das Treiben am Hafen. Eine Weile herrschte

eine unbehagliche Stille zwischen ihnen. Dann sah er enttäuscht auf. »Kannst du mir auch verraten, wie du dir das Ganze vorgestellt hast? Sehen wir uns dann weiterhin nur am Wochenende oder gar alle zwei Wochenenden, wenn ich im Hotel mal nicht wegkomme? Soll dieses Pendeln immer weitergehen?«

Sie senkte den Blick. »Ich weiß ja, dass es schwierig werden wird. Aber wir haben schon schlimmere Schwierigkeiten gemeistert, meinst du nicht? Gönnst du mir denn diese Chance nicht, Oliver?«

Er war wütend geworden. Lauter, als es nötig gewesen wäre, herrschte er sie an. »Ich verstehe nicht, warum du mich überhaupt geheiratet hast, wenn du nicht mit mir zusammenleben willst!«

Peinlich berührt warf Sarah einen Blick über die Schulter, bevor sie Oliver wieder ansah. »Vielleicht ist es besser, wenn wir hier verschwinden. Lass uns zahlen und noch einen Strandspaziergang machen, ja?«

Oliver war aufgebracht. Mit einem Mindestmaß an Höflichkeit winkte er die Bedienung herbei, zahlte und verließ das Lokal, ohne sich um Sarah zu kümmern. Verlegen folgte sie ihm nach draußen und hielt ihn am Ärmel fest. »Oliver, bitte. Wollen wir nicht vernünftig darüber reden? Wir finden bestimmt eine Lösung.« Er blieb stehen und blickte auf sie hinunter. Er war noch immer wütend, das sah sie seinen Augen an. Sie legte eine Hand an seine Wange. »Bitte lass uns wenigstens darüber sprechen, ja?«

Oliver zögerte und sah sie an. Ihre Haut war inzwischen leicht gebräunt, und ihre Wangen waren vor Aufregung gerötet. Ihr dunkles Haar schimmerte glänzend. Am liebsten hätte er sie an sich gezogen und geküsst, doch er war zu enttäuscht darüber, dass sie es ernsthaft in Erwägung zog, nicht bei ihm zu leben. Also schwieg er nur verstockt. Sarah nahm seine Hand und zog ihn weiter. Am Strand entledigte sie sich ihrer Sandalen, band die Riemen aneinander und nahm sie in die eine Hand, mit der anderen griff sie wieder nach der seinen. Eine ganze Weile gingen sie schweigend nebeneinander. Sarah wollte ihm Zeit lassen, sich zu beruhigen, und warf ihm immer wieder einen kurzen Seitenblick zu. Es schmerzte sie, ihn mit ihren Plänen verletzt zu haben.

Sie blieb stehen. »Wollen wir uns ein bisschen hinsetzen?« Er nickte, und beide ließen sich nebeneinander auf dem weißen Sandstrand nieder. Nachdem sie einige Zeit auf die glitzernden Wellen geschaut hatten, brach Sarah das Schweigen. »Vielleicht hörst du mir erst einmal zu, Oliver. Ich will dir wenigstens erklären, wie ich zu meinen Überlegungen gekommen bin.« Sie schwieg einen Moment und atmete tief durch. »Als ich damals in Melbourne gelandet bin, war ich so durcheinander wie noch nie zuvor in meinem Leben. Meine Zukunft, alle meine Pläne waren zerplatzt wie eine Seifenblase. Ich hatte Wolf geliebt wie niemanden zuvor. Und doch hat er mich einfach gegen eine andere ausgetauscht. Wie du weißt, bin ich damit nur schwer fertig geworden.« Sie lächelte Oliver zu. »Und ohne dich hätte ich es vermutlich gar nicht geschafft.« Ihre Augen wanderten wieder über die Wasseroberfläche in die Ferne. »Langsam, aber sicher, hast du mir in die Realität zurückgeholfen und warst mein bester Freund. Was du mir wirklich bedeutet hast, habe ich aber erst gemerkt, als ich dich beinahe verloren hätte.« Sie schluckte unwillkürlich bei der Erinnerung an die Angst, die sie damals hatte aushalten müssen. »Als du in der Klinik zwischen Leben und Tod hingst, erkannte ich, wie sehr ich dich liebte und wie sehr du bereits ein Teil meines Lebens geworden warst. Obwohl wir es danach nicht leicht hatten, unsere Liebe und Gemeinsamkeit zu entdecken, musste ich diese Angst, dich endgültig zu verlieren, noch einmal durchstehen. Als du mit Sammy so überstürzt abgereist warst, brach für mich eine Welt zusammen. Verstehst du? Wieder hatte ich bedingungslos geliebt und war zurückgelassen worden. Egal, aus welchen Gründen, es war wieder passiert. Ich habe dich mit jeder Faser meines Herzens vermisst, weinte oft und litt unsagbar darunter, dass du uns aufgegeben hattest.« Sie schwieg einen Moment, und Oliver schaute mit unbewegter Miene aufs Meer. Obwohl nicht offen erkennbar, war er betroffen. Doch bevor er etwas sagen konnte, fuhr Sarah fort: »Das Einzige, was mir damals geholfen hat, war Wintinarah. Meine Großeltern sind einfach fabelhaft, und die Arbeit auf der Farm hat mir wieder Luft zum Atmen verschafft. Ich fühlte dort eine solche Freiheit wie nirgendwo sonst auf der Welt. Ich schwor mir, dass ich dieses Gefühl nie mehr vergessen und dass ich nie mehr von jemand anderem abhängig sein würde. Ganz besonders nicht, wenn Liebe im Spiel ist. Denn wenn ich eines gelernt habe, dann das: Liebe macht wehrlos.« Sie wandte den Blick vom Meer ab und sah ihn an. »Oliver, ich habe dich geheiratet, weil ich dich liebe. Ich liebe dich mit allem, was ich bin und habe. Aber ich möchte daneben auch selbstständig bleiben. Ich will ich selbst sein, nicht die Ehefrau des Hoteldirektors, nicht die Schwiegertochter der Hoteleigentümer, nicht die Stiefmutter der Hotelerbin. Es ist lieb, dass ihr mich einbeziehen wollt, ja, dass ihr mir zeigen wollt, dass ich dazugehöre. Aber ich gehöre nur zu dir, weil wir uns lieben, nicht, weil wir geheiratet haben oder weil ich im Hotel mitarbeite.«

Sie verstummte und betrachtete sekundenlang sein Profil. Seine dunklen Augen verfolgten ein paar Möwen, die über dem Meer kreisten. Er war so braun gebrannt, wie Sarah ihn noch nie gesehen hatte. Zögernd legte sie eine Hand auf seinen warmen Arm und sah ihn fragend an. Oliver schwieg noch einen Moment. Im Grunde verstand er Sarah. Alles, was sie gesagt hatte, leuchtete ihm ein. Dennoch konnte er nicht begreifen, dass sie eine räumliche Trennung so einfach in Kauf nehmen wollte. Es traf ihn, dass es ihr so wenig auszumachen schien. Immer noch verletzt, sah er auf.
»Ich verstehe, was du mir sagen willst. Ich akzeptiere auch, dass du nicht im Hotel arbeiten willst. Ich kann nur nicht verstehen, wie du auf der einen Seite von der großen Liebe zu mir sprichst und auf der anderen Seite entschieden hast, nicht mit mir zusammenzuleben.«
Sarah nahm seine Hand und strich nachdenklich darüber. Es tat ihr weh, ihn verletzt zu haben. In all ihren Überlegungen war die Entfernung zwischen Warren Creek und der Farm stets der Punkt gewesen, der auch ihr am meisten zu schaffen gemacht hatte. »Ich will nichts lieber, als mit dir zusammenzuleben, Oliver.« Sie brach ab und senkte den Kopf. »Hast du dir denn schon

einmal überlegt, ob *du* Warren Creek verlassen könntest?«
Er fuhr herum und starrte sie sekundenlang entgeistert an. »Spinnst du jetzt? Soll ich dir folgen, Pferde und Schafe züchten und Farmer werden? Ich kann nicht mal reiten.«
Sarah zögerte nur kurz. »So weit würde ich gar nicht gehen. Ich will dir die Farm so wenig aufzwingen, wie du mir das Hotel aufzwingen kannst. Aber es ist doch so: Wir lieben uns, und wir würden gerne zusammenleben. Könntest du dir nicht vorstellen, vielleicht ein eigenes Projekt in Mildura aufzubauen? Der Ort liegt touristisch wunderschön am Murray River. Es kommen viele Touristen. Es werden Flussfahrten auf den alten Raddampfern angeboten. Die Gegend ist bekannt für Wein und Zitrusfrüchte. Du könntest ein eigenes Hotel aufbauen. Wir könnten eine Verbindung zur Farm herstellen, ein paar Tage Outback-Reiterferien anbieten als Special-Event. Es gibt so viele Möglichkeiten.« Sie hielt atemlos inne. Ihr Herz schlug schneller. Würde er sie jetzt für verrückt erklären?
Oliver atmete heftig aus und sagte eine Zeit lang nichts. Dann schaute er Sarah an. »Du machst es dir glaube ich ein wenig einfach. Was soll ich denn meinen Eltern sagen? Sie verlassen sich auf mich. Und was ist mit Sammy? Sie geht in Waren Creek zur Schule, wir haben dort Freunde …«
Sarah nickte zustimmend. »Wir müssen ja auch nichts überstürzen. Mir reicht es schon, dass du dich bereit erklärst, darüber überhaupt nachzudenken. Dass du nicht von vornherein alles ablehnst. Auch für deine Eltern

wärst du nicht verloren und aus der Welt. Das Hotel könnte ein guter Manager eine Weile weiterführen, während du in Mildura einen Neuanfang wagen würdest. Sammy könnte auch dort zur Schule gehen und neue Freunde finden. Außerdem liebt sie die Farm und die Tiere. Sie würde sich da sehr wohl fühlen.«

»Das geht mir alles viel zu schnell. Unser ganzes Leben würde auf den Kopf gestellt.«

Sarah schaute versonnen in die Ferne. »Manchmal ist es aber schön, ganz neu anzufangen. Hast du nie darüber nachgedacht, nie einen Gedanken daran verschwendet, etwas allein aufzubauen? Wolltest du wirklich immer das Hotel deiner Eltern übernehmen?«

Oliver ließ den feinen Sand durch die Finger rieseln. Eine Weile sagte er nichts. Als er den Blick hob, sah er trotzig aus. »Natürlich habe ich darüber nachgedacht. Doch als Kelly so früh starb, stand ich mit Sammy allein da. Meine Eltern haben geholfen, wo sie nur konnten, aber ich hatte die Verantwortung für mein Kind. Da schmeißt man nicht so schnell alles hin und strickt sich neue Luftschlösser. Das Risiko, dass etwas schief geht, ist einfach zu groß, wenn man einem Kind Vertrauen, Sicherheit und Geborgenheit schuldet.«

Sarah senkte den Kopf. Sie bedauerte, Oliver in die Enge getrieben zu haben. Sie griff wieder nach seiner Hand und legte sie an ihre Wange. »Es tut mir Leid, Oliver. Ich wollte dich nicht drängen. Ich suche nur verzweifelt nach einem Weg, wie wir beide unsere Träume unter einen Hut bekommen können. Denk einfach in Ruhe über alles nach. Vielleicht machst du dir einmal allen Ernstes klar, dass du nicht mehr allein bist. Du hast jetzt mich.«

Die Stille zwischen ihnen hatte nichts Unangenehmes mehr. Plötzlich waren sie einander wieder nah. Oliver wusste, dass Sarah Recht hatte. Auch hatte er in der Zeit ihrer romantischen Zweisamkeit auf Hamilton Island den Gedanken an Warren Creek und das angespannte Verhältnis zwischen Sarah und seiner Mutter verdrängt.

Er holte tief Luft. Wenn er ehrlich war, konnte er es seiner Frau nicht verdenken, dass sie nicht ständig den spitzen Bemerkungen ihrer Schwiegermutter ausgesetzt sein wollte.

Sarah lehnte ihren Kopf an seine Schulter. »Wir finden schon einen Weg, Oliver, da bin ich ganz sicher.«

Er legte einen Arm um sie, zog sie an sich und sah über ihren Kopf hinweg aufs Meer. Etwas von ihrer Zuversicht hatte ihn erreicht. »Ja, ich auch.«

29

Während der nächsten beiden Tage bummelten sie über die Insel oder badeten im Meer. Sie gingen vorsichtiger miteinander um, und Sarah bedauerte, dass ihr Gespräch Olivers blitzenden Übermut hatte verschwinden lassen. Aber er war nicht mehr verstimmt, sondern eher nachdenklich. Sarah wusste, dass er Zeit brauchte, und ließ ihn in Ruhe. Sie hing selbst ihren Gedanken nach. Als sie sich an ihrem vierten Morgen auf Hamilton Island nach dem Frühstück in ihrem Zimmer aufhielten, ließ Sarah das Klingeln des Telefons aufhorchen. Sie war im Bad und hörte, wie Oliver das Gespräch annahm. Gleich darauf wirkte er sehr aufgeregt, als er den Telefonhörer auflegte. »Sarah? Komm schnell! Das war Robert. Robert Carter. Mein Freund aus Studienzeiten. Stell dir vor, er ist unten in der Halle.«
Sarah hatte ein Haargummi zwischen den Zähnen und kämmte sich die Haare zu einem Pferdeschwanz. Während sie jetzt alles zusammenband, kam sie aus dem Bad. »Wart ihr denn für heute verabredet? Oder will er dich überraschen?«
Oliver durchwühlte seine Nachttischschublade auf der hektischen Suche nach irgendetwas. »Weder noch. Es ist ein Zufall. Ich hab dir doch erzählt, dass er hier eine Tauchschule und einen kleinen Bootsverleih mit seiner Frau betreibt, nicht? Er hat gerade ein paar Amerikaner, die mit ihm zum Hochseefischen waren, ins Hotel zurückgebracht. Und da er schon mal hier ist, wollte er sich bei uns melden.« Er sah sie fragend an. »Bist du fertig?«

Sarah trug ein dünnes langärmliges Leinenshirt und Bermudas. Oliver registrierte ihr Zögern. »Du schaust sehr gut aus.«
Sie nahmen den Lift und fuhren nach unten. Als sie sich suchend in der Halle umsahen, erhob sich Robert Carter aus einem der niedrigen Sessel, die in der Hotelhalle am Fenster standen und einen atemberaubenden Ausblick aufs Meer ermöglichten. Lachend kam er auf Oliver zu, umarmte ihn und schlug ihm auf die Schulter. »Hi, Olli! Mann, ist das schön, dich zu sehen!« Er zupfte an Olivers Locken und grinste. »Und Zeit wird es auch. Wie ich sehe, wirst du schon grau.«
Oliver erwiderte die fröhliche Begrüßung und neckte seinen früheren Studienfreund ebenfalls, während Sarah etwas abseits stand und ihn rasch musterte. Robert schien ein Widerspruch in sich zu sein. Sein hellblondes Haar stand im krassen Gegensatz zu seiner tiefbraunen Haut, die Sonne, Wind und Wellen gegerbt hatten. Nicht zuletzt deshalb wirkte er deutlich älter als Oliver. Dunkelblaue Augen, die von zahllosen Lachfältchen umgeben waren, blitzten übermütig auf, als Oliver nach Sarahs Hand griff und sie zu sich zog, um sie vorzustellen. »Rob? Ich möchte dir meine Frau vorstellen. Das ist Sarah.«
»Freut mich wirklich sehr, Sarah.« Er schüttelte ihr die Hand, während sie die Begrüßung freundlich erwiderte. Dann sah Robert fragend von ihr zu Oliver. »Wie sieht es denn aus? Habt ihr schon etwas vor?«
Oliver schüttelte den Kopf. »Wir wollten uns heute nur etwas umsehen, am Strand bummeln oder so.«
Robert klatschte einmal kurz in die Hände. »Bingo!

Dann könntet ihr doch gleich mitkommen, oder?« Er warf Oliver einen auffordernden Blick zu. »Susan würde sich auch riesig freuen. Und die Tauchschule ist heute geschlossen. Wenn ihr Lust habt, könnten wir alle zusammen rausfahren. Wann bist du zuletzt getaucht, Olli?«
Oliver legte den Kopf schräg und überlegte. »Ich glaub, das war mit dir, Rob.«
»Das muss ja Ewigkeiten her sein. Ich sag dir, Olli, unser neues Boot wird dich umhauen. Also, was ist?«
Sarah fühlte sich von Roberts einnehmendem Wesen ein wenig überrumpelt. Sie hätte Oliver gern noch ein paar Tage ganz für sich allein gehabt. Schließlich waren sie erst vor kurzem angekommen, und die subtropische Hitze hier in Queensland hatte sie zunächst beinahe umgehauen. Aber ihr war die überschäumende Freude der beiden Männer über das Wiedersehen nicht entgangen, und sie wollte kein Spielverderber sein. Außerdem war sie froh darüber, dass Olivers Übermut zurückgekehrt war.
Dieser hatte ihre Miene sofort richtig gedeutet, drückte ihr einen raschen Kuss auf die Wange und zog sie an einer Hand mit sich zum Fahrstuhl. Über die Schulter gewandt rief er seinem Freund zu: »Gib uns nur fünf Minuten, Rob. Wir holen rasch ein paar Sachen!«
Kurze Zeit später saßen Oliver und Sarah in Roberts altem Jeep und fuhren zum Hafen. Nachdem Oliver seinen Freund damit geneckt hatte, ob das klapprige Ding die Fahrt auch überstehen würde, erfuhren sie, dass Robert und seine Frau Susan jeden Cent in das sagenhafte neue Boot gesteckt hatten. An dem dafür aufgenomme-

nen Kredit würden sie noch einige Jahre zu knabbern haben. Sarah imponierte die freimütige Ehrlichkeit, mit der Robert das alles zugab. Sie hörte interessiert zu, als er von seiner Frau erzählte, die Biologin war. Mit dem Wissen über die Natur des Great Barrier Reef war sie somit eine begehrte Reiseleiterin für gut zahlende Touristen geworden. Robert machte kein Hehl daraus, dass die Tauchschule allein nicht genügend Erträge abgeworfen hatte. Außerdem gab es derlei Firmen wie Sand am Meer, und die Touristen waren oft nicht imstande, die guten von den schlechten zu unterscheiden. Alles war zu einer reinen Preisfrage geworden. Susan und er hatten sich daher entschlossen, etwas Neues neben der Tauchschule zu wagen. Roberts hellblonde Haare flatterten im Wind, als er sich kurz auflachend zu ihnen umdrehte.

»Ich kann euch sagen, uns haben ganz schön die Knie geschlottert, als wir im letzten Jahr die Kreditverträge unterschrieben, um das Boot anzuschaffen. Wir hatten letztendlich ja keine Garantie, ob die Sache gut angenommen werden würde. Aber so, wie es aussieht, war es kein Fehler. Olli, ich sag dir, das Boot ist der Wahnsinn. Fünfzehn Meter lang und mit allem ausgestattet, was das Herz begehrt. Es kann sowohl für Hochseefischerei als auch für individuelle Tauchtrips gechartert werden. Die Leute, die uns in Anspruch nehmen, zahlen gerne ein paar Dollar mehr für die individuelle Betreuung und ein einzigartiges Ausflugserlebnis, als billiger auf einem Touristenboot eingepfercht zu werden und monotone Erläuterungen über Lautsprecher abgespult zu bekommen.«

Er hielt in einer Parkbox am Hafen. Sichtlich aufgeregt

sprang er aus dem Wagen und lehnte sich auf Olivers Tür. Sein Arm zeigte auf eine moderne weiße Hochseeyacht, und aus seinen Augen sprach Begeisterung. »Da! Das ist sie. Dort drüben. Die Sea Star. Seht ihr?«
Oliver war beeindruckt. »Wow! Du hast nicht übertrieben. Können wir sie anschauen?«
Robert lachte zufrieden. »Wenn du das nicht gefragt hättest, wäre ich beleidigt gewesen.«
Auch Sarah staunte, während sie auf die Yacht zugingen. Sie kam ihr unglaublich groß vor und hatte mit den Segelbooten, die sie von zu Hause her kannte, nichts mehr zu tun. Sie sah, wie Oliver und Robert aus den Schuhen schlüpften, bevor sie an Bord gingen, und entledigte sich ebenfalls ihrer Sandalen. Die Yacht bot mindestens sechs Hochseefischern die dazugehörigen an Deck festgeschraubten drehbaren Sitze mit den davor befindlichen Befestigungsmöglichkeiten für ihre Angeln. Am Heck waren außerdem Aufbewahrungsvorrichtungen für mehrere Pressluftflaschen angebracht. Sogar ein eigener Ponton war festgezurrt und konnte für Taucher als Podest ins Wasser hinabgelassen werden. Die Innenausstattung war nicht übertrieben und eher zweckmäßig. Es gab unter Deck neben zwei winzigen Duschbädern und einer Kombüse drei Kabinen sowie einen Wohn- und Essraum. Sarah gefielen die praktisch durchdachten Regallösungen, die eine Menge Stauraum boten und das dort Untergebrachte trotzdem durch hochgezogene Böden gegen das Herausfallen absicherten.
Als sie schließlich wieder nach oben gingen, kam eine rotblonde Frau sehr sicher über die schwankende Planke

und sprang an Deck. Robert stellte ihr seine Frau Susan vor, die Sarah auf Anhieb sympathisch war. Sie mochte Anfang dreißig sein, hatte strahlend blaue Augen und eine Menge Sommersprossen, die ihr ein fröhlich-unkompliziertes Aussehen gaben. Sie tauschten ein paar Freundlichkeiten aus. Dann sah Susan zu ihrem Mann. »Ich hab mir schon gedacht, Rob, dass die beiden deinem Charme nicht widerstehen können – oder war es eher deine penetrante Überredungskunst?« Sie lachte. »Vanessa kümmert sich für heute um unser Büro. Und Ben will ihr später unbedingt helfen. Er fühlt sich schon ganz als Juniorchef.«

Robert rieb sich zufrieden die Hände. »Klasse! Dann ist ja für unseren Ausflug alles geregelt, was?«

»Kann ich Ben sehen?«, fragte Oliver. »Als ich ihn zuletzt gesehen habe, war er noch fast ein Baby.«

Susan schien über sein Interesse ehrlich erfreut. »Mittlerweile ist er fast so groß wie ich. Er ist letzten Monat zehn geworden. Du wirst ihn sehen, wenn wir heute Abend zurückkommen, Olli. Er hat ein paar Tage Ferien und ist jetzt bei einem Freund.«

Sarah hatte erstaunt zur Kenntnis genommen, dass sie mindestens zwei Stunden brauchen würden, um den von Robert gewünschten Platz am Außenriff zu erreichen. Es kam ihr unglaublich weit vor, und ein wenig beklommen gestand sie sich ein, dass sie noch nie wirklich auf See gewesen war. Oliver war Robert in die Führerkabine gefolgt und fachsimpelte dort mit ihm. Susan hatte noch etwas unter Deck zu tun und Sarahs Angebot, ihr zu helfen, bestimmt abgelehnt. »Nein, nein, ich brauche nicht lange. Du solltest dich einfach zurücklehnen und die Fahrt genießen. Ich bin in einer halben Stunde bei dir.« Und so saß Sarah jetzt an Deck und ließ sich den Wind um die Nase wehen. Das bunte Treiben am Hafen hatten sie rasch hinter sich gelassen und durchfuhren klares türkisblaues Wasser, das am Riff in ein dunkleres Blau überging. Eine gleißende Sonne strahlte hell, aber unbarmherzig auf sie herab, und ein wenig widerwillig folgte sie der Vernunft aller Reiseführer und setzte ihren Strohhut auf, den sie mit dem dazugehörigen Gummiband unter dem Kinn befestigte. Das Festland von Queensland war völlig im Dunst versunken, während die Sea Star jetzt entschlossen Kurs auf den Horizont nahm. Sarah erkannte, dass sich unter dem Namen Great Barrier Reef eine Vielzahl unterschiedlicher Lebensräume verbarg. Beim Blick zurück sah sie die einzelnen Inseln der Whitsunday Group, die im türkisfarbenen Wasser hinter ihr lagen. Sie nahm aber auch die vielen kleinen unbewohnten Koralleninseln wahr und verfolgte, wie das Boot sich durch Rinnen zwischen Korallen- und Sandbänken hindurchpflügte, wo eine Unzahl von Seevögeln aufflog oder über ihnen kreiste. Das Farbenspiel der unterschiedlichen Wassertiefen wechselte von hellblau über türkis zu smaragdgrün, während am Horizont das Dunkelblau des Pazifiks auf sie wartete. Aber es erschien Sarah nicht nur einladend. Beklommen dachte sie an den bevorstehenden Tauchausflug. Sie teilte keineswegs Olivers uneingeschränkte Begeisterung für das Tauchen, denn sie verfügte kaum über ein Mindestmaß an Erfahrung. Wo hätte sie in oder um ihre Heimatstadt Celle herum auch richtig tauchen sollen?

Sie klammerte sich an den Gedanken, dass sie einmal während der Ferien einen Tauchkurs für Anfänger mitgemacht hatte. Ihre Augen blieben auf den Horizont und die unglaublichen Wassermassen gerichtet, die sie dort erwarteten. Sie dachte an Haie, an das tödliche Gift gefährlicher Seeschlangen und harmlos aussehender Schnecken. Am liebsten hätte sie sich mit irgendeiner Ausrede vor dem Tauchen gedrückt, aber die Freigebigkeit und Gastfreundschaft von Robert und Susan machten sie hilflos. Und Oliver schien in seiner Begeisterung über den Ausflug ihre gemischten Gefühle gar nicht zu bemerken. Der Wellengang hatte zugenommen, und Sarah schmeckte die salzige Seeluft. Susan war gerade heraufgekommen und setzte sich zu ihr. Sie trug eine blaue Baseballkappe, durch deren Öffnung am Hinterkopf ihr zusammengebundenes rotblondes Haar als Pferdeschwanz wippte. Sie strahlte eine solche Sicherheit aus, dass sich Sarah noch unerfahrener vorkam. Sarahs Blick folgend, hielt sie ihr Gesicht ebenfalls in den Wind. »Bist du schon öfter getaucht?«
Da war sie, die Frage, die Sarah die ganze Zeit gefürchtet hatte. Sie wurde rot. »Nein. Praktisch noch nie. Ich hab vor längerer Zeit einmal einen Tauchkurs mitgemacht, aber wenn ich jetzt hier so aufs Meer schaue, frage ich mich, ob das ausreicht.«
Susan gefiel Sarahs Ehrlichkeit. Sie legte eine Hand auf ihren Arm. »Du brauchst keine Angst zu haben. Es ist traumhaft schön dort unten, und Rob ist ein wirklich erfahrener Tauchlehrer. Olli ist früher oft mit ihm getaucht. Sie werden beide nichts tun, was irgendwie gefährlich sein könnte.« Sie stand auf und beugte sich

kurz über die Reling, bevor sie sich wieder zu Sarah umwandte. »Soll ich dir noch mal die wichtigsten Zeichen der Tauchersprache zeigen? Nur damit du dich ein wenig sicherer fühlst?« Als Sarah erleichtert nickte, machte sie eine Kopfbewegung, die zur Treppe wies. »Komm, wir gehen nach unten und suchen einen Anzug für dich aus. Dort kannst du dich auch gleich mit dem Rest der Ausrüstung vertraut machen.«

Eine knappe Stunde später sah Sarah sekundenlang den beiden Männern nach, die sich mit einem Rückwärtssalto hatten ins Wasser fallen lassen. Schäumende Blasen zeigten an, wo sie verschwunden waren.
»Na los, Sarah!«
Als sie aufschaute und Susans aufmunterndes Lächeln sah, nickte sie ihr zu und tauchte ebenfalls ins Wasser. Schon bald lösten sich die bei ihrem Eintauchen entstandenen Luftblasen auf, und Sarah blickte sich staunend um. Engelbarsche und Korallenfische schwammen an ihr vorüber. Einige Meter unter sich sah sie den hell schimmernden Sand des Grundes so deutlich durch das klare Wasser, als wäre sie direkt darüber. Ihre Augen folgten den Bewegungen der bunten Fische. Noch nie hatte sie eine solche Vielfalt an Farben gesehen. Korallen in allen nur denkbaren Formen boten den unterschiedlichsten Fischen Schutz. Während sie auf die Männer zuschwamm, betrachtete sie Blumenkorallen und durchscheinende Seefarne, die sich sacht in der Strömung bewegten.
Oliver wartete mit Robert über einem Bett von Geweihkorallen auf sie. Als sie die beiden erreicht hatte, tausch-

ten sie das Okay-Zeichen, und Robert übernahm die Führung. Sarah spürte, wie die Strömung immer stärker wurde. Die Nähe zur offenen See war hier am Außenriff unverkennbar. Ohne dass sie es sich erklären konnte, verschwand ihre so kurz empfundene unbekümmerte Entdeckerfreude und machte einem Gefühl des Unbehagens Platz. Vielleicht lag es daran, dass sie sich immer weiter vom Boot entfernten. Der Sichtkontakt zum Kiel der Sea Star hatte ihr Sicherheit vermittelt.

Gurgelnd und blubbernd stiegen beim Ausatmen silbrige Luftblasen nach oben. Jetzt beim tieferen Tauchen wechselte die Farbe des Wassers. Während es weiter oben ein schimmerndes Grün gehabt hatte, ging es nun in ein immer tiefer werdendes Blau über.

Schließlich hatte Robert den Rand des Außenriffs erreicht und hielt an. Mit einer Handbewegung machte er sie auf den unglaublich tiefen dunkelblauen Abgrund aufmerksam, der sich vor ihnen auftat. Sarah riss die Augen auf und hielt einen Moment den Atem an. Sie befürchtete schon, die Männer wollten hier weitertauchen. Unter gar keinen Umständen würde sie ihnen in diese unheimliche Ungewissheit folgen. Schon an Land litt sie unter Höhenangst. Sie hatte nicht gewusst, dass man so etwas auch unter Wasser empfinden konnte. Zu ihrer grenzenlosen Erleichterung schwenkte Robert jetzt aber wieder in die andere Richtung ab und führte sie zu den Korallenbänken zurück. Sie hielten sich einige Minuten zwischen den unterschiedlichsten Gebilden auf und bewunderten die zarte Schönheit einer Fächerkoralle, die einen Durchmesser von über zwei Metern aufwies. An ihrer Außenseite lebten Polypen.

Weiter ging es an rötlich schimmernden Geweihkorallen vorbei. Fische in allen nur denkbaren Farben und Formen umgaben sie, und Sarah war erneut hin und her gerissen zwischen freudigem Staunen und vorsichtigem Beobachten, denn die Welt, die sich ihr hier unten offenbarte, war ihr so fremd, dass ihr ein anderer Planet nicht hätte fremder sein können. Sie achtete deshalb sehr darauf, in Olivers Nähe zu bleiben. Das Rauschen der Pressluftflaschen und das gurgelnde Entweichen der Luft beim Ausatmen schien die Exotik des Augenblicks zu unterstreichen. Fasziniert tauchten sie erneut über ganze Felder von Geweihkorallen hinweg. Sarah erkannte, dass sie ihren Namen völlig zu Recht trugen. Die bräunlichen Korallen mit ihren hellen verzweigten Spitzen sahen eindeutig wie Geweihe aus. Immer wieder hielten sie an, um die unterschiedlichsten und fremdartigsten Lebewesen in Augenschein nehmen zu können. Ein Schwarm Halfterfische schwenkte in vollkommener Gleichförmigkeit an ihnen vorüber. Breite dunkle Streifen auf den hellen Fischkörpern schienen optisch die Umrisse eines jeden Fisches aufzulösen, so dass es Raubfischen schwerer gemacht wurde, anzugreifen.

Robert, Oliver und Sarah tauchten wieder ein wenig tiefer und entdeckten, wie sich unterhalb eines von Korallen bewachsenen Felsvorsprungs ein blaufleckiger Zackenbarsch versteckte. Sein roter Körper war über und über mit kleinen leuchtend blauen Tupfen übersät. Etwas abseits beobachtete Sarah hingerissen die hübschen auffällig gefärbten Clownfische, die sich ungestört zwischen den giftigen Tentakeln einer Seeanemone tummelten.

Sie sah inzwischen schon ganz unbekümmert auf, als Oliver sie offensichtlich aufgeregt am Arm berührte und hinter sie deutete. Sie wandte sich um und erstarrte. Es gelang ihr gerade noch, das Mundstück ihres Atemgeräts nicht vor Schreck auszuspucken. Unwillkürlich klammerte sie sich an Olivers Arm. Ein riesiger Teufelsrochen glitt majestätisch durchs Wasser. Dunkel und irgendwie bizarr schien er zu schweben, während sich seine Flügelspitzen ruhig bewegten. Sarah nahm das Rauschen der Pressluftflaschen überdeutlich wahr, obwohl sie meinte den Atem angehalten zu haben. Sie war froh, vor dem Tauchgang sicherheitshalber noch ihr Asthmaspray inhaliert zu haben. Der Sichtkontakt zu diesem Lebewesen hätte ihr jetzt womöglich die Luft abgeschnürt. Das Tier kam ihr monströs vor. Später erfuhr sie von Susan, dass der Teufelsrochen diesen Namen seinem furchteinflößenden Anblick verdankt und dass er es durchaus auf eine Spannweite von gut sechs Metern bringen kann. Als er im tiefen Blau verschwunden war, verdrängte Sarah den Gedanken daran, was für Wesen sich dort außerdem noch verbergen mochten. Sie gab den Männern zu verstehen, dass sie zum Boot zurückkehren wollte, und Roberts Finger formten das Okay-Zeichen.

Als sie nach einigen Minuten den Kiel der Sea Star entdeckte, fühlte sie Erleichterung. Es war spannend gewesen, das alles zu sehen, aber sie musste sich eingestehen, dass sie nicht gerade zu den furchtlosen Abenteurern gehörte. Als sie sich nacheinander alle drei auf den in den Wellen schwankenden Ponton hinaufzogen, der am Heck des Boots befestigt war, und die Tauchermas-

ken, Lampen und Pressluftflaschen abstreiften, beugte sich Susan zu ihnen hinunter. Ihr Gesicht verriet gespannte Erwartung.
»Na, wie war's?«
Oliver sah mit blitzenden Augen zu ihr auf und schüttelte seine Locken. Es war offensichtlich, dass er restlos begeistert war. »Es war einfach toll! Am liebsten würde ich sofort wieder runter.«
Sarah war noch ein wenig außer Atem. »Es war unglaublich dort unten. Ich habe so etwas noch nie gesehen.« Sie strich sich das nasse Haar zurück. »Aber mir ist fast das Herz stehen geblieben, als dieses Riesenmonstrum von Rochen an uns vorbeischwebte.«
Robert lachte und fügte für Susan erklärend hinzu: »Ein Teufelsrochen. Gute fünf Meter Spannweite.«
Susan grinste. »Die sind an sich ganz harmlos, Sarah.«
Sarah sah sie misstrauisch an. »Wieso denn nur ›an sich‹?«
Susan lehnte sich an die Reling und sah zu, wie die drei ihre Ausrüstung ordneten. »Sie ernähren sich nur von Plankton und sind, obwohl sie es durchaus auf vier Tonnen Gewicht bringen können, ungefährlich. Es gibt allerdings ein paar Schilderungen, nach denen sich diese Rochen an Tauchern und ihrer Ausrüstung reiben wollten, wohl um irgendwelche Parasiten loszuwerden, und dabei soll es schon vorgekommen sein, dass sie ihnen die Atemluftschläuche abgerissen haben.«
Sarahs Augen waren groß geworden. »Na danke aber auch!« Sie blickte schaudernd ins Wasser und zog unwillkürlich ihre Beine auf den Ponton.
Susan lachte. »Jetzt habt ihr bestimmt Hunger, oder?«

Am Nachmittag fuhren sie weiter am Außenriff entlang. Während Susan und Sarah über den Fenstern des Glasbodens kauerten, erklärte die Biologin ihrem Gast viel Wissenswertes. Sarah hatte ihr Erstaunen über den tiefen Abgrund geäußert, den Robert ihnen beim Tauchen gezeigt hatte, und erfuhr nun, wie das Great Barrier Reef entstanden ist und welche Urkräfte es immer wieder aufs Neue formten.
Monsune und Zyklone überspülten oft kleine Koralleninseln und griffen auch die unterseeischen Riffe an, indem sie unterschiedliche Korallenarten vom Meeresboden oder von Felsen losrissen, sie zerstörten und alle Arten von Bruchstücken an neuer Stelle auftürmten, sodass sich das Great Barrier Reef geographisch immer wieder veränderte. Auf diese Weise hatten sich über die Jahrhunderte hinweg vor der Küste terrassenartige Plateaus gebildet, auf deren Gesteinsformationen und Korallentrümmern sich immer neue Korallengenerationen ansiedelten, die schließlich irgendwann die Wasseroberfläche erreichten und neue kleine Koralleninseln entstehen ließen. Sarah erfuhr, dass man die Inseln jedoch unterschied. Es gab Kontinentalinseln, die rein erdgeschichtlich betrachtet Teile des Festlands waren, die irgendwann einmal überflutet worden waren, und eben auch die echten Koralleninseln. Wie gebannt hörte sie zu, als Susan fortfuhr.
»Das Great Barrier Reef stellt das größte organische Bauwerk aller Zeiten dar. Es erstreckt sich über etwa zweitausendfünfhundert Kilometer Länge und ist das Werk vieler Millionen Geschöpfe tierischer, aber auch pflanzlicher Art. Die eigentlichen Baumeister sind je-

doch die Korallentiere, die oft auch Polypen genannt werden. Weich und gallertartig, sind sie meist nur einen Zentimeter groß. Sie bilden eine Schale, die aus Kalkstein besteht, mit der sie sich an die Felsen andocken. Hier vermehren sie sich über Generationen hinweg in vielen Kolonien, in denen zwar jedes Tier eine eigene Schale hat, die aber fest mit allen anderen verbunden ist. Auf diese Weise formen sie die harten, steinigen Gebilde, die wir oft einfach nur unter dem Begriff Koralle zusammenfassen.«

Susan und Sarah sahen durch die Scheiben des Glasbodens. Die Sea Star hatte die Fahrt inzwischen stark verlangsamt und dümpelte mit träge brummenden Motoren vorsichtig zwischen einzelnen Inselchen im flacheren Wasser, das so klar war, dass sie viele Meter tiefer alles erkennen konnten. »Da!«

Sarah folgte Susans Zeigefinger, und sie entdeckte einen Schwarm silbriger Fische.

»Das sind Schnapper. Schwarmfische, die völlig synchron schwimmen und so einen einzigen riesigen Fisch vortäuschen. Sie jagen in einer einheitlich reagierenden Gruppe. So sind sie viel erfolgreicher, als es jedes einzelne Tier für sich sein könnte. Ihren Namen verdanken sie übrigens ihren gierigen Fressgewohnheiten.«

Das Brummen der Dieselmotoren verstummte, und ein leichtes Zittern durchlief das Boot. Susan legte sich jetzt einfach auf den Boden und sah konzentriert durch das Fenster. Sarah tat es ihr gleich. Sie genoss es, so eingehend informiert zu werden. In einiger Entfernung deutete Susan auf eine schwarz gesprenkelte, merkwürdig klumpige braune Form. »Da, das ist eine Seegurke.«

Sarah versuchte etwas Entscheidendes zu erkennen. »Eine besondere Pflanze?«
Susan lächelte und schüttelte den Kopf. »Nein, ein Tier.«
Wieder musterte Sarah ein wenig ratlos die Seegurke, die sie so gar nicht an ein Tier erinnerte.
Susan stützte sich mit den Ellbogen ab und deutete dann wieder auf den braunen Klumpen. »Stichopus variegatus. Die Seegurke frisst, indem sie mit ihren Tentakeln Sand ins Maul schaufelt und die in diesem Sand enthaltenen tierischen und pflanzlichen Partikel verdaut. Auf eintausend Quadratmetern Riff kann es so passieren, dass fünfhundert Seegurken pro Jahr bis zu fünfzehn Tonnen Sand verarbeiten.«
Sarahs Blick hing wieder an dem unscheinbaren Tier. Sie begriff, dass hier auf faszinierende Weise viele verschiedene Lebensmechanismen ineinander griffen und jedes einzelne Wesen einen ureigenen Zweck zu erfüllen schien. Verwirrt sah sie auf, als Fußgetrappel auf der kleinen Treppe zu hören war. Gleich darauf hockte Oliver neben ihr. »Ist es nicht einfach toll hier, Sarah?« Er schaute ebenfalls durch das Fenster. Seine Augen leuchteten vor Begeisterung, was Robert zufrieden schmunzeln ließ. »Ich hatte ganz vergessen, welchen Spaß ich immer beim Tauchen hatte.« Er legte einen Arm um Sarahs Schultern. »Rob und ich wollen noch mal runter. Kommst du mit?«
Sarah zögerte nur kurz, bevor sie den Kopf schüttelte. »Nein, geht ihr nur allein. Mir steckt noch der Teufelsrochen in den Gliedern.« Sie lachte. »Außerdem finde ich es hier mit Susan mindestens genauso interessant. Alles,

was sie mir erklärt, ist unglaublich spannend. Und unter Wasser kann man sich ja nicht unterhalten.«
»Okay, bis später dann.« Die Männer machten sich auf den Weg nach oben.
Susan hatte sich wieder über den Glasboden gebeugt. »Sarah? Siehst du dort drüben an dem Felsen das rötliche Gebilde? Das ist ein Schwamm, der in der Strömung schwingt. Auch er sieht wie eine Pflanze aus. In Wirklichkeit ist er aber ein Tier, wenn auch ein einfaches. Er besitzt keine Nerven und auch kaum Skelett. Jedes von ihm abgetrennte Stück kann zu einem vollständigen neuen Schwamm heranwachsen.«
Sarah hörte ihr wieder gespannt zu. Dann beschrieb sie einige der Fischarten, die sie gesehen hatte, und ließ sich auch dazu noch einiges erklären. Nach einer Weile bekamen sie Durst vom Reden und beschlossen, an Deck zu gehen. Mit einer kühlen Zitronenlimonade saßen sie schließlich oben und sahen über das glitzernde Wasser.
»Dieser Ausflug ist ein richtig tolles Hochzeitsgeschenk für uns. Vielen Dank dafür, Susan«, sagte Sarah.
Susan tippte sich an die Stirn. »Ach ja! Ihr seid auf Hochzeitsreise, nicht?« Sie reichte ihr die Hand. »Herzlichen Glückwunsch auch noch.«
Sie warf ihr einen Seitenblick zu. »Wie läuft es denn mit Olivers Prinzessin? Und kommst du mit seinen Eltern klar?« Gleich darauf biss sie sich auf die Unterlippe. »Entschuldige, ich wollte nicht neugierig sein.«
Sarah sah sie offen an. »Ich hab kein Problem damit, dass du danach fragst. Offen gestanden war es sehr schwierig. Sammy hat eigentlich alles darangesetzt, um uns auseinander zu bringen. Einmal ist sie sogar auf der

Farm meiner Großeltern mit einem Pferd im Busch verschwunden. Suchtrupps haben zwei Tage nach ihr die Gegend durchkämmt. Oliver hatte die Angst um seine Tochter so zugesetzt, dass wir damals sogar auseinander gegangen sind. Wir waren beide verzweifelt darüber, fanden aber keine andere Lösung. Ich hatte mein Herz so vollständig an Oliver verloren, dass ich nicht mehr ein noch aus wusste. Einzig meine Großeltern mit ihrer Farm haben mich aufrecht gehalten. Knapp zwei Monate vergingen, und ich stürzte mich in die Arbeit mit den Pferden meiner Großmutter, damit ich nicht mehr jeden Augenblick an Oliver denken musste. Ich liebe Pferde, und ich liebe Wintinarah. Irgendwann muss so etwas wie eine Erleuchtung über Sammy gekommen sein. Vielleicht hat sie auch erkannt, wie unglücklich ihr Vater war. Sie führten ein langes Gespräch und kamen dann an einem Wochenende auf die Farm, um mit mir zu reden. Ich war völlig perplex, als sie vorfuhren. Obendrein sah ich aus wie ein Stallknecht. Von der zarten, gepflegten Lehrerin war nichts mehr übrig – zerzauste Haare, eine fleckige Hose und schmutzige Reitstiefel. Ich war gerade dabei, eine Schubkarre Mist auszuleeren.« Sie lachte bei der Erinnerung daran. »Du weißt schon, einfach der Traum für einen Mann, der sich wochenlang nach seiner Liebsten verzehrt hat.«
Susan lachte ebenfalls und beugte sich gespannt vor. »Was geschah dann? Das ist ja unglaublich romantisch. Erzähl weiter.«
»Es war gar nicht romantisch. Ich war zwar wie vom Donner gerührt, als er vor mir stand, aber gleichzeitig war ich schrecklich wütend – wütend auf mich, weil ich

mich so sehr in ihn verliebt hatte, und wütend auf ihn, weil er mich für seine Tochter abserviert und mir damit in den vergangenen Wochen beinahe den Verstand geraubt hatte. Ich war gerade an einem Punkt angekommen, an dem ich nicht mehr ständig an ihn denken musste. Und nun stand er mit seiner verzogenen kleinen zahnlückigen Zicke vor mir und glaubte, wir könnten einfach da weitermachen, wo wir aufgehört hatten. Ich war fassungslos.«

Susan stellte ungeduldig ihr Glas ab. »Und? Was hast du dann getan?«

Sarah grinste. »Ich sagte ›Hallo!‹ und ging an ihnen vorbei zum Haus. In meinem Kopf schossen alle möglichen Gedanken umher. Ich bekam aber keinen vernünftigen davon zu fassen und beschloss, erst mal unter die Dusche zu flüchten. Meine Großmutter kümmerte sich um die beiden. Später fanden Oliver und ich dann Zeit für ein Gespräch unter vier Augen. Trotzdem hat es noch eine Weile gedauert, bis ich wieder Vertrauen zu ihm fassen konnte. Die Angst, dass seine Tochter erneut Schwierigkeiten machen würde, war zunächst ständig da. Aber Sammy hat sich von jenem Tag an sehr viel Mühe gegeben, und mittlerweile läuft es ziemlich gut mit uns.«

Susan schien sich zu freuen. »Das ist schön.« Sie legte den Kopf schräg und versuchte möglichst neutral zu wirken. »Und Olivers Eltern?«

Sarah holte tief Luft. »Na ja, Daniel ist eigentlich okay. Patricia mag mich nicht besonders.«

Susan nickte. »Das hab ich mir gedacht.« Als Sarah überrascht aufsah, beeilte sie sich, diesen Satz zu erklären. »Patricia hat Oliver immer wie ihren Augapfel gehütet, weißt du? Eigentlich ist es ein Wunder, dass er sich unter ihren Fittichen so normal entwickelt hat. Rob und ich waren damals schon ein Paar, als Oliver und Kelly sich verliebten. Kelly hatte auch große Probleme mit Patricia, die ihr immer das Gefühl gab, sie sei nicht gut genug für Oliver.«

Sarah sah verblüfft aus. »Und ich dachte, Kelly sei nicht nur Olivers große Liebe gewesen, sondern auch die ideale Schwiegertochter für Dan und Pat. Ich glaubte, sie wären mit mir unzufrieden, weil ich Kelly nicht das Wasser reichen kann.«

Susan schüttelte den Kopf. »Nein, bestimmt nicht. Ich denke aber, dass du es trotzdem schwerer hast, als es Kelly hatte. Schließlich hatten sie Samantha nach dem Tod ihrer Mutter jahrelang für sich. Vermutlich ist Patricia in der Rolle der Ersatzmama förmlich aufgegangen. Und nun kommst du und machst ihr das womöglich streitig.«

Sarah beobachtete einen Katamaran mit Touristen, der in einiger Entfernung vorüberfuhr. »Mag sein. Ich hab ohnehin so ziemlich alle Hoffnung auf ein freundschaftliches Verhältnis zu Pat aufgegeben. Sie hätte Sammy und Oliver einfach lieber für sich.«

Susan streckte die Beine aus. »Wie schaut denn euer Leben in Warren Creek aus? Siehst du sie oft?«

»Das ist eines unserer Probleme. Ich lebe weiterhin auf der Farm meiner Großeltern. Pat und Dan haben damals nach Kellys Tod zugegriffen, als der Bungalow neben Olivers Haus zum Verkauf stand. Es war natürlich ideal für Sammy. Wenn Oliver arbeitete oder einmal nicht zu

Hause war, wurde sie liebevoll von den beiden betreut. Heute sieht es mit mir natürlich ein wenig anders aus. Aber ich akzeptiere voll und ganz Sammys Bindung an ihre Großeltern. Auch aus den meisten Erziehungsfragen halte ich mich raus. Das macht Oliver. Sammy hatte Angst, ich würde ihr als neue Mutter präsentiert, darum bin ich sehr vorsichtig. Ich hoffe, dass wir auf freundschaftlicher Basis weiterkommen.« Sarah lächelte unwillkürlich. »Und wer weiß? Sie liebt inzwischen das Reiten und die Pferde sehr. Vielleicht kommen wir uns auf dem Gebiet plötzlich sehr viel näher.«
Susan hatte sie aufmerksam beobachtet. »Würdest du gern in Warren Creek leben, Sarah?«
Sarah zögerte mit der Antwort und drehte ihr Glas in den Händen. »Um ehrlich zu sein, nein. Ich hoffe sehr, dass Oliver mit Sammy und mir einen neuen Anfang macht.«
Susan zog die Beine wieder an und beugte sich gespannt vor. »Du meinst, er soll das Hotel aufgeben?«
Sarah stellte ihr Glas ab. »Das Hotel in Warren Creek – ja. Das Hotelwesen insgesamt – natürlich nicht. Ich weiß schließlich, wie sehr er seinen Job und den Umgang mit so vielen unterschiedlichen Menschen liebt.«
Susan machte ein skeptisches Gesicht. »Das wird nicht einfach. Er ist doch von Geburt an der Kronprinz gewesen, der hoffnungsvolle Erbe, der einmal alles übernehmen würde.«
Sarah nickte. »Ja, ich weiß.«
Beide schwiegen eine Weile. Die Wellen platschten gegen die Bordwand der Sea Star, die sich mit der Wasseroberfläche hob und senkte. Der Ponton, den die

Männer für ihren Tauchgang hinuntergelassen hatten, wurde ständig von den heranrollenden Wellen überspült. Am Himmel kreisten Seeschwalben. Sarah atmete tief durch. »Es ist wunderschön hier.«
Susan lächelte. »Ja, das finden Rob und ich auch. Es war immer unser Traum, hier zu leben und zu arbeiten. Was ist dein Traum, Sarah? Du bist Lehrerin, nicht? Wirst du hier unterrichten?«
Sarah schüttelte den Kopf. »Wahrscheinlich eher nicht. Es ist unheimlich kompliziert. Die Frage ist, ob mein Studium hier überhaupt anerkannt wird. Ich hätte jedenfalls keine Lust, das gesamte Studium nach australischen Standards zu wiederholen.« Sie machte eine Pause, stand auf und lehnte sich gegen die Reling. »Ehrlich gesagt hätte ich nie gedacht, dass es mir so wenig ausmachen würde, womöglich nicht zu unterrichten, aber ich habe hier in Australien bei meinen Großeltern einen anderen Traum gefunden. Ich würde gern die Pferdezucht meiner Großmutter weiterführen.«
Susan machte große Augen. »Pferdezucht. Wie willst du das nur mit Oliver unter einen Hut bringen?«
Sarah musste über ihre ehrliche Direktheit schmunzeln. »Tja, das ist eigentlich genau der neuralgische Punkt. Das hast du schon richtig erkannt.«
Beide wandten die Köpfe, als sie am Heck Geräusche vernahmen. Susan stand ebenfalls auf. »Das werden die Männer sein. Sie haben es ja ganz schön lange dort unten ausgehalten.«

Auf Drängen von Robert und Susan ließen Sarah und Oliver den Abend bei ihren Freunden ausklingen. Oliver hatte mit ehrlichem Erstaunen Ben, ihren Sohn, begrüßt. Er konnte kaum fassen, wie schnell die Zeit vergangen war. Immer wieder sah er zu dem Jungen, und er machte sich bewusst, dass seine kleine Tochter in nur drei Jahren ebenfalls auf dem Sprung zum Teenager sein würde. Liebevoll kehrte sein Blick bei diesen Gedanken zu Sarah zurück. Es erfüllte ihn einerseits mit Liebe und Stolz, andererseits aber auch mit Beruhigung, sie an seiner Seite zu wissen.

30

Heather McMillan ließ sich auf einer kleinen Holzbank in der Stallgasse nieder und sah ihrer Tochter versonnen beim Striegeln eines Pferdes zu.

»Du hast es nicht verlernt, Julia.«

Julia warf ihr einen belustigten Blick zu. »Wenn du wüsstest, wie oft ich mir in all den Jahren gewünscht habe, einmal wieder eines unserer wunderschönen Pferde zu striegeln, Mum. Stattdessen haben sich meine Aufgaben mehr auf die Bewältigung der Wäscheberge, der Hausaufgabenbetreuung und andere familiäre Pflichten beschränkt.«

Heather hatte nachdenklich zugehört. »Auch hier fallen täglich die gleichen Arbeiten an. Du hattest Heimweh, Julia? Bist du nicht glücklich in Deutschland?«

Julias Hand glitt prüfend über den glänzenden Pferderücken. »Natürlich hatte ich oft Heimweh. Was hast du denn gedacht? Dass ich Wintinarah und euch einfach so verlasse?« Sie widmete sich inzwischen der langen Mähne des Pferdes, das die Prozedur ruhig über sich ergehen ließ. »Ich bin glücklich in Deutschland – mit meiner Familie, mit unserem Zuhause und überhaupt. Aber trotzdem fehlt mir *dieses* Zuhause immer noch.« Sie zögerte kurz. »Ach Mum, ich hab Angst, dass es Sarah nun genauso gehen wird. Sicher, sie liebt Oliver, und er liebt sie. Aber wird ihr nicht immer etwas fehlen? Ihre Wurzeln liegen in Deutschland. Wird sie es nicht eines Tages bereuen, alles dort aufgegeben zu haben?« Sie bückte sich und ging unter dem Pferdehals hindurch zu ihrer

Mutter, um sich neben ihr auf der Bank niederzulassen. Nachdenklich zupfte sie die Pferdehaare aus der Kardätsche.
Heather schwieg einen Moment. Dann legte sie einen Arm um ihre Tochter und sah sie eindringlich an. »Wenn du dich heute wieder für Hans oder für ein Leben auf Wintinarah entscheiden müsstest, würdest du es jetzt anders machen?«
Julia lächelte unwillkürlich, bevor sie den Kopf schüttelte. »Nein. Ich würde wieder mit Hans gehen.«
Heather klopfte ihr aufmunternd aufs Knie. »Siehst du. So ist es nun einmal. Man kann im Leben nicht alles haben. An bestimmten Abzweigungen müssen wir Entscheidungen treffen. Und was kann schöner sein, als wenn wir rückblickend erkennen, dass unsere einmal getroffenen Entscheidungen die richtigen waren?« Sie lehnte sich zurück, bevor sie weitersprach. »Eines kann ich dir schon jetzt versichern, Julia. Deine Sarah wird hier auf Wintinarah immer ein Zuhause haben, egal, was auch passiert.«

Julia legte kurz ihren Kopf an die Schulter ihrer Mutter und nickte. »Ich weiß, Mum, und darüber bin ich sehr froh.«
Das Pferd scharrte unruhig mit dem Huf und warf den Kopf zurück. Julia stand auf. »Du warst jetzt wirklich lange genug geduldig, Melissa. Gleich geht's raus.«

31

Da Sarah Spaß daran gefunden hatte, sich von Susan die Natur am Great Barrier Reef erklären zu lassen, bot diese ihr kurz darauf einen weiteren Ausflug an. Oliver wollte dafür bei Robert bleiben und ihm im Geschäft helfen.

Susan und Sarah nahmen ein kleineres Motorboot, das für diesen Tag nicht vorbestellt war, um hinauszufahren. Susan beabsichtigte ihrer neuen Freundin ein paar Inseln zu zeigen, die ausschließlich von Vogelkolonien bewohnt wurden. Es handelte sich bei diesen Inseln eher um längliche Sandbänke, um kleine Streifen flachen Landes, die ohne jede Pflanzenwelt aus dem Wasser ragten. Der erste wurde von einer Seeschwalbenkolonie bevölkert.

Da das Riff kein Boot an die Insel heranließ, beobachteten sie die brütenden Tiere aus der Entfernung, was vom Standpunkt des Umweltschutzes sowieso die einzig zulässige Methode darstellte. Die Unzugänglichkeit des Landstreifens schützte die Vögel auf diese besondere Weise und hatte dazu geführt, dass sich am Great Barrier Reef einige der größten Meeresvogelkolonien bilden konnten. Weißkopflachmöwen und unterschiedliche Arten von Seeschwalben zählten zu den ständigen Einwohnern, während andere Vögel wie Tölpel, Fregattvögel oder Keilschwanzsturmtaucher nur zum Nisten und zur Aufzucht ihres Nachwuchses auf das Riff kamen.

Sarah betrachtete den eleganten Flug der Seeschwalben.

Die Sonne brannte schon erbarmungslos von einem fahlen Himmel, aber der Seewind fuhr durch ihr Haar. Susan griff neben sich und reichte ihr einen Strohhut. »Hier, den solltest du lieber wieder aufsetzen. Bei der Brise spürt man die Sonne kaum.« Sie fuhren weiter vor der Küste entlang. Sarah sah große Fregattvögel und sogar einen Weißbrustseeadler, der mit mächtigen Schwingen über dem Meer kreiste und nach Fischen Ausschau hielt. Bei seinem Anblick fühlte sie fast so etwas wie Ergriffenheit. Ihr wurde wieder einmal bewusst, wie sehr sie das Land ihrer Mutter bereits in seinen Bann geschlagen hatte. Deutschland schien nun nicht nur geographisch unendlich weit weg zu sein.
Susan unterbrach ihre Gedanken. »Na, was hat dir hier am Riff bisher am besten gefallen?«
Sarah überlegte kurz. »Ach weißt du, eigentlich ist alles unheimlich faszinierend für mich. Ich hab doch so etwas noch nie gesehen.« Sie lächelte unwillkürlich. »Selbst diese unscheinbare Seegurke, die du mir neulich gezeigt hast, hat hier ihren wirklichen Sinn und Zweck und verdient deshalb Bewunderung.«
Susan grinste. »Das hast du schön gesagt. Ja, du hast Recht, irgendwie scheint hier doch noch alles in ziemlicher Ordnung zu sein. Vor einigen Jahren hatten wir eine echte Plage – den großen Dornkronenseestern. Er erreicht einen Durchmesser von bis zu siebzig Zentimetern und hat bis zu dreiundzwanzig Arme. Er frisst die Polypen der harten riffbauenden Korallen und hinterlässt nur leblose Kalksteinskelette – tote Korallen. Der Naturschutz und die Biologen lieferten sich damals heftige Diskussionen darüber, ob man einschreiten sollte

oder nicht. Glücklicherweise entschied man sich dagegen, und nach einigen Jahren stellte sich ein natürliches Gleichgewicht ein. Man ermittelte, dass die Dornkronen sich mehr oder weniger auf die schnell wachsenden Korallenarten spezialisiert zu haben schienen wie zum Beispiel die Geweihkorallen. Sie wurden auf diese Weise dezimiert, und es gab Platz für wesentlich seltenere Korallen, die sich nun entfalten konnten. Aus heutiger Sicht sieht man die damals so besorgniserregende Entwicklung einfach als Teil eines natürlichen Zyklus.«
Susan seufzte. »Wie sich schon oft herausgestellt hat, ist die Natur meistens schlauer als wir Menschen. Hast du dich schon über die platt gefahrenen Kröten auf den Straßen auf dem Festland gewundert?«
Sarah nickte. Tatsächlich waren ihr die zahlreichen von Autos überfahrenen Amphibien aufgefallen. Meist hatte sie leicht angeekelt schnell den Blick abgewandt.
Susan sah wieder aufs Wasser. »Das ist auch so ein Beispiel menschlichen Versagens. Die Kröten heißen Cane Toads. Sie wurden in den dreißiger Jahren aus Hawaii eingeführt, um den Zuckerrohrschädlingen in Queensland Einhalt zu gebieten. Leider sind sie mittlerweile selber zu einer unkontrollierbaren Plage geworden.« Sie wies jetzt auf eine weitere winzige Riffinsel und machte das Boot an einem schwimmenden Ponton fest. »Wir sind da. Sie nahm ihr Fernglas und sah suchend hindurch. Nach einigen Sekunden umspielte ein freudiges Lächeln ihren Mund. »Ja! Wir haben Glück. Schau nur, dort drüben brüten Maskentölpel. Die Jungen sind schon recht groß.« Sie reichte Sarah das Fernglas, die gespannt hindurchsah und dabei Susan zuhörte.

»Vorhin hast du die Seeschwalben gesehen. Sie fliegen eigentlich nicht besonders hoch und tauchen beziehungsweise jagen nur bis etwa ein Meter achtzig Wassertiefe. Die Tölpel hingegen wirken nur an Land so plump. Sie fliegen am höchsten und tauchen am tiefsten. Wenn du genau hinschaust, erkennst du, dass sie etwa so groß sind wie Gänse. Sie sind ziemlich kräftig, haben einen keilförmigen Schwanz und starke, scharfe Schnäbel. Es gibt Berichte, nach denen ein Tölpel einmal seine Beute bis in eine Fischreuse verfolgte und dort ertrank. Sein Missgeschick lieferte so den Beweis, dass diese Vögel bis zu fünfundzwanzig Meter tief unter die Meeresoberfläche tauchen, vielleicht sogar noch tiefer. Der Tölpel ist mit seinen kräftigen, gedrungenen Flügeln sehr robust. Oft fliegt er so hoch, dass man ihn vom Land aus nicht sehen kann. Wenn er aber aus seiner Höhe einen dunklen Schatten im Wasser entdeckt, der einen Hinweis auf einen Schwarm Fische liefert, geht er bis auf etwa dreißig Meter Höhe hinunter, legt die Flügel an und stürzt sich ins Wasser. Man kann das laute Klatschen richtig hören, wenn er aufschlägt. Er erreicht bei seinem Sturzflug eine Geschwindigkeit von bis zu einhundertfünfzig Kilometern pro Stunde. Sein besonders dicker Schädel sowie Luftsäcke unter der Haut schützen ihn beim Aufprall auf die Wasseroberfläche. Danach schießt er praktisch gleich unter Wasser weiter, um Fische oder Tintenfische zu verfolgen.«
Sarah setzte das Fernglas ab und gab es Susan zurück. »Schau noch mal durch.« Sie wies ihr mit dem Arm die Richtung. »Ich konnte sehen, wie ein Junges gefüttert

wurde.« Sie grinste. »Es war allerdings fast so groß wie seine Eltern.«
Susan beobachtete kurz die Szene. Dann setzte sie das Glas versonnen ab. »Als Biologin, die hier zur Reiseleiterin geworden ist, kenne ich natürlich die meisten Tiere, aber mir sind besonders die Tölpel ans Herz gewachsen. Frag nicht, warum, es ist einfach so.«
Sarah lächelte in Richtung der brütenden Vögel. »Ich frag dich gar nicht, warum. Ich finde sie ebenfalls hinreißend. Susan? Danke, dass du mir das alles gezeigt hast.«
Susan legte kurz einen Arm um Sarah und zwinkerte ihr zu. »Es hat mir riesigen Spaß gemacht. Wann kann ich mich sonst schon einmal so auslassen?«

32

Rasend schnell verging die erste Woche auf Hamilton Island für Sarah und Oliver. Beide mochten Susan und Robert und verbrachten viel Zeit mit ihnen. Fast bedauerte Oliver es, die zweite Woche ihrer Flitterwochen auf einer ruhigeren Insel der Whitsunday Group gebucht zu haben. Robert und Susan ließen es sich jedoch nicht nehmen, sie mit dem Boot nach Lindeman Island zu bringen.

Sarah war sehr angetan von Lindemans natürlicher Schönheit. In den folgenden Tagen bewunderte sie immer wieder die atemberaubende Aussicht zu den anderen Inseln des Archipels. Oliver und sie fanden zu ihrer zärtlichen Vertrautheit zurück. Die heftige Diskussion über den Ort ihrer gemeinsamen Zukunft schien vergessen. Hand in Hand erkundeten sie die Buschpfade der Insel oder lagen träumend am Strand. Ganz unvermittelt fing Oliver eines Tages von selbst mit dem Thema wieder an. »Wenn wir zurück sind, werde ich mich mal in Mildura umsehen.« Eine steile Falte zeigte sich auf seiner Stirn. »Aber ganz unverbindlich.«
Sarah hatte die Luft angehalten. Jetzt wollte sie unter keinen Umständen etwas kaputtmachen. Sie rollte sich vom Rücken auf den Bauch und sah Oliver kurz an, der sich seitlich auf seinen Ellbogen stützte und auf ihre Reaktion wartete. Sie grub ihre Hand neben dem Strandtuch in den feinen weißen Sand und ließ ihn durch die Finger rieseln.

Oliver beobachtete sie. »Sagst du gar nichts dazu?«
Sarah lächelte. »Doch. Ich freue mich sehr darüber.« Sie grinste verschmitzt. »Ganz unverbindlich natürlich.«
Er lachte und zog ihre Hand zu sich. »Du bist wirklich unmöglich. Ich bewege mich und mein ganzes Leben auf dich zu, und du machst dich lustig.«
Sarah schmiegte sich in seinen Arm und sah ihn an. Sein Blick war auf sie gerichtet, und sie erkannte, wie sehr er sie liebte, und war glücklich darüber, dasselbe für ihn zu empfinden. Sie wusste jetzt ganz sicher, dass sie, welche Probleme auch noch auf sie zukämen, mit dieser Liebe füreinander alles würden bewältigen können. Olivers gebräuntes Gesicht näherte sich ihrem, und sie nahm den Duft von Sonnenschutzmittel, See und Sonne wahr. Sie fühlte seine Lippen sacht auf ihrem Mund und erwiderte seinen Kuss.

Nie würde Sarah den letzten Sonnenuntergang auf Lindeman Island vergessen. Er markierte zwar das Ende ihrer Flitterwochen, stand aber gleichzeitig für den Beginn ihres neuen Lebens mit Oliver und Samantha in Australien. Tief in Gedanken versunken stand sie auf der Terrasse ihres Hotelzimmers und dachte nach. Während der glutrote Feuerball auf den Pazifik traf und sich in unterschiedliche Gelb-, Orange- und Rottöne auflöste, die schließlich mit dem dunklen Blau des Ozeans verschmolzen, wurde ihr klar, dass das australische Band ihrer Vorfahren sie tatsächlich auf diesen Kontinent geführt hatte. Ein Lächeln umspielte ihren Mund, als sie sich bewusst machte, wie vieler Umwege es bedurft hatte zu erkennen, dass sie ein Teil des Ganzen war, ja, dass sie wirklich hierher gehörte. Die ursprüngliche Schönheit dieses Landes hatte sie berührt. Ihr Lebenstraum würde sich auf diesem Kontinent erfüllen, dessen war sie sich jetzt ganz sicher.

Oliver war durch die Schiebetür auf die Terrasse gekommen und hinter ihr stehen geblieben. Er schlang die Arme um sie, und sie fühlte seine Bartstoppeln an ihrer Wange. Beide sagten nichts und beobachteten den Einbruch der Dämmerung. Die geheimnisvollen Schreie der Sturmtaucher aus ihren Nisthöhlen durchbrachen die Stille, und sie lauschten dem endlosen Rauschen der Wellen, die in der Abendbrise über das Riff hinwegrollten – ein ewiges Kommen und Gehen im machtvollen Wechsel der Gezeiten. Sarah fühlte Olivers Nähe und drückte seine Hand. Das Leben wartete nur auf sie.